Edie Calie

LORETTAS LETZTER TRIP

Edie Calie

LORETTAS LETZTER TRIP

Roman

HELMER

1

»Für dich!«, brüllte David über das Rauschen der Dunstabzugshaube hinweg. Caro sah an der geöffneten Glastür vorbei, wie zwei uniformierte Polizisten und eine Frau in Zivil in den Flur ihrer Wohnung traten. Automatisch scannte sie ihre Umgebung nach inkriminierenden Gegenständen.

Stand eine Hanfpflanze rum? Lagen durchsichtige Baggies mit weißem Pulver auf dem Couchtisch? Diebesgut? Quatsch! Warum denn Diebesgut? Sie hätte sich niemals getraut, etwas mitgehen zu lassen. Was das andere betraf, so gehörten diese Sachen längst der Vergangenheit an! Trotzdem war der Reflex geblieben, der Polizei keinesfalls Zutritt zu gewähren. Ein Reflex, der David fehlte, wie seine einladende Armbewegung zeigte. Caro zog ihre Mundwinkel in eine neutral-unschuldige Position und rührte weiter mit dem Holzlöffel im Curry.

Die Frau in Zivil trat auf sie zu. Caro fand, dass sie wie eine Volksschullehrerin aussah: praktischer dunkelbrauner Pagenschnitt, weiß-blau gestreiftes T-Shirt, Bluejeans, braunlederne Umhängetasche und dazu passende ausgetretene Lederschuhe. Eine Frau, die es vermutlich gewohnt war, auf die Einhaltung von Regeln zu achten und zu trösten.

»Carolin Wimmer?«, fragte sie.

»Ja?«

»Würden Sie bitte die Lüftung ausschalten? Dann muss ich nicht so schreien.«

Caro drückte den entsprechenden Knopf.

»Danke. Können wir uns setzen?« Die Frau schielte zu den vier Holzstühlen, die um den runden Esstisch standen.

»Ich bleibe lieber stehen«, sagte Caro. Wenn sie sich mit der

Polizei in ihrer Wohnung auseinandersetzen musste, dann mit erhobenem Haupt. Sie würde ihnen keinen Vorteil verschaffen, indem sie sich kleiner machte.

»Wie Sie möchten. Es geht um Ihre Ehefrau Johanna Wigoschnig. Sie ist leider vor wenigen Stunden verstorben.«

»Ehefrau?«, fragte David, der nah genug herangetreten war, um mitzuhören. »Da liegt ein Irrtum vor!«

»Ich fürchte –«

»Sie meint Retti.« Caro griff wieder nach dem Kochlöffel. Zum Glück ist nichts Schlimmes passiert, dachte sie. Sie rührte weiter im Curry, während David und die Frau in Zivil sie anstarrten. »Du weißt schon, die eine Freundin von früher, von der ich dir mal erzählt hab.«

David kräuselte die Stirn und sein Unterkiefer klappte nach unten, sodass sein Mund offen stand. Caro hasste diesen vertrottelten Gesichtsausdruck.

An Davids erstem Arbeitstag hatte sie sich gefreut, dass ihr neuer Kollege so unanziehend war, da sie Liebschaften im Büro kategorisch ausgeschlossen hatte. Er sah aus wie ein Silicon-Valley-Nerd, der sich ungesund ernährte. Bisschen zu klein geraten, die Haare für Anfang dreißig zu schütter, der Wuchs seines Dreitagebarts zu unregelmäßig und das Bäuchlein einen Tick zu groß. Nach ein paar Wochen trafen sie sich privat und freundeten sich an. Mit zunehmender Sympathie hatte er an Attraktivität gewonnen, bis sie sich unleugbar zu ihm hingezogen fühlte. Nur wenn er diesen Gesichtsausdruck aufsetzte, schien der unattraktive David wieder durch und sein IQ-Wert schrumpfte optisch unter fünfzig.

»Loretta Love!«, fügte sie erklärend hinzu. »Die von der Band. Ihr bürgerlicher Name ist Johanna Wigoschnig.«

»Frau Wimmer, haben Sie verstanden, was ich Ihnen gesagt habe?«, fragte die Frau in Zivil.

»Retti ist tot, ja!« Caro führte den Holzlöffel zum Mund, schmeckte das Curry ab und schüttete Kurkuma und Salz nach.

In wenigen Minuten würde es fertig sein. »Wars das?« Sie sah an der Frau in Zivil vorbei zu den zwei Polizisten, die im Flur standen und betroffen zu Boden blickten.

»Wie ist sie denn verstorben?«, fragte David, der die Kontrolle über seinen Kiefer zurückgewonnen hatte.

»Das ist Gegenstand von Ermittlungen, die Polizei geht aktuell nicht von Fremdverschulden aus. Sie ist gegen Mittag auf der Straße zusammengebrochen. Der Notarzt konnte nichts mehr für sie tun. Sie war sofort tot.«

»Das ist ja schrecklich!«

»Du hast sie gar nicht gekannt!«, sagte Caro.

»Es ist immer schrecklich, wenn ein Mensch überraschend stirbt. Wie alt war sie denn?«

»Drei Jahre älter als wir.«

»Eben! Neununddreißig ist kein Alter zum Sterben!«

»Ich tippe auf Überdosis. Wenn du sie gekannt hättest, tätest du dich eher wundern, dass sie so alt wurde. So viel, wie sie sich reingehaut hat.«

»Warum sagst du so was? Ihr wart mal befreundet. Wenn ich das richtig verstanden habe, sogar verheiratet?« Er sah fragend zur Frau in Zivil, die bejahend nickte. »Verheiratet ...!«, wiederholte er. In dem Wort lag ein zukünftiger Streit.

»Das ist ewig her und typisch Retti. Selbst tot macht sie Ärger. Das Timing ist voll deppert. Ich muss das Projekt bis nächste Woche Mittwoch abschließen und dann fahren wir auf Urlaub. Wenn sie glaubt, dass ich mir das von ihr versauen lasse, hat sie sich getäuscht. Ich freu mich schon seit Wochen auf das Retreat.«

»Entschuldigen Sie bitte, meine Freundin steht unter Schock«, sagte David zur Frau in Zivil.

»Wieso entschuldigst du dich für mich? Wie soll ich denn deiner Meinung nach reagieren? Plärrend zusammenbrechen? Mich auf den Boden schmeißen und –«

»Alle Reaktionen sind vollkommen normal«, sagte die Frau

in Zivil. »Kann ich etwas für Sie tun? Möchten Sie, dass ich jemanden benachrichtige? Weitere Angehörige vielleicht?«

»Weiß Rettis Mutter Bescheid? Sie haben ein schlechtes Verhältnis und Retti will nicht, dass ihre Mutter irgendwas aus ihrem Leben erfährt, aber in dem Fall wärs wohl besser. Oder was glauben Sie?«

»Selbstverständlich. Lebt sie in Wien?«

»Nein, in Kärnten. Ich glaub in St. Veit. Am besten Sie fragen Anna, die weiß das genau.«

»Anna?«

»Anna Moser, Rettis Mitbewohnerin. Falls sie noch zusammenwohnen. Wir haben seit Jahren keinen Kontakt.«

Die Frau in Zivil klappte die Lasche ihrer Umhängetasche auf und zog einen Zettel hervor. »Die letzte Meldeadresse von Frau Wigoschnig war im sechzehnten Bezirk.«

»Herbststraße? Ja, dann ist das die gleiche Wohnung. Wahrscheinlich wohnt Anna auch noch dort.«

Die Frau in Zivil nickte. »Kann ich irgendetwas für Sie tun? Vielleicht Ihre Mutter benachrichtigen?«

»Meine? Wieso das denn?«

»Damit jemand für Sie da ist.«

»Nicht notwendig. Meine Mutter weiß auch nichts von der Ehe und mir reicht erst mal eine Person, die auf mich grantig ist.«

»Entschuldige bitte, dass ich keine Luftsprünge mache, wenn ich erfahre, dass meine Freundin, mit der ich seit neun Monaten eine feste Beziehung führe, verheiratet ist! Ich hätte erwartet, dass du mir dieses winzige Detail deiner Vergangenheit mitteilst.« Sein Tonfall sprang in die Oktave der passiven Aggression.

»Das war eine Unterschrift beim Magistrat. No big deal. Wir waren kein Liebespaar. Ich steh nicht auf Frauen. Wir haben zusammengewohnt und in der Band gespielt, das wars.«

»Ach so, na dann habe ich ja keinen Grund, mich zu beschweren«, sagte er sarkastisch.

Sie kostete erneut das Curry. »Fertig!« Jetzt wäre der Zeitpunkt für die Frau in Zivil, sich zu verabschieden, dachte Caro.

»Soll ich bleiben?«, fragte sie stattdessen.

»Wir streiten lieber ohne Publikum.«

»Sie können bleiben und meine Portion essen. Mir ist der Appetit vergangen«, sagte David.

»Genau das meine ich! Das ist so typisch Retti. Sobald sie ins Spiel kommt, gehts nur um sie, sie, sie.«

»Ich lass Ihnen meine Karte da. Falls Sie jemanden zum Zuhören oder Reden brauchen, können Sie mich gerne anrufen. Tag und Nacht.« Die Frau holte eine Visitenkarte aus ihrer Tasche und legte sie auf die Küchenzeile.

»Danke«, sagte David und begleitete sie und ihre Kollegen zur Tür.

Währenddessen nahm Caro zwei Teller aus dem Schrank und füllte das Curry auf.

»Was sollte das?«, fragte er, als er zurückkam. »So reagierst du auf den Tod einer Freundin?«

»Ehemaligen Freundin! Ich hab dir doch erzählt, dass die Freundschaft im Schlechten auseinandergegangen ist. Sie bedeutete mir nichts mehr.«

»Du hast mir nicht erzählt, dass ihr verheiratet wart!«

Caro trug die Teller zum Esstisch, stellte sie ab und setzte sich. »Was genau stört dich? Dass wir verheiratet waren oder dass mir ihr Tod wurscht ist?«

»Beides! Du reagierst so abgeklärt, obwohl ihr definitiv mal mehr wart als befreundet.«

»Ja, wir waren sehr eng, okay? Wir haben zusammen in der Band gespielt und zusammengewohnt und … Nimmst du bitte das Besteck mit?«

David öffnete die Besteckladе und klapperte mit Löffeln und Gabeln.

»Die Hochzeit war ein rechtlicher Formalakt, damit wir abgesichert sind, falls einer von uns was passiert.«

»Ich höre zum ersten Mal, dass jemand seine Mitbewohnerin heiratet.«

»Warum denn nicht? Für Leute in WGs gibts keine gesetzliche Absicherung. Und Retti hat sonst niemanden. Mit ihrem Vater hat sie sich halbwegs verstanden, aber der ist vor Jahren gestorben. Zum Rest der Familie hatte sie keinen Kontakt. Also hab ich ihr den Gefallen getan.«

»Also wars ihre Idee?« Er reichte ihr das Besteck und setzte sich ebenfalls.

»Ja!«

»Und warum hast du mir das nicht erzählt?«

»Ich habs vergessen. Verdrängt. Ich hab mich nicht verheiratet gefühlt.«

»Wie fühlt man sich denn verheiratet?«

»Keine Ahnung. Für mich hat sich dadurch jedenfalls nichts geändert.«

»Warum hast du dich nicht scheiden lassen?«

»Deswegen! Nach dem ganzen Drama wollte ich meine Ruhe haben. Ich hätts eh gemacht, wenn ich vorgehabt hätte, richtig zu heiraten.«

»Na danke!«

»Es tut mir leid, okay? Und das mit der Scheidung hat sich ja jetzt erledigt.« Sie stocherte mit ihrer Gabel in den Kartoffeln, die zusammen mit Kichererbsen in Kokosmilch schwammen. Eine heiße Dampfwolke stieg vom Teller auf. »Es tut mir wirklich leid!« Sie schob ihre Hand auf seine Tischseite rüber. »Ich hab wegen ihr genug durchgemacht und keine Lust, dass wir uns deswegen streiten. Bitte sei auf meiner Seite.«

Er griff nach ihrer Hand. »Natürlich, aber –«

»Gut! Du weißt, wie stressig die nächsten Tage für mich werden. Ich muss mich voll und ganz aufs Projekt konzentrieren und danach fahren wir schön ins Gasteinertal. Ich freu mich seit Wochen auf das Retreat mit dir. Das haben wir uns verdient. Endlich Zeit für uns.« Sie streichelte seinen Handrücken, wanderte mit ihren Fingerspitzen zu seinem Zeige- und Mittelfinger und rieb sie auf und ab. »Wir könnten ja diesen Workshop besuchen, der dich interessiert.« Beim Durchblättern des Retreat-Programms hatte David besonders lange auf den Punkt *Tantra-Workshop für Aufgeschlossene* gestarrt. Er hatte mehrfach durch die Blume sein Interesse daran bekundet.

»Meinst du den?« Er wackelte mit dem Kopf und schnalzte mit der Zunge.

»Genau den.« Nach der Sache mit der verheimlichten Ehe, musste sie ihm entgegenkommen. »Aber erst mal essen wir.« Sie zog ihre Hand weg und schob sich eine heiße Kartoffel in den Mund.

Dreizehn Jahre zuvor

18. Juni

Ich bin um 10:12 Uhr aufgewacht. Ich hatte ein Seminar und musste Bücher in der Unibibliothek zurückgeben. Abends hab ich mich mit Nikki im *Underground* getroffen und sie hat Johanna mitgenommen. Ich hasse es, wenn sie zu Verabredungen Leute mitbringt, ohne Bescheid zu sagen oder zu fragen, ob das passt. Ich hab geglaubt, wir treffen uns zu zweit. Zuerst war ich bissl verärgert, aber nach dem ersten Spritzer hats eh gepasst. Prinzipiell mag ich Johanna, bisher fand ich sie sehr schrill und laut. Nikki hat uns von ihrem Tauchurlaub in Ägypten erzählt und musste die letzte U-Bahn nehmen, weil sie morgen früh raus muss. Johanna und ich waren so in Trinklaune, dass wir geblieben sind. Point of no return. Wir haben den Jetzt-ists-auch-schon-wurscht-Spritzer gekürt und danach drei weitere getrunken. Sie hat mir ihr Herz ausgeschüttet. Ihre Band entwickelt sich grad in eine musikalische Richtung, die ihr nicht taugt. Ich war überrascht, wie gescheit und reflektiert sie ist. Nikki hat sie schon öfter mitgenommen, aber so richtig hab ich sie erst heute kennengelernt.

19. Juni

Mein Schädel bringt mich um. So wurscht war der Jetzt-ists-auch-schon-wurscht-Spritzer nicht. Ich hab zweimal gespieben und den ganzen Tag gelitten. Erst die leere Semmel am Abend hab ich drin behalten. Als Michi heimgekommen ist, hat er mir vorgeworfen, dass ich die Uni nicht ernst genug nehme, weil ich im Bett lag und ferngeschaut hab. Keine Ahnung, warum er sich so aufregt. Als tät er nie zu viel erwischen. Er sollte lieb zu mir sein und sich kümmern. Wie ich das mach, wenn er krank ist. Seit ein paar Monaten spielt er sich ständig auf. Vor einer Woche hat er gesagt, ich mach Unordnung, putz zu wenig und geh nie einkaufen. So ein Blödsinn. Er redet, als wär er 50. Ich könnte mich genauso aufregen, dass er dauernd ins Fitnessstudio rennt, keine Zeit mehr für mich hat und sein Atem nach diesen grausigen Eiweißshakes stinkt. Johanna hat mir geschrieben und mich in ihre WG zum Platten hören eingeladen. Anscheinend hab ich gestern erzählt, dass ich die Haptik von Vinyl mag, aber keinen Plattenspieler hab.

28. Juni

Johanna ist so toll! Wir sind voll auf einer Wellenlänge. Sie hat mich von der U-Bahnstation Schweglerstraße abgeholt und von da sind wir ca. 10 min zu ihr gegangen. Sie wohnt mit Elena und Christian zusammen. Elena ist Italienerin und hat gerade Spaghetti gekocht. Johanna hat versucht, mich zu warnen. Ich hab nicht gecheckt, was sie will und eine Portion genommen. Großer Fehler. Das waren die grausigsten Spaghetti, die ich je gegessen hab. Halb roh. Als wir allein waren, hat sich Johanna voll abgehaut. Ihre Plattensammlung ist ein Traum. Sie ist ein riesiger *Beatles*-Fan, so wie ich. Sie hat eine eigene *Beatles*-Collection mit sämtlichen *Beatles*-Covern von anderen Bands und kennt sich voll aus. Ihr Lieblingsalbum ist ebenfalls *Revolver* und sie hält das Weiße Album auch für überbewertet, wenn man den Gesamtkosmos der Band betrachtet. Obwohl *While My Guitar Gently Weeps* ein fantastischer Song ist. Sie hat uns Cocktails gemixt und wir haben bis 3 Uhr früh Platten angehört.

5. Juli

Warum hab ich geglaubt, dass Kellnern der richtige Sommerjob für mich ist? Ich hätte wieder im Sommerkino hackeln sollen, wie die vorigen zwei Jahre. Wenigstens zahlen sie im Eiscafé mehr. Schmerzensgeld für das Kindergeschrei. Und ich bin am Trinkgeld beteiligt. Und die Frühschicht ist aus, bevor der Dienst im Kino begonnen hätte. Nach der Arbeit ist Johanna zu mir gekommen. Ich wollte ihr unbedingt *The Flaming Lips* und *Temples* vorspielen. Hat ihr beides getaugt. Alles andere hätte mich gewundert. Sie hatte ihre Gitarre mit, weil Nikki ihr gesagt hat, dass wir zusammen in der Schulband waren und ich Bass spiel. Ich hab ewig nicht gespielt. Wir haben was von Michis Gras geraucht und irgendwann hat mich Johanna überredet, meinen Bass rauszuholen. Wir haben bissl gejammt und sie hat spontan dazu gesungen. Ihre Stimme ist unglaublich. So tief, rau und kraftvoll. Als Michi heimgekommen ist, hat er voll rumgestresst wegen dem Gras. Ich hab mich so geniert vor Johanna. Sie hat gesagt: »Your guy gives me *the heebie-jeebies*«, was wir saulustig fanden.

7. Juli

Johanna und ich gründen eine Band! Im Gegensatz zu ihrer anderen Band spielen wir kein Riot Grrrl/ Punk, sondern eine Mischung aus *Beatles, Temples* und den psychedelischen Sachen der *Flaming Lips*. Beim Image und der Optik orientieren wir uns an Glam Rock, inklusive Künstlernamen und extravaganten Bühnenoutfits. Johanna gehts voll am Nerv, dass ihre anderen Bandkolleginnen sich nicht für die Bühne herrichten, sondern auf Authentizität bestehen. So ein Blödsinn. In meinem Alltagsgewand geh ich zum *Penny* einkaufen und nicht auf eine Bühne. Wir überlegen uns irgendwelche Geschichten für Pressetext und Interviews. Kann sein, dass wir uns als Schwestern ausgeben. Wir wollen Nikki fragen, ob sie als zweite Gitarristin einsteigen will und fürs Schlagzeug will Johanna einen Tim fragen. Der hat bei Fritten Freitag gespielt, bevor er nach Wien gezogen ist, aber sie ist unsicher, ob der mit dem Stil, der uns vorschwebt, was anfangen kann. Als Namen nehmen wir einstweilen *The Heebie-Jeebies* bis uns was Gescheites einfällt. Johanna findet, der Name klingt zu sehr nach Rockabilly, und sie hasst Rockabilly. Mir ist das wurscht.

30. August

Ich hab mich so mit Michi gestritten. Weil ich vergessen hab, dass Markus morgen seinen Uniabschluss feiert und ich Johanna zugesagt hab, dass ich auf ihre Geburtstagsparty komm. Michi hat so getan, als würde die Welt untergehen. Er könnte ja nachkommen, aber das will er nicht. Er weiß eh, dass ich kein Fan von Markus bin. Warum hat er sich ausgerechnet den als besten Freund ausgesucht? Und was ist das Problem? Soll er halt zu Markus gehen und ich zu Johanna. Ich glaub, er ist eifersüchtig auf Johanna und *The Heebie-Jeebies*. Weil ich endlich eine Leidenschaft gefunden hab, die nichts mit ihm zu tun hat. Er schiebt so depperte Kommentare, wenns ums Proben geht. Dabei denkt er, dass wir nur einmal die Woche proben. Die anderen Tage hab ich »Spätschicht« oder »treffe eine Freundin«. Dass das notwendig ist, sagt einiges über unsere Beziehung aus. Wahrscheinlich läufts darauf hinaus, dass ich erst einen Sprung zu Markus' Abschlussparty schau und dann zu Johanna.

31. August

Montag ist Deadline für meine Seminararbeit und ich hab nichts weitergebracht. Ich konnte mich nicht konzentrieren. Am Abend bin ich erst mit Michi mitgegangen. Markus hat bei einem fancy Italiener gefeiert, wo die Pizza 13 Euro kostet. Alle Gespräche haben sich um Sport, Uni oder Politik gedreht. Kurz nach 22 Uhr bin ich zu Johanna gefahren, wo die richtige Party abging. Die meisten Gäste waren dem Motto entsprechend gekleidet und die Wohnung war voll im Beachpartystyle hergerichtet. Johanna hatte einen weißen transparenten Kimono an, darunter einen silbernen Bikini und dazu silberne High Heels. Auf ihren Wangen hatte sie die Zahl 27 gemalt und in ihren blonden Haaren steckte eine Muschelkrone. Sie sah aus wie eine Strandgöttin. Nikki und Tim sind in einem Strandkorb gesessen, haben aus echten Kokosnüssen getrunken und über unsere Songs geredet. Irgendwann ist Johanna auf den Tisch gestiegen, hat ihren Ausstieg aus der anderen Band verkündet und dass *The Heebie-Jeebies* die Zukunft sind. Die meisten waren voll geflasht. Vor allem ihre Bandkolleginnen. Ich hatte auch keine Ahnung, dass sie das vorhat. Umso gespannter waren alle auf *The Heebie-Jeebies*. Wir hätten gerne was vorgespielt, aber es gibt keine Aufnahmen. Außerdem will sie, dass alle sie Loretta Love nennen. Danach hat sie mir Speed angeboten. Es ist wesentlich unspektakulärer, als ich gedacht hätte. Mag sein, dass ich dadurch länger durchgehalten hab. Es hat sich angefühlt, als hätte ich zwei doppelte Espresso getrunken. Gegen Mittag bin ich heimgefahren und hab Michi alles erzählt. Dem war das ziemlich wurscht. Bis auf das Speed. Er hat gesagt, ~~Johanna~~ Loretta hätte einen schlechten Einfluss auf mich. So ein Blödsinn. Ich kann selbst entscheiden. Und wer war denn früher dauernd bekifft? Ich war zurechnungsfähiger als auf Gras. Die Einteilung in harte und weiche Drogen ist sowieso willkürlich. Als wären Gras und Alkohol so harmlos.

2

Die Interior Designerin hatte die Deckenlampen des Großraumbüros so konzipiert, dass sie den Sonnenverlauf nachahmten und den Raum der Tageszeit entsprechend belichteten. Nach zwei Wochen hatte die Personalchefin die Einstellungen dauerhaft auf Mittagssonne ändern lassen, um die Arbeitsmoral bis zum Abend aufrechtzuerhalten.

Von ihrem hart erkämpften Fensterplatz sah Caro auf die vorbeifließende Donau hinunter. Theoretisch, denn praktisch schaute sie auf die zwei großen Monitore, die ihr gesamtes Sichtfeld ausfüllten. Auf ihren Noise-Cancelling-Kopfhörern rieselte ihre Lieblings-Deep-Focus-Playlist, die ihr half, sich auf das Konzept zu fokussieren. Zwei Punkte fehlten, darunter ein wesentlicher. Ihr blieben sechs Tage, das Konzept so zu überarbeiten, dass der Kunde die Ideen für seine eigenen hielt und es endlich absegnete. Bisher hatte er immer etwas auszusetzen gehabt. Für die Umsetzung wäre anschließend ein anderer Kollege zuständig. Ab dem 1. Juni würde sie als neue Teamleiterin nur noch die wichtigsten Kunden persönlich betreuen und ansonsten enger mit der Geschäftsführung zusammenarbeiten. Sechs Tage. Die Uhrzeiger liefen ihr davon. Die einzige Möglichkeit, sie einzuholen, bestand darin, ein paar Vierzehn-Stunden-Arbeitstage einzuschieben und das Wochenende im Homeoffice durchzuarbeiten. Die Deadline nächste Woche Mittwoch würde sie auf jeden Fall einhalten! Dann ging es ab in die Berge. Gedanklich sah sie sich in ihren neuen Leggings auf einem Meditationskissen in einem gleißend hellen Raum sitzen. *Devi Prayer* von Ananda und Craig würde leise im Hintergrund laufen und wohltuender Ylang-Ylang-Duft die Energie im Raum reinigen.

Stopp!

Sie unterbrach ihre Tagträume. Bevor sie sich denen hingeben konnte, musste sie das Konzept fertigstellen. Sie las die zuletzt geschriebenen Sätze. Ihre Finger flogen über die Tastatur.

Telefonklingeln riss sie aus ihrem Workflow. Die Durchwahlnummer des Empfangs leuchtete auf der Anzeige des Festnetztelefons auf. Sie zog ihre Kopfhörer von den Ohren und hob ab.

»Ja?«

»Frau Wimmer, eine Frau Moser möchte Sie sprechen.«

»Kenne ich nicht.«

Am anderen Ende entstand ein unverständliches Gemurmel. Caro trommelte mit den Fingern auf die Tischplatte.

»Anna Moser«, tönte es durch den Hörer. »Sie sagt, es sei dringend.«

»Nein!«, rutschte es Caro heraus. »Ich meine, es ist grad ungünstig, ich hab gleich ein wichtiges Meeting. Nehmen Sie eine Nachricht entgegen, ich melde mich bei ihr.« Beim »Danke« legte sie auf.

Wenige Sekunden später läutete das Telefon erneut. Caro fluchte. Wozu gab es einen Empfang, wenn die Mitarbeitenden dort unfähig waren, jemanden abzuwimmeln? »Ja!«, meldete sie sich.

»Entschuldigen Sie die erneute Störung. Es wäre besser, wenn Sie runterkommen.« Der Kollege senkte seine Stimme. »Die Frau weint und sagt, dass jemand gestorben ist. Ihre Ehefrau?«

Mist. »Ich komme! Einen Moment.«

Sie knallte den Hörer auf, speicherte das Dokument, schaltete den Monitor aus, nahm ihren Blazer von der Rückenlehne und schlüpfte auf dem Weg zum Lift hinein. Wie konnte Anna es wagen, hier aufzutauchen und herumzuposaunen, dass sie mit einer Frau verheiratet war? Im Büro wussten alle von ihrer Beziehung mit David. Wenn ihre Ehe die Runde machte, würde es sogar das neue Toupet von Pullunder-Fred vom Gossip-Thron stoßen. Am liebsten wäre sie gesprintet, aber sie zwang sich langsam zu gehen, um keine Aufmerksamkeit zu erregen. Im Vorbeigehen grüßte sie einige Kolleginnen. Es würde sich in so einem Glaskomplex nicht vermeiden lassen, dass jemand sie mit Anna sah. Hauptsache es war niemand, der näher mit ihr zusammenarbeitete. Sie stieg in den Lift. In der Spiegelung kontrollierte sie ihr Aussehen, strich Bluse und Blazer glatt, zupfte an ihrem Pony und klemmte sich je eine Haarsträhne hinters Ohr. Bei der nächsten Bewegung würden sie wieder vorfallen. Der Friseur hatte ihren kastanienbraunen, welligen Bob eine Spur zu kurz geschnitten. In zwei Wochen wäre die Länge ideal. Der Lift sauste sechs Stockwerke nach unten. Was wollte Anna von ihr? Caro hatte auf keine ihrer Nachrichten per WhatsApp, Signal oder Instagram reagiert. Sie hatte ihre E-Mails ignoriert und Anrufe weggedrückt. Wie viele Hinweise waren notwendig, damit Anna checkte, dass sie Ruhe geben sollte?

Die Aufzugtür öffnete sich. Anna wartete beim Empfangstresen. Caro fand, dass sie sich in dieses Businessumfeld so gut einfügte wie ein Flamingo im Hühnerstall. Von Weitem sah sie aus wie vor drei Jahren, als Caro sie das letzte Mal gesehen hatte: Stoppelglatze, schwarze runde Brille, weites rosa Tanktop, unter dem ein schwarzer Sport-BH hervorlugte und Jeans-Hotpants.

Fremde Frauen reagierten auf Anna häufig irritiert und wichen einen Schritt zurück. Caros Theorie zufolge lag das an der unerhörten Selbstliebe, die sie ausstrahlte. Als prallten die Werbebotschaften der Beauty-Industrie, die Milliarden darin investierte, Frauen Makel und Selbsthass einzureden, einfach an ihr ab. Und dass, obwohl sie in einem Körper steckte, den Schönheitschirurgen von oben bis unten mit rotem Marker bezonen würden. Anna personifizierte die Sackgasse des Kapitalismus. Caro hatte sie vor ungefähr zwölf Jahren kennengelernt und in all den Jahren ihrer Freundschaft hatte Anna nie etwas Negatives über ihr Äußeres gesagt. Für sie gab es keinen Grund, ihr Gesicht zu schminken oder ihre Cellulite und speckigen Oberarme zu verstecken. In den Kreisen, in denen sich die junge Caro rumgetrieben hatte, war es nichts Besonderes, dass sich Frauen ihre Kopfhaare abrasierten und ihre Körperhaare wachsen ließen, um ihr Verhältnis zu Weiblichkeit zu ergründen oder einen neuen Lebensabschnitt zu markieren. Anna war allerdings die Einzige, die die Stoppelglatze als praktische Frisur ihrer Wahl beibehalten hatte.

Caro durchquerte die Absperrung, die Unbefugte von den oberen Stockwerken fernhielt. Als Anna sie entdeckte, lief sie ihr sofort entgegen. Ihre schwarzen Doc Martens quietschten auf dem Fliesenboden der Eingangshalle. Sie fiel Caro um den Hals und drückte ihr tränennasses Gesicht in Caros Nacken.

»Schon gut.« Caros linker Arm hing schlaff nach unten, mit der rechten Hand klopfte sie Anna auf den Rücken, damit sie ihre Umklammerung aufgab.

»Ich wills nicht wahrhaben!«, schluchzte Anna. Sie löste sich von Caro. »Ich hab versucht, dich zu erreichen, aber du hast wohl eine neue Nummer, so.«

»Komm, wir gehen raus.«

Caro legte ihre Hand zwischen Annas Schultern und schob sie sanft zum Ausgang. Währenddessen suchte sie Blickkontakt mit dem Kollegen vom Empfang. Als er hergestellt war, verdrehte sie die Augen und neigte den Kopf in Annas Richtung, damit er annahm, dass ihre Ehefrau gestorben war und nicht Caros.

Sie betraten den Glasdurchgang, der den Maria-Restituta-Platz, auf dem sich die U6-Station Handelskai befand, und die Stromstraße miteinander verband. Auf erstem herrschte Trubel, weshalb Caro mit Anna rechts in die Stromstraße einbog.

»Woher weißt du, wo ich arbeite?«

»LinkedIn. Wir haben so viel zu entscheiden und zu organisieren, so. Welchen Friedhof? Sarg oder Urne? Was für Musik? *Beatles* klarerweise, aber welche Songs? Habt ihr mal darüber gesprochen, was sie sich gewünscht hätte? Ich weiß nur, dass sie nicht wie ihr Vater beerdigt werden wollte. Nicht in Kärnten und auf keinen Fall katholisch.« Ein neuer Tränenschwall brach aus ihr hervor.

»Woher soll ich das wissen? Wir haben seit Jahren keinen Kontakt. Und was heißt ›wir‹? Ich hab mit der ganzen Sache nichts zu tun!«

»Du warst ihre Frau.«

»Am Papier, nicht emotional.«

»Rechtlich bist du dafür verantwortlich, so.«

»Niemand kann mich dazu zwingen. Und ich zahl keinen Cent, damit das klar ist.«

»Du bist ihre nächste Angehörige. Du und ihre Mutter.«

»Soll die das machen. Ich muss weiterarbeiten.« Sie wandte sich zum Gehen um und betrat wieder den gläsernen Durchgang.

Anna folgte ihr.

»Ihr habt genau aus diesem Grund geheiratet!« Es hallte, als hätte sie es geschrien.

Genau in dem Moment bogen David und ein Kollege um die Ecke.

»Nicht so laut«, zischte Caro. Ihr Geduldsfass war kurz davor überzulaufen.

»Wieso? Schämst du dich etwa, dass du mit einer Frau verheiratet warst?«

»Darum gehts nicht!« Genau darum ging es. »Meine Vergangenheit ist Privatsache und geht keinen was an. Retti spielt seit Jahren keine Rolle mehr in meinem Leben. Wurscht, ob tot oder lebendig.« Sie hoffte, dass die Männer sie ignorierten. Tatsächlich ging der Kollege weiter ins Innere des Gebäudes. David blieb mit einem gelben Billa-Papiersackerl in der Hand stehen und sah zu ihnen rüber.

»Ob es dir passt oder nicht, du bist mit der Unterschrift gewisse Verpflichtungen eingegangen. Denen kannst du dich nicht entziehen.« Anna wischte sich mit den Händen das Gesicht trocken.

»Na, das wollen wir mal sehen.«

»Caro bitte.« Anna wechselte von Konfrontation zu Flehen. »Du hast ihr nach dem Tod ihres Vaters versprochen, dass du verhinderst, dass ihre Mutter sie nach Kärnten holt und im Familiengrab beerdigt, falls ihr was passiert. Das war deine Idee! Ich saß daneben, als du ihr den Antrag gemacht hast.«

»Ich wollte sie trösten. Ich hätte jeden Blödsinn gesagt, um sie aufzumuntern. Sie hat mir versprochen, im Ananaskostüm zu meiner Beerdigung zu kommen.« Caro ging zu David rüber.

»Alles gut?«, fragte er.

»Jaja. Hast du mir was mitgebracht?« Sie schaute in das Einkaufssackerl, in dem sich zwei Kornspitz und ihre Lieblingssorte Hummus befanden. Da sie ihre Mittagspause grundsätzlich am Schreibtisch verbrachte, nahm ihr David in der Regel etwas mit.

»Bitte«, flehte Anna und lief ihr erneut hinterher. »Du musst dich um nichts kümmern. Ich will kein Geld von dir.«

»Und wie willst du das bezahlen?«

»Retti hatte viele Fans. Ich mach Crowdfunding oder versteigere ihre Gitarren. Irgendwas fällt mir ein. Ich verspreche, dass für dich keine Kosten entstehen. Ich will von dir lediglich eine Vollmacht, damit ich ihre Mutter überstimmen kann.«

Caro wollte hart bleiben, aber vor David nicht herzlos wirken. »Okay«, sagte sie großzügig. »Aber ich zahl keinen Cent!«

»Versprochen! Ich mail dir nachher gleich die Vollmacht, die du unterschreiben und zurückschicken musst.«

»Passt.«

Anna verabschiedete sich und ging.

»Wer war das?«, fragte David.

»Anna, Rettis Mitbewohnerin. Keine Sorge, du musst sie dir nicht merken. Das war das letzte Mal, dass ich sie gesehen hab.«

Zwölf Jahre zuvor

1. Jänner

Michi und ich haben uns Vollgas gestritten. Er hat mir vorgeworfen, dass ich gestern unhöflich war, weil ich permanent aufs Handy geschaut hab, als wir Besuch hatten. Ich war anwesend, das ist das Maximum an Höflichkeit, das er erwarten kann. Wer will an Silvester einen depperten Spieleabend veranstalten? Erst recht mit so Spießern wie Markus und Marina? Retti hat Party gemacht, während ich daheimsaß und erraten musste, dass auf einem Post-it auf meiner Stirn Captain Jack Sparrow stand. So viel kann ich gar nicht saufen, damit ich das lustig finde. Logisch, dass ich da öfter mal aufs Handy schau. Rettis Live-SMS-Ticker war wesentlich unterhaltsamer. Am liebsten hätte ich die drei sitzen gelassen und wäre zu ihr gefahren. Im Radio läuft *New Year's Day* von *U2. Nothing changes on New Year's Day*, singt Bono. Dabei stimmt das nicht! Alles ändert sich. Deswegen heißt es ja Neujahr. Und es muss sich was ändern. Sofort! Ich will Abstand zu Michi. Ich packe jetzt ein paar Sachen zusammen und frag Retti, ob ich bei ihr schlafen kann. Wenn das nicht geht, fahr ich zu Mama und Wolfgang. *I will begin again.*

2. Jänner

Ich weiß nicht, wies mit mir und Michi weitergeht. Obs überhaupt weitergeht. Hab ich mich getrennt? Wie trennt man sich nach drei Jahren Beziehung? So was haut man nicht leichtfertig weg. Gleichzeitig will ich frei sein. Retti hat gesagt, ich kann so lange in der WG bleiben, wie ich will. Obwohl ihr Zimmer winzig ist und wir uns ihr 90-cm-Bett teilen. Ich muss in Ruhe nachdenken. Es fühlt sich an, als würde dieses Jahr spannende neue Dinge bereithalten und dafür will ich offen sein. Wenn ich bei Michi bleibe, sind die nächsten Schritte irgendwie vorgegeben: Studienabschluss, Job, Heirat, wahrscheinlich Kinder. Wenn ich gehe, ist wieder alles möglich. Wer weiß, wie weit wir es mit der Band schaffen. Wir klingen richtig gut! Retti rechnet mit Auftritten am Nova Rock und Frequency. Bisher hab ich nie gewagt, von was Großem zu träumen. Ich hab immer geglaubt, dass es gescheiter ist, auf Nummer sicher zu gehen. So ein Blödsinn!

28. Jänner

Die Prüfung war schwerer als gedacht. Im Forum haben alle so getan, als wär sie easy-peasy, aber ich musste bei einigen Fragen raten. Ich hoffe, dass es sich ausgeht und ich durchkomme. Retti hat mit zwei Ecstasys zu Hause gewartet, um die abgeschlossene Prüfungswoche zu feiern und mich aufzumuntern. Die Trennung von Michi ging von mir aus, trotzdem zieht sie mich runter. Wurscht, ich will gar nicht dran denken. Wir machen jetzt Party. Nikki hat so von E geschwärmt. Ich hab geglaubt, dass die Tabletten rund und bunt sind. Unsere sind dunkelgraue Dreiecke. Wird schon passen. Retti ist sich sicher, dass es Es sind. Wir haben uns die Safer-Use-Regeln auf Checkit! durchgelesen und geschaut, ob die Dreiecke auf der Warnliste abgebildet sind. Nope. Wir haben sie durchgeschnitten, sodass jede ein Halbes nimmt. Wasser haben wir auch hingestellt, damit wir nicht vergessen zu trinken. Ich bin voll aufgeregt. Ich brauch grad was Schönes in meinem Leben.

29. Jänner

Wow. Einfach wow. Ich weiß gar nicht, wie ich beschreiben soll, was gestern passiert ist. Endlich versteh ich *Tomorrow Never Knows*: *That love is all. That love is everyone. It is knowing.* Amen. Wir sind auf Rettis Bett gesessen und haben auf die Wirkung gewartet – und auf einmal wusch! Als würde eine Rakete von meinen Füßen die Wirbelsäule hochschießen. Wie ein Ganzkörper-Orgasmus. Wir haben uns an den Händen gehalten und genossen. Wir haben stundenlang geredet und uns telepathisch verstanden. Ein Wort und die andere wusste den Satz. Es gab keinerlei Barrieren, kein Thema, das zu intim war. Zum ersten Mal haben wir über die Schönheits-OPs geredet, die Retti hinter sich hat, und über die Hormone, die sie nimmt. Alle Gefühle waren so intensiv, so viel Wärme, Liebe und Ehrlichkeit. Wir sind uns auf einer menschlichen Ebene jenseits von gesellschaftlichen Konventionen begegnet. Irgendwann haben wir uns gegenseitig gestreichelt und geküsst. Es hat sich natürlich und schön angefühlt. Ihre Haut ist so weich. *That you may see. The meaning of within. It is being.*

30. Jänner

Wir sind gestern gegen 3 Uhr eingeschlafen und mittags wieder aufgewacht. Ich hab den ärgsten Mist geträumt und war den ganzen Tag so melancholisch und traurig. Das ist nach E wohl ganz normal. Wir hatten Probe und Retti hat uns einen neuen Song vorgespielt. Er handelt von der unerwiderten Liebe zu einer Hetero-Frau, die sie beschwört, endlich ihren Typen für sie zu verlassen. Das hat mich total verwirrt. Ist der Song als Message an mich gedacht? Sie hat nichts gesagt. Keine von uns hat das Schmusen bisher angesprochen und seitdem ist nichts gelaufen. Ich fands schon sehr schön und irgendwie täts mir taugen, wenn wir das fortsetzen, aber es ist Retti. Sie ist mir in den letzten Monaten so wichtig geworden und ich will auf keinen Fall die Freundschaft aufs Spiel setzen. Wie deppert kann man sein? Als wäre mein Leben nicht kompliziert genug.

2. Februar

Elena ist zu ihrer Family nach Verona gefahren, weshalb ich vorübergehend ihr Zimmer benutzen kann. Das freut mich, denn die letzten Nächte neben Retti waren bissl awkward. Sie tut so als wär nichts. Für mich hat sich was verändert. Das E hat uns so miteinander verbunden und das Runterkommen hat uns auseinandergerissen. Da ist diese Distanz zwischen uns. Wieso weiß ich nicht, ob ich bi oder hetero bin? Ich werde bald 24, da sollte man einen Plan von seiner sexuellen Orientierung haben. Ist man jemals zu 100% hetero? Oder gibt es nicht eh bei jedem dieses Restprozent Unsicherheit für den Fall, dass man die richtige Person trifft? Ich muss meinen Schädel freikriegen, damit ich mich aufs Spielen konzentrieren kann und nicht wieder so einen Blödsinn verzapf wie vorgestern.

8. Februar

Meine Füße bringen mich um. Ich bin von 9 bis 17 Uhr vor dem Donauzentrum im 22. Bezirk gestanden und hab Flyer und ein grausiges Getränk im Tetra Pak verteilt. Palettenweise. Die Leute sind voll drauf abgefahren, eh klar, wenns gratis ist. Danach bin ich direkt in den Proberaum gefahren und wollte mich niedersetzen. Retti hats mir verboten. Sie hat gesagt, ich soll mir das gar nicht erst angewöhnen, weils deppert ausschaut. Eh, aber meine Fußsohlen haben so gebrannt und das Spielen ist im Sitzen leichter. Morgen ist die Promoaktion auf der Mariahilfer Straße. Ich muss mir bequemere Schuhe anziehen. Und ich muss mit Michi reden. Ich seh nicht ein, für eine Wohnung Miete zu zahlen, in der ich nicht wohne. Abends haben Retti und ich zusammen *Friends* geschaut und sie hat mich gefragt, ob alles in Ordnung ist, weil ich ihr so komisch vorkomme. Ich hab gelogen und gesagt, dass alles passt. Dafür hab mich getraut zu fragen, um wen es bei *Leave Him* geht. Sie hat mir von dem ersten Mädel erzählt, in das sie mit 15 verknallt war. Es geht also nicht um mich. Wenigstens das ist geklärt.

9. Februar

Elena kommt morgen zurück, weshalb ich mit Retti reden musste. Wie soll ich mit ihr in einem kleinen Bett schlafen, solange die Situation zwischen uns komisch ist? Tagsüber hab ich wieder gehackelt und abends haben wir geprobt. Danach wollte Retti das zweite E nehmen, das noch da ist. Das hat mich voll ausgefreakt. Was, wenn wir wieder schmusen? Will sie das? Will sie deswegen das E nehmen? Ich hab ihr ehrlich gesagt, dass ich unsicher bin, ob ich auf Frauen steh, und dass ich sie total lieb hab, vielleicht mehr als das, aber dass ich unsere Freundschaft nicht kaputtmachen will. Sie hat sich erst nicht ausgekannt, wovon ich rede, und dann hat sie sich voll abgehaut. Für sie hatte das Rumschmusen keinerlei Bedeutung. »Ecstasy made me do it.« Der Name kommt ja nicht von ungefähr. Retti hat gesagt, dass ich nicht bi bin, sondern Bestandteil des Patriarchats, in dem der male gaze so vorherrschend ist, dass wir alle lernen, Frauen begehrenswert zu finden. Keine Ahnung, was genau sie damit meint und ob das stimmt. Wir nehmen das E.

8. Februar

Beim zweiten Mal wars weniger intensiv als beim ersten, trotzdem besser als alle anderen Räusche davor. Ich war so happy, dass wir uns ausgesprochen haben. Ich freu mich so, Retti wieder nah zu sein. Wir haben zu *Sgt. Pepper* getanzt und haben Pläne für die Band geschmiedet. Wir wollen so schnell wie möglich live spielen und unsere erste CD aufnehmen. Zuerst eine EP. Retti kennt eine Grafikerin, von der haben wir uns die Homepage angeschaut. Die macht voll coole Sachen. Die wollen wir fürs Cover fragen. Wir haben online teures Bühnengewand bestellt, das meiste schicken wir eh wieder retour. Und wir haben Ideen für Musikvideos gesammelt. Eins soll in einem Theater oder in einem alten Kinosaal spielen. Das wird super! Beim Runterkommen musste ich mich übergeben und hab zum Plärren angefangen. Retti hat eine Lennon-Doku auf *YouTube* reingegeben. Am Nachmittag ist Elena heimgekommen und hat uns gesagt, dass sie zurück nach Italien geht. Das heißt, ihr WG-Zimmer wird frei.

3

»Unpackbar.« Caro starrte auf das Foto, das ihr Anna per WhatsApp geschickt hatte.

»Was ist?«, fragte David.

Sie griff nach ihrem Weinglas und trank einen Schluck des Pinot Noir. Zur Feier ihres Urlaubsbeginns hatte sie die Flasche Wein geöffnet, die sie ganz hinten im Schrank für einen besonderen Anlass aufbewahrt hatte. Auf dem Esstisch zwischen ihnen türmten sich leere und halb leere Styroporkartons von ihrem Lieblingschinesen.

»Was ist?«, fragte er lauter.

Sie schwieg weiterhin und fixierte fassungslos das Bild.

»Immer machst du das! Du reagierst auf was und sagst nicht, was los ist. Ist es was Gutes oder Schlechtes?«

Wortlos hielt sie ihm ihr Handy hin.

»Ist das Asche?«, fragte er.

»Jep.«

»Es ist weg.«

»Argh. Anna hat eingestellt, dass ihre Nachrichten automatisch nach dreißig Sekunden verschwinden. Wahrscheinlich hat sie von Politikern gelernt, dass man illegale Dinge nicht in Chats bespricht.«

»Wieso illegal? War das Feuer nicht angemeldet?«

»Das ist Rettis Asche.«

»Was?«

»Ja! Keine Ahnung, wie sie da rangekommen ist.«

»Was hat sie damit vor?«

»Nach Hamburg bringen. Wegen dem depperten Brief, den sie gefunden hat.«

»Welcher Brief?«

»Ach.« Caro winkte ab. David setzte den vorwurfsvollen Verheimlichst-du-mir-etwa-wieder-was-Blick auf, weshalb sie weitersprach. »Es gibt einen Zettel. Ursprünglich warens zwei. Ich hab meinen weggehaut. Ich hätte nicht geglaubt, dass sie ihren noch hat. Wobei, das ist typisch Retti. Jedenfalls steht da drauf, was passieren soll, wenn eine von uns stirbt. Das war als Schmäh gemeint.«

»Was ist das für ein Schmäh?«

»Wir waren vollkommen drauf, als wir das geschrieben haben. Unzurechnungsfähig.«

David hatte keine Ahnung, wie es sich anfühlte, high oder drauf zu sein, und dass man in diesem Zustand Ideen für genial hielt, die sich nüchtern betrachtet als dumm herausstellten. Er verfügte über keinerlei Drogenerfahrung. Ein Kollege hatte ihm auf der letzten Weihnachtsfeier Koks angeboten, was David so entschieden abgelehnt hatte, dass er seitdem auch den Kollegen ablehnte. Das mochte Caro an ihm. Er kam aus einer anderen Welt, weit weg von dem Drugs-, Rock'n'Roll- und Sex-Lifestyle, den sie – in dieser Reihenfolge – geführt hatte. Während sie in ihren Zwanzigern keine Party ausgelassen und sich außer Heroin, Crack und Meth alles reingehauen hatte, was den Geist kurzfristig erfreute, aber Psyche und Körper langfristig ruinierte, hatte David in Mindeststudienzeit studiert, war anschließend von Montag bis Freitag arbeiten gegangen und hatte am Wochenende mit Freunden Basketball und Billard gespielt und dazu das ein oder andere Bier getrunken. Während Caros beruflicher Lebenslauf einer Cross-Country-Strecke mit selbstauferlegten Hürden glich, weil sie bis Anfang dreißig, dem – wie sie es nannte – ›albernen Teenagertraum von der großen Musikkarriere‹ nachgelaufen war, war David wie ein Pfeil dem Karriereziel entgegen geschossen.

»Und was genau steht in dem Brief?«, fragte David nach einer Weile.

»Dass Anna und ich Rettis Asche in Hamburg im Bambi Kino verstreuen sollen. Beziehungsweise an dem Ort, an dem das Kino gestanden ist. Das hats schon nicht mehr gegeben, als sie das geschrieben hat.«

»Warum an diesem Ort?«

»Weil die *Beatles* dort in zwei Kämmerchen gehaust haben.«

»Kommen die *Beatles* nicht aus Liverpool?«

»Ja eh. 1960 haben sie ein paar Monate in Hamburg gelebt und sind jeden Abend aufgetreten. Im Indra-Club und im Kaiserkeller. George, Paul und Pete wurden dann ausgewiesen, John ist freiwillig ausgereist und Stuart ist in Hamburg geblieben. Im Jahr drauf sind sie wieder nach Hamburg gekommen, da waren sie um einiges bekannter und haben woanders gewohnt.«

»Und was hat das mit Retti zu tun?«

»Sie ist riesiger *Beatles*-Fan. Wie ihr Name verrät.«

David verstand es offenbar nicht.

»Loretta? *Get Back*?«

Er verstand noch immer nicht.

»Aus dem Lied hat sie ihren Namen. Galgenhumor quasi. Aus Loretta Martin hat sie Loretta Love gemacht, weil sie fand, dass das pornoartiger klingt. Typisch Retti. In dem Brief steht sogar, dass der Song beim Verstreuen gesungen oder abgespielt werden soll.«

»Nur, weil man von etwas Fan ist, will man doch nicht gleich, dass seine Asche dort verstreut wird.«

»Es war ein Schmäh. Du weißt, dass wir damals hin und wieder was konsumiert haben.« Sie hatte das Thema Drogen bisher nur kurz gestreift und ihm gegenüber runtergespielt. Seine Gesichtszüge versteinerten. »Die Geschichte war die: An dem Abend haben wir ein Konzert gespielt und danach waren wir unterwegs und haben Party gemacht.« Bis 15 Uhr am nächsten Tag, was sie für sich behielt. »Als wir heimkommen sind, waren wir so aufgedreht und konnten nicht schlafen.« Weil sie das Speed aufbrauchen wollten. »Also haben wir eine Doku geschaut, die auf einem dieser Großelternsender lief. MDR, ARD, WDR, einer von denen. Es ging um einen Mann, der verstorben war. Ich glaube, er war Naturfilmer oder Tierfotograf oder so was. Jedenfalls wollte der, dass seine Freunde seine Asche in Anwesenheit eines lebenden Eisbären in der Arktis verstreuen. Man sieht also diese Leute auf einem kleinen Boot in der Kälte sitzen und nach einem Eisbären Ausschau halten, damit sie endlich seine Asche ins Meer kippen können. Teilweise sind sie grantig, weil er ihnen das zumutet, gleichzeitig war er ihnen wohl wichtig genug, dass sie das durchziehen. Wir fanden das vollkommen absurd und hatten die Idee, selbst aufzuschreiben, was wir gerne hätten, wenn wir so größenwahnsinnig denken täten.«

»Dafür, dass ihr unzurechnungsfähig wart, erinnerst du dich ziemlich genau.«

Caro ignorierte diese Spitze. »Retti wollte zuerst, dass ihre Asche in Anwesenheit des Schlagzeug spielenden Ringos in Liverpool verstreut wird. Sie hats in Hamburg und Bambi Kino geändert, weil sie geglaubt hat, dass Ringo vor ihr stirbt. Dafür hat sie hinzugefügt, dass ein Eisbär in der Nähe cool wäre. Es war ein Schmäh.«

»Warum hat sies dann so lange aufgehoben?«

»Sie hat nie irgendwas weggehaut. Du hättest ihr Zimmer sehen sollen. Das war bis oben hin vollgestopft mit Krempel. Wir mussten im Gang eine Zwischendecke einziehen, damit sie ihr Musikequipment dort lagern konnte. Gitarren, Ständer, Effektgeräte, Mikrofone und so.«

»Und Anna will ihr den Wunsch erfüllen?«

»Ja. Vollkommen deppert. Und sie hat mich gefragt, ob ich mitkomme. Als würde ich ... mit Anna ...« Sie schnaubte verächtlich.

»Hmm.« David sortierte die Styroporschachteln. Er steckte die Leeren ineinander und warf sie in den Müll. Er schloss die halb vollen und stapelte sie übereinander.

»Wann fährt sie denn?«

»Morgen.«

»Und für wie lange?«

»Ich denk sie wird hinfahren, die Asche verstreuen und zurückkommen. Warum?«

David stellte die halb vollen Styroporschachteln in den Kühlschrank.

»Warum hebst du die auf? Wir fahren morgen weg!«, sagte Caro.

»Du solltest lieber nach Hamburg fahren.« Er sagte es so vorsichtig, als wägte er selbst ab, was er davon hielt.

»Nein!«

»Es wäre eine Chance, um –«

»Auf keinen Fall. Wir fahren morgen zum Retreat. Ich hab meinen Koffer schon gepackt.«

»Eben. Er ist eh gepackt, dann kannst du auch nach Hamburg fahren.«

»Warum? Was soll ich da?«

David füllte sich Wein nach und trank.

»Denkst du, ich hab große Lust mit dir wegzufahren und stundenlang neben dir zu meditieren, wenn ich weiß, dass es ungeklärte Dinge in deiner Vergangenheit gibt? Wie soll ich da abschalten?«

»Es gibt nichts zu klären!«

»Wenn dem so wäre, hättest du anders auf ihren Tod reagiert. Du bist sauer auf sie. Ich weiß nicht, was genau zwischen euch vorgefallen ist, aber ich weiß, dass du diesen Ärger nicht mit dir rumtragen solltest. Lernt man das nicht im Yoga? Dass sich negative Gefühle physisch festsetzen und Energiebahnen blockieren?«

Caro grunzte widerwillig Zustimmung.

»Wenn du gar nichts mit der Beerdigung zu tun haben willst, fahr wenigstens nach Hamburg. Sprich dich mit Anna aus, falls das notwendig ist, und nimm von deiner Ehefrau Abschied.«

»Bist du sehr grantig auf mich?«

»Verletzt. Es würde mir helfen, wenn ich wüsste, dass das

Thema abgeschlossen ist und wir ohne Vergangenheitsballast in die Zukunft starten.«

Es würde also eine gemeinsame Zukunft geben. »Und was ist mit dem Retreat? Einen Tag vorher lässt sich das nicht stornieren.«

»Ich kümmere mich darum. Im Todesfall machen sie bestimmt eine Ausnahme oder geben uns zumindest einen Gutschein. Ansonsten hab ich eine Reiserücktrittsversicherung. Wir holen das nach.«

»Und was ist mit meiner Ausbildung? Ich wollte mir die Praxisstunden anrechnen lassen.«

Die Yoga-Ausbildung, für die Caro berufsbegleitend ein Jahr veranschlagt hatte, zog sich seit eineinhalb Jahren hin, weil in der Arbeit andauernd was dazwischenkam. Das Retreat im Gasteinertal hätte ihr innerhalb weniger Tage den Großteil der fehlenden Praxisstunden eingebracht.

»In Hamburg gibts auch Yoga-Studios. Nimm deine Matte mit, du kannst dort ein paar Einheiten besuchen.«

Caro atmete hörbar aus. »Okay. Ich liebe dich! Nicht vergessen.« Sie küsste David.

Richtig fassen konnte sie es nicht. Hamburg würde ihre persönliche Arktisreise werden. Sie verfluchte Retti dafür.

26. Mai

Wir haben den ganzen Tag für den morgigen Bandwettbewerb in der *Szene Wien* geprobt. Jede Band hat drei Songs und muss Publikum und Jury von sich überzeugen. Wir haben beschlossen, als dritten Song keinen eigenen zu spielen, sondern *Penny Lane* zu covern. Das kennen die Leute. Retti glaubt, wir haben Chancen, unter die ersten Drei zu kommen. Vorausgesetzt, die Jurystimmen werden genauso stark gewichtet wie die Publikumsstimmen. Wer weiß, wie groß die Fanbase der anderen Bands ist. Wenn die mit allen antanzen, die sie kennen, überstimmen die locker unsere paar Hanseln, die kommen. Wir vermuten, dass die anderen Bands hauptsächlich Punk spielen und wir musikalisch hervorstechen. Optisch sowieso. Rettis neuer knallroter Spitzenbody bedeckt knapp ihre primären und sekundären Geschlechtsmerkmale. Ich überlege, ob ich unter mein bauchfreies Paillettentop was drunterziehe. Neben Retti komm ich mir so fett vor. Jede Frau mit normaler Figur wirkt neben ihr fett. Erst recht, wenn sie ihre ewiglangen dünnen Haxen in High Heels steckt. Ich entscheide morgen spontan. Wichtiger ist, dass wir gescheit spielen.

27. Mai

Für den ersten Auftritt ever ists ganz gut gelaufen. *The Smell Of Your Dreams* war vom Sound her schwierig, weil wir uns schlecht auf den Monitoren gehört haben. *Leave Him* war besser und bei *Penny Lane* sind wir voll abgegangen. Es waren einige FreundInnen von uns da und Mama mit Wolfgang. Retti hat mich überredet, nichts unter das Top drunterzuziehen und es hat keiner gesagt, dass ichs mir nicht leisten kann. Ich muss trotzdem abnehmen. Wir haben den meisten Applaus gekriegt, trotzdem hats nicht für einen der vorderen Plätze gereicht.

Voll schade. 1. Platz wäre eine professionelle Studioaufnahme eines Songs gewesen. Dafür hat sich vielleicht was anderes ergeben. Der Sänger von *The Peace Birds* war da. Das ist eine Coverband, die 60s und 70s spielen. Er hat uns nach der Show angesprochen, weil ihm unsere Version von *Penny Lane* so getaugt hat. Seine Band tourt im Herbst durch Österreich und er will sie überreden, uns als Vorband mitzunehmen. Das wäre uns lieber als die Studioaufnahme. Was fängt man mit einem Song an?

1. Juni

Musikmachen gibt mir so viel. Mir hats auf der Bühne voll getaugt. Wir müssen unbedingt bald wieder live spielen. Endlich spür ich wieder Feuer in mir. Als wäre eine alte Leidenschaft neu entfacht. Wie hab ich vergessen können, dass Musik so wichtig für mich ist? In der Schule hat mir die Schulband am meisten getaugt. Ich wünschte, mir hätte damals wer gesagt, dass ich das beruflich verfolgen soll. Das hätte mir das Studium erspart. Das letzte Jahr mach ich fertig, damit ich den Titel hab. Danach will ich das Risiko, statt 9 to 5 zu arbeiten. Es wird nicht leicht werden, aber wir haben wirklich was drauf. Wenn wir alle die Band zur obersten Priorität machen, wird das was. *The Heebie-Jeebies* ist unser Job, wurscht wie viel oder wenig wir damit einnehmen. Im Grunde genommen gehts im Leben darum, wie man seine begrenzte Zeit bis zum Tod verbringt und ich will meine mit Retti, Nikki und Tim verbringen und mit ihnen Songs schreiben und live spielen.

9. Juni

Retti hat mit Matic von *The Peace Birds* hin- und hergeschrieben und wie es ausschaut, gehen wir wirklich mit denen auf Österreich-Tour. Zehn Gigs im Oktober. Wir kriegen jeden Abend 30 min und zahlen 300 Euro pro Gig. Ist branchenüblich, dass die Vorband was zahlt. Equipment müssen wir selbst mitnehmen. Da müssen wir schauen, wie wir das machen, weil Nikki über den Verstärker spielt, der im Proberaum steht. Wir werden was anmieten. Genauso wie einen Van. Und die Unterkünfte müssen wir uns selbst checken. Dafür verkauft ihr Merch-Mann unser

Zeug mit und verlangt nur 20 % Provision statt 30 wie sonst. Wir wollen auf jeden Fall T-Shirts und CDs machen. Was eh knapp wird, weil wir erst Songs aufnehmen müssen. Wovon sollen wir das bezahlen? Irgendwie kriegen wir das hin. Auf dem Sparbuch von meinen Eltern ist bissl was drauf, was ich investieren würde. Durch den Merch-Verkauf kommt eh wieder was rein. Wir haben so ein Glück. Wer kriegt bitte beim ersten Auftritt gleich ein Tour-Angebot? Das heißt was!

21. Juni

Am Vormittag hab ich an der Seminararbeit gearbeitet. Freitag ist Abgabetermin, aber ich muss bis Mittwoch fertig sein. Donnerstag und Freitag kommt ein Freund von Tim in den Proberaum und nimmt Songs mit uns auf. Ich tu mir diesmal so schwer mit der Seminararbeit, weil ich gedanklich mit der Band beschäftigt bin. Es gibt Tausend Sachen zu organisieren und es ist weiterhin unklar, wie wir das bezahlen. Nikki und ich werden in den Sommerferien mehr arbeiten. Der Freund von Tim arbeitet gratis für uns, weil er die Aufnahmen für seine Ausbildung an der *SAE* verwenden kann. Hoffentlich gehen sich vier, fünf Songs aus, damit wir das als EP verkaufen können. Wir sind uneinig, ob wir *Penny Lane* mit draufgeben sollen. Tim glaubt, dass das mit den Rechten zu heikel ist und sie uns verklagen könnten. Nikki und ich glauben, dass sich die EP dadurch öfter verkauft, vor allem ans Peace-Birds-Publikum. Ich seh die Gefahr, dass unsere Songs gegenüber *Penny Lane* abstinken. Wir würden uns direkt mit dem Songwriting der *Beatles* messen. Retti will ausschließlich eigene Songs draufhaben, damit wir von Anfang an unsere kreative Eigenständigkeit beweisen.

24. Juni

Erster Aufnahmetag. Wir haben uns um 9 Uhr im Proberaum getroffen. Es hat recht lange gedauert, bis Tims Freund Ronny alles aufgebaut und eingerichtet hatte. Er ist mit zehn Mikros angekommen, die er von der *SAE* ausgeborgt hat. Allein sechs davon waren fürs Schlagzeug. Jeweils eins war für Nikkis und Rettis Gitarre, meinen Bass und die Raumakustik. Gesang nimmt er mit Retti separat auf. Deswegen haben wir instrumental eingespielt und es war etwas tricky, den Überblick zu behalten, wo wir uns im Song befinden. Dadurch hats länger gedauert als geplant. Irgendwann hat Retti angefangen, die Lippen mitzubewegen und uns Zeichen zu geben, was voll geholfen hat. Um 22 Uhr hatten wir erst einen Song fertig. Retti stresst deshalb bissl rum. Das Ganze wird wesentlich professioneller als ich geglaubt hätte. Ich bin voll gespannt, wie es klingt. Am liebsten würde ich schlafen gehen, damit ich morgen ausgeruht bin, aber ich muss die Einleitung für die Seminararbeit schreiben und wegschicken.

5. Juli

Anna, die Grafikerin, mit der Retti befreundet ist, hat uns einen Cover-Entwurf für die EP geschickt. Mir taugts voll. Es passt perfekt zur Musik. Es ist relativ simpel: ein anatomisches Herz, das in einer Blumenvase liegt, die die Form weiblicher Brüste hat. René Magritte meets Pop Art. Darüber steht *The Heebie-Jeebies* und darunter *Marmelade Sky* in coolen Schriftarten. Das Ganze in knalligen Farben. Das Motiv macht sich super auf T-Shirts. Wir haben beschlossen, 200 CDs und 50 T-Shirts zu machen. Wenn wir nach der Tour ausverkauft sind, können wir gleich nachbestellen. CDs brennen wir selbst. Wir bekleben die Rohlinge mit runden Stickern und fürs Booklet bestellen wir Flyer in der passenden Größe. Wir wollen uns mit der EP auf jeden Fall bei Plattenfirmen vorstellen. Keine Ahnung, wie leicht oder schwer das ist, eine zu finden. Bestimmt leichter, wenn man eine Tour vorweisen kann.

15. Juli

Die Grafikerin hat uns die Rechnung für ihre Arbeit geschickt. 500 Euro! Retti ist voll ausgezuckt, weil sie geglaubt hat, dass Anna das gratis für uns macht. So was müssen sie vorher ausreden! Ich versteh, dass Anna Geld dafür verlangt und 500 Euro ist wahrscheinlich eh günstig dafür, dass wir ihre Grafik für T-Shirts, Facebook und unsere Homepage nehmen. Sollten wir jemals eine haben. Trotzdem ists halt viel zu viel für uns. Ich kenn Anna zwar nicht, aber man kann mit jedem reden. Am gescheitesten wärs, persönlich mit ihr zu reden und ihr das Konzept der Band zu erklären und sie für uns zu gewinnen. Außerdem müssen wir Bandfotos machen. Wir haben nur das eine Gruppenfoto vor dem Proberaum, dass wir für den Bandwettbewerb genommen haben. Auf dem schau ich furchtbar aus. Für die nächsten muss ich mindestens drei Kilo abnehmen, besser fünf. Unpackbar wie viele Aufgaben zu einer Band gehören, die nichts mit Musikmachen zu tun haben.

19. Juli

Retti hat Song drei und vier eingesungen, derweil ich im Museum gehackelt hab. Es war so fad. Am Abend ist Anna zu uns in die WG gekommen. Retti hat sie auf meinen Vorschlag hin eingeladen. Sie ist voll lieb. Retti hat die letzten Tage so gemein über sie geredet, dass ich geglaubt hab, dass der volle Unmensch bei uns auftaucht. Wir haben Wein getrunken und ihr unsere Lage erklärt. Sie hat von sich aus angeboten, diesmal 250 Euro ohne Rechnung zu verlangen. Gut, es wäre cool gewesen, wenn sie komplett auf die Bezahlung verzichtet, 250 ist auch viel, aber sie ist hauptberuflich Grafikerin und plant, sich selbstständig zu machen. Für sie ists okay, wenn wir fünf Mal 50 Euro zahlen. Wir haben ihr versprochen, dass wir sie nicht vergessen, wenn wir den großen Durchbruch haben. Nächstes Wochenende gehen wir zusammen fort. Anna möchte gern Speed ausprobieren. Ich freu mich voll drauf.

21. Juli

Meine Fußsohlen haben schon vor dem Dienst gebrannt. Warum dürfen wir im Museum keine Sneaker anziehen? Als würden die BesucherInnen auf die Schuhe des Aufsichtspersonals achten. Das hat sich irgendwer im Büro einfallen lassen, der in seinem Leben keine Stunde am Stück gestanden ist. Stehen vor allem, das ist ärger als gehen. Wurscht, es bringt eh nichts, sich zu ärgern. Außerdem sind endlich die Mixes von der EP gekommen. Ich wollte am Heimweg einen Champagner beim Spar kaufen. Die günstigste Flasche hat 25 Euro gekostet und hatte 0,2 ml. No, thank you. Ich hab zwei Flaschen Prosecco genommen. Retti hat mit dem Anhören der Mixes auf mich gewartet und nach dem ersten Durchlauf war ich total begeistert. Retti hat ein paar Verbesserungsvorschläge, aber ich glaube, sie ist zu perfektionistisch. Ihr ist die Stimme zu leise und zu weit hinten im Mix. Ich hör das nicht raus. Wir machen jetzt Party und lassen es nebenbei ein paar Mal rennen. Morgen hab ich eh frei.

4

Freitagmorgen rollte Caro mit der Treppe auf Gleis 6 des Wiener Hauptbahnhofs. Sie hatte den großen Koffer, den sie für das Retreat gepackt hatte, zu Hause gelassen und für den Kurztrip nach Hamburg das Notwendigste in ihren Trolley geworfen: Wechselkleidung für zwei Tage, Pyjama, ein etwas schickeres Kleid plus Schuhe und Handtasche, Stoffrucksack, zwei Bücher, Tagebuch und Verpflegung für die Reise. Einzig das Yogaoutfit hatte es vom anderen Gepäck rüber in dieses geschafft, genauso wie ihre petrolfarbene Yogamatte, die auf ihren Rücken geschnallt war.

Der 10:15-Uhr-Zug fuhr in einer halben Stunde ab. Anna und sie würden in 10 Stunden und 6 Minuten in Hamburg eintreffen. Caro zog ihren Trolley zu einem Schattenplatz, von dem sie die Aufgänge und den Lift im Blick hatte. Wie sie Anna kannte, würde sie erst kurz vor Abfahrt des Zuges kommen. Vielleicht verspätete Anna sich aber auch, sodass die Reise ausfiel. Dann könnte sie David gegenüber behaupten, es wirklich vorgehabt zu haben, und es wäre nicht ihre Schuld, dass nichts daraus geworden war. Selbst im Schatten stand die Wärme wie eine unsichtbare Säule. Das Polyesterfutter ihrer geöffneten Kunstlederjacke klebte an ihren Armen. Es war die richtige Entscheidung gewesen, kurz vor dem Losgehen die weiße Bluse gegen ein luftiges Satinkleid zu tauschen. Sie überprüfte zum fünften Mal, ob sie Geldbörse, Handy, Pass und die Tickets eingesteckt hatte. Wie beim vierten Check befand sich alles in der Außentasche ihres Trolleys.

Für die Fahrt hatte sie 149 Euro pro Richtung bezahlt. Insgesamt 298 Euro, um … Ja, wofür eigentlich?

Um mit ihrer Vergangenheit abzuschließen? Sie dachte, das

hätte sie längst getan, denn sie bewegte sich in einem komplett anderen Umfeld. Von ihren jetzigen Freundinnen und Freunden wusste kaum jemand, dass sie mal Bass bei *The Heebie-Jeebies* gespielt hatte. Dass sie überhaupt Bass spielen konnte. Sie hatte zu rauchen aufgehört und statt sich vorsätzlich zu zerstören, machte sie regelmäßig Detoxkuren, achtete auf gesunde, vollwertige Ernährung, praktizierte Yoga und meditierte. Statt sich zu betäuben, fühlte sie. Mit David war Stabilität in ihr Liebesleben eingezogen. Sie fühlte sich in ihrer Mitte. Angekommen! Zufrieden! Setzte sie das mit dieser Reise aufs Spiel? Hatte der Trip das Potenzial, Caro aus dem Gleichgewicht zu bringen? Nein! Das würde sie nicht zulassen.

Sie schloss die Augen, spürte bewusst den Boden unter ihren Füßen und visualisierte, wie sich ihre Beine in Wurzeln verwandelten, die tief in die Erde eindrangen und sie erdeten. Sie atmete tief durch die Nase bis hinunter in den Bauch ein und mit einem hörbaren Seufzer durch den Mund wieder aus. Sie verfügte über geeignete Tools, um mit herausfordernden Situationen umzugehen.

Eine weibliche Computerstimme verkündete die Einfahrt des ICE. Langsam füllte sich der Bahnsteig. Caro musterte alle Neuankömmlinge. Überwiegend junge Menschen mit großen Rucksäcken und Kleinfamilien, die ihren halben Hausrat und unpraktische Kinderkoffer in Tierform nachzogen, in die maximal ein Stofftier passte. Der Zug glitt in die Station.

Auf der Rolltreppe tauchte ein junger Mann auf. Seine langen straßenköterblonden Haare gingen nahtlos in seinen brustlangen Bart über, sodass nicht erkenntlich war, wo die verfilzten Haare aufhörten und der Bart anfing. Seine Augenbrauen waren auffällig buschig, die wenige unbedeckte Gesichtshaut jugendlich faltenfrei. Er war feingliedrig gebaut und trug erdtonfarbene, dreckige Kleidung und zu warme Lederstiefel. Über seiner Schulter spannte der Riemen eines Army-Rucksacks. Caro fand, dass er wie ein abgehalfterter Straßenmusiker aussah, der sich im Jahrzehnt geirrt hatte. Es fehlten nur Gitarre in den Händen, Basstrommel auf dem Rücken, Schellenkranz um den Fuß und Mundharmonika im Mund. Erst als der Mann auf sie zukam und sie den Grasgestank wahrnahm, realisierte sie, dass sie ihn kannte: August.

»Ahoi«, begrüßte er Caro.

»Hallo.«

»Die Prinzessin organisiert belegte Brotscheiben und Heißgetränke. Ich soll dir die Botschaft übermitteln, dass sie überpünktlich eintreffen wird und du ruhig Blut bewahren sollst.«

Er ließ den Rucksack auf den Bahnsteig plumpsen. Caro ging davon aus, dass es sich um Annas Gepäck handelte. Sie mochte August nicht. Er nervte sie jedes Mal nach wenigen Sekunden. Allein seine Art zu reden, zog ihre Nackenmuskulatur zusammen. Sie hielt ihn für einen halbwüchsigen Pausenclown ohne Ambitionen, was an den acht Jahren lag, die er jünger war als sie und daran, dass er permanent Pläne schmiedete, ohne je einen davon umzusetzen. Er baute Wolkenschlösser und kriegte in der Realität nicht mal einen Bauklotz-Turm auf die Reihe. Caro hatte nie verstanden, warum sich Anna und Retti mit ihm abgaben, ihn sogar nach ihr in die WG einziehen ließen.

»Und?«, fragte er.

»Eh. Und selbst?«

»Ausbaufähig. Der Besuch von Gevatter Tod in unserem trauten Heim war ein ziemlicher Downer.«

»Also wohnst du noch in der Herbststraße?«

»Freiwohl.«

»Mein Beileid. Also wegen Retti, nicht wegen der Herbststraße.«

»Dito.«

»Danke.«

Wann tauchte Anna endlich auf, verabschiedete sich von August und beendete dieses Geplänkel? Quälte es ihn auch, mit ihr zu reden? Falls ja, warum taten sie sich das an? Sollte sie in den

Zug einsteigen und Plätze reservieren? Sie stellte sich auf die Zehenspitzen und lugte ins Wageninnere. August kopierte sie und sah ebenfalls, dass der Waggon zu Dreiviertel leer war.

»Ist dir die Hansestadt vertraut?«, fragte er.

»Nicht wirklich. Wir haben mal mit *The Heebie-Jeebies* im *Knust* gespielt. Das ist ewig her. Das Einzige, was wir von der Stadt gesehen haben, war der Club, und nach dem Soundcheck sind wir kurz mit dem Auto über die Reeperbahn gefahren. Am nächsten Tag sind wir gleich weiter. Ich glaube nach Wolfsburg. Oder wars Magdeburg? Irgendwie so was.«

Anna erschien in oversized Micky-Maus-Shirt und weiten schwarzen Stoffshorts auf der Rolltreppe.

»Da ist sie ja«, sagte Caro.

»Prinzessin!« August nahm ihr die Papphalterung mit drei Coffee-to-Go-Bechern ab.

Caro wunderte sich über die Reisetasche in Annas Hand, immerhin hatte August schon ihren Rucksack gebracht. Wie viele Sachen nahm sie für zwei Tage mit?

»Morgen.« Anna klang matt. Ihre Tränensäcke reichten bis zu den runden Wangen und das Weiß ihrer Augen war von roten Äderchen durchzogen.

»Wollen wir?«, fragte Caro.

»Wir rauchen schnell eine.« Sie stellte ihre Tasche neben den Rucksack und löste einen Kaffeebecher aus der Halterung. »Für dich. Mit Sojamilch, kein Zucker.« Sie hielt ihn Caro hin.

»Ich trinke keinen Kaffee.«

»Seit wann?«

»Zwei Jahre ungefähr. Gar kein Koffein.«

»Okay, dann –«

»Danke Prinzessin«, August griff danach, »ich akzeptiere gerne zwei.«

Dieses lächerliche Hin und Her wirkte wie ein überinszeniertes Theaterstück, in dem jede Bewegung für zehn Seiten Inhalt stand. August trank von dem Kaffee und stellte ihn ab. Er holte

Paper, Filter und Tabak aus seiner Stoffbauchtasche und begann eine Zigarette zu drehen. Caro starrte auf die Bahnsteiganzeige für den Fall, dass sie zehn Minuten vorsprang und sie in den Zug hechten mussten.

Anna zündete sich die Zigarette an, die August ihr gab.

»Toi aussi?«, fragte August und drehte eine zweite fertig.

»Hab aufgehört«, sagte Caro. »Vor Jahren.«

»Dein Fehler.« Er ließ sich von Anna Feuer geben.

Angeblich waren Ex-Raucherinnen die penetrantesten Nicht-Raucherinnen. Was auf Caro definitiv zutraf. Der Gestank löste Würgereiz in ihr aus. Sie bildete sich ein, dass er sofort in jede Haut-, Haar- und Kleiderfaser eindrang. Sie wedelte demonstrativ mit der Hand vor ihrem Gesicht und stellte sich so, dass der Rauch von ihr wegzog und die Yogamatte nichts davon abbekam. Wie peinlich wäre es, morgen im Hamburger Yoga-Studio mit einer Matte aufzukreuzen, die nach Zigaretten roch? Und überhaupt: Rauchen war auf dem Bahnsteig verboten.

Anna und August zogen abwechselnd an ihren Zigaretten und nippten am Kaffee. Caro bereute, dass sie David nicht darum gebeten hatte, sie zum Zug zu bringen. Abschiede am Bahnsteig waren romantischer als zu Hause. Verband Anna und August etwa eine Liebesbeziehung? Hatte Caro in den vergangenen Jahren verpasst, wie sich die platonische Wohngemeinschaft in mehr verwandelt hatte? Sie wirkten so vertraut und stimmten ihre Gebärden wortlos aufeinander ab. Reichte das zusammen mit dem Kosenamen als Indiz? Nein! Schon früher hatte August Frauen mit unpassenden Verniedlichungen zwangsbeglückt. Außerdem wären sie optisch das unpassendste Paar seit Janet Jackson und Matthew McConaughey. Sie überragte ihn um zehn Zentimeter und drei Speckrollen, sie stand fest im Leben und wusste, was sie wollte, er sprang wie ein Jack-in-the-Box jedem Abenteuer entgegen.

Mit ihren Vans trat Anna den Stummel aus und entsorgte ihn im Mistkübel. August tat es ihr gleich.

Drei Minuten bis zur Abfahrt. Caro griff ihren Trolley und wartete darauf, dass sich Anna und August voneinander verabschiedeten.

Die beiden schulterten ihr Gepäck und stiegen in den ICE ein. Caro folgte. Warum stieg August mit ein? Brachte er Anna zum Platz? Hatte er keine Bedenken, dass der Zug losfuhr?

Anna und August ignorierten alle freien Plätze und durchquerten den Waggon. Caros Yogamatte verhakte sich an Lehnen, und sie rammte Sitze mit ihrem Koffer. Einige Fahrgäste zogen ihre Füße zur Seite. Anna und August vergrößerten den Abstand, während sie durch den nächsten und übernächsten Waggon gingen. Wollte Anna Caro abschütteln? Wollte sie allein sitzen? Das wäre total in Ordnung, sie wollte sich nur vergewissern, dass August vor der Abfahrt den Zug verließ.

Zu spät. Der ICE setzte sich in Bewegung.

Caro kämpfte sich bis zum letzten Waggon durch. Anna und August saßen am Fenster eines Viererplatzes. Anna in Fahrtrichtung, August entgegen. Ihre Jacken steckten zu praktischen Kissenpaketen gefaltet zwischen Sitz und Fenster. Auf dem Tisch standen die Kaffeebecher und daneben lagen eine offene Chips-, eine halb leere Kekspackung und die Ladestationen ihrer Bluetooth-Ohrstöpsel. Wie erfahrene Reiseprofis hatten sie sich schnell häuslich eingerichtet.

»Fährst du etwa mit?«, fragte Caro August.

»Freiwohl.«

»Warum hast du mir das nicht gesagt?«, fragte sie Anna.

»Du wolltest ja erst nicht mitkommen und August hat angeboten, mich zu begleiten. Er war auch mit Retti befreundet und –«

»Das hättest du mir sagen müssen!«

»Hätte ich sehr gerne. Ich hätte die Fahrt gerne mit dir geplant, aber du hast mich ignoriert, so.«

»Trotzdem!« Caro verschränkte ihre Arme und blieb im Gang stehen. Erst als sie merkte, dass sie das nicht weiterbrachte, verstaute sie ihre Yogamatte oben auf der Gepäckabladefläche, holte ihr Ticket und das Buch *Auf dem Weg: Eine Reise zum wahren Sinn des Lebens* von Yongey Mingyur Rinpoche aus der Außentasche des Trolleys und legte beides auf den Tisch. Anschließend hievte sie den Trolley nach oben.

»Wenn ich das gewusst hätte …«, murmelte sie und setzte sich neben Anna.

»Falls es dein Wille ist, belege ich mich mit einem Unsichtbarkeitszauber«, sagte August.

»Ich will dich aber sehen!«, rief Anna.

»Exklusiv für die Perle.« Nannte er Caro etwa Perle? »Mein aufrichtiges Angebot«, sagte er zu ihr.

»Danke, aber …« Caro ließ den Satz unvollständig.

»Aber was?«, fragte Anna.

»Spielt ihr etwa noch immer dieses depperte Spiel?«

»Welches Spiel?«

»Bei dem ihr so tut, als könnte August hexen.«

»Zaubern«, berichtigte er.

»*Zaubern*, ja natürlich …«

»Er ist Magier, so! Ich habs selbst erlebt.«

»Und ich bin der Osterhase. Bitte verschont mich damit. Wenn wir es in Hamburg miteinander aushalten wollen, dann –«

»Es stimmt! Er kanns dir beweisen.«

»Lass«, sagte August.

»Genau, lass gut sein. Sonst blamiert er sich.«

»Wenn es dein Wille ist, ein Leben ohne Magie zu führen, bewahre ich dich davor.«

»Nein. Wir klären das ein für alle Mal und dann ist Ruh, so«, beharrte Anna. »Es wird schwer genug sein, Retti …«, sie stockte und schluckte. »Was soll er zaubern, damit du es glaubst?«

»Pff«, machte Caro.

»Sag!«

Caro sah sich um, ob andere Reisende auf das Gespräch aufmerksam geworden waren. Zwei Reihen hinter ihnen wischten zwei Mittzwanziger unbeteiligt auf ihren Handys. Schräg gegenüber knetete eine schildkrötenfaltige Frau den Folder mit den geplanten Haltestellen und beobachtete das vorbeiziehende Wien.

»Gut, zaubere das Bambi Kino wieder her, damit sich der ganze Aufwand lohnt.«

»Das verlangt zu viel Energie«, sagte August.

»Ich wusste es.«

»Formulieren wir als Willenssatz, dass wir an den Ort kommen, an dem sich einst das Bambi Kino befand.«

»Das ist zu einfach. Falls dort ein Haus steht, müssen wir reinkommen.«

»Abgemacht.«

Er holte Stift und Notizbuch aus seinem Rucksack, blätterte zu einer leeren Seite, notierte einen Satz, strich Buchstaben weg und schrieb die verbliebenen so eng aneinander und übereinander, dass sie sich berührten und Striche miteinander teilten.

»Was machst du da?«

»Er zaubert«, sagte Anna.

»Ohne Zauberstab und spitzen Hut?«

»Wir sitzen in einem Zug nach Hamburg, nicht im Hogwarts Express, so.«

»Darf man *Harry-Potter*-Referenzen verwenden? Ich hab geglaubt, J. K. Rowling wurde gecancelt.«

»Das missverständliche Porträtieren von Magie wäre früher ein Streichgrund gewesen«, sagte August, der auf einer neuen Notizbuchseite ein großes Symbol malte.

»Und jetzt?«, fragte Caro, als er fertig war.

»Aufladen.«

»Mit Strom?«

»Energie.«

»Sei still«, flüsterte Anna. »Er muss sich konzentrieren.«

Caro schaute zu, was August tat, beziehungsweise nicht tat. Er fixierte das Symbol vor sich. Nach circa zwei Minuten ohne Blinzeln veränderte sich kurz sein Blick. Er schüttelte sich, riss die Seite aus dem Notizbuch, zerknüllte sie und warf sie in den Rucksack.

»It is done«, sagte er.

Absurd. Was sollte das gebracht haben?

Die Zugbegleiterin betrat den Wagen und verlangte laut nach den Fahrkarten. Anna öffnete das PDF auf ihrem Handy, und Caro sah den bezahlten Betrag: 64,90 Euro.

»Warum hast du die Hälfte von mir gezahlt?«

»Magie«, sagte sie und grinste. »Wer nicht zaubern kann, zahlt den regulären Preis.«

»Lass!«, sagte August.

»Genau, lass!«, sagte Caro zu Anna. Sie zeigte der Schaffnerin das Ticket, nahm ihr Buch und vergrub sich darin.

5. Oktober

Tourstart! Wegen der ganzen Troubles mit unserem gemieteten Van – wir mussten den 6-Sitzer doch gegen einen 9er tauschen – sind wir mit zwei Stunden Verspätung in Amstetten angekommen. Haben dort die *Peace Birds* kennengelernt. Fünf ältere Herren. Unser Auftritt fand im Zuge des dreitägigen Herbstfests am Hauptplatz statt. Unter anderem standen auf dem Programm: ein Kindertheater, ein Clown und eine Schülerband. Direkt vor unserem Gig trat ein *moderner Zirkus* auf, der aus zwei Frauen bestand, die sich theatralisch auf der Bühne gewälzt haben. Total bizarr. Es waren viele Leute da und unser Konzert war toll, aber wir haben nur eine CD verkauft.

6. Oktober

Ich hab schlecht geschlafen. Zum Glück schnarcht keiner von uns, sonst wärs unpackbar zu viert in einem Zimmer. Auf dem Weg nach Steyr haben wir Plakate von der *Steyrischen Wiesn* gesehen, die dieses Wochenende stattfindet. Wir haben uns voll abgehaut, bis wir vor Ort draufgekommen sind, dass sich das Festzelt exakt an der Adresse befindet, die uns Matic fürs Konzert gegeben hat. Retti ist voll ausgezuckt, weil sie auf keinen Fall ›vor konservativen Trachtentrotteln‹ spielt. Für so einen Gig sollten wir bezahlt werden, statt dafür zu bezahlen! Der Jägermeister hat sie umgestimmt. Wir haben uns extra stark geschminkt, selbst Tim hat meinen Glitzerlidschatten benutzt, sich eine fette Regenbogenflagge auf die Brust gemalt und oben ohne gespielt. Retti hat in den Songpausen linke politische Ansagen gemacht und jeder Bierbecher, der auf die Bühne geflogen ist, hat uns weiter angestachelt.

7. Oktober

Retti hat heut in der Früh mit Matic telefoniert und alle Tourdetails verlangt. Seine Liste liest sich wie der Tourplan des Grauens: Genussmarkt in Fuschl am See, Kurzentrum Bad Hofgastein, Genussbauernhof in Mallnitz, Tag der Volksabstimmung in Feldkirchen, *Postgarage* in Graz (der einzig sinnvolle Gig), Weinwandertag in Eisenstadt, Stadtfest in Wiener Neustadt und Pottendorfer Tennis Trophy sponsert bei *Raiffeisen Bank*. Dafür hab ich mein Sparbuch aufgelöst? Sie haben uns voll verarscht. Sie haben uns 2000 Leute pro Show versprochen, dabei kommen die wegen dieser Festln. Wir haben überlegt, abzubrechen, aber wir haben einen Vertrag unterschrieben.

8. Oktober

›Wenigstens das Wetter ist schön‹ ist unser neuer Tour-Slogan. Das hat Tim gesagt, als wir in Bad Hofgastein ausgestiegen sind. Hier schauts aus wie auf einer Österreich-Postkarte. Im Vordergrund Kurzentrum und Kuhweide und im Hintergrund die Berge mit schneebedeckten Spitzen. Mit Rock'n'Roll hat das Ganze genau nichts zu tun. Wir haben unser Zeug auf der Bühne im Speisesaal aufgebaut. Soundcheck fiel für uns aus, weil im Nebenraum ein Vortrag zu gesunder Ernährung stattfand. Es ist saukomisch und zum Plärren. Wir haben in der Pension eingecheckt und uns im Supermarkt Bier und Essen besorgt, weil das gesamte Catering den *Peace Birds* gehört. Nach dem Abendessen wurden die Tische im Speisesaal zur Seite geräumt und Sessel fürs Konzert in Reihen aufgestellt. Statt 30 min haben wir alle Songs gespielt, die wir haben, damit die 150 Kurgäste müde werden. Hat bissl gedauert, bis die *Peace Birds* draufgekommen sind und uns abgedreht haben. Der Plan hat tatsächlich funktioniert.

9. Oktober

Die Luft ist raus, der Schmäh ist drin. Wenigstens das Wetter ist schön. Wir bemühen uns, unsere Frustration nicht aneinander auszulassen, sondern auf die Cover-Opas zu richten, die es nötig haben, eine aufstrebende Band auszunehmen. Wir haben die Autoschleuse Tauernbahn nach Mallnitz genommen und kamen lange vor den *Peace Birds* an, die nichts von der Schleuse gewusst haben und außenrum durch den Tauerntunnel gefahren sind, wie *Google Maps* vorgeschlagen hat. Wir haben uns die zwei größten und schönsten Räume auf dem Bauernhof ausgesucht. GENUSSbauernhof, wie die Besitzerin übertrieben betont hat. Das Essen bestand vor allem aus Wurst und Fleisch aus der eigenen Züchtung. Keine Ahnung, wie man tote Tiere essen kann, während man die lebenden Artgenossen anschaut. Am Abend kam das ganze Dorf zur Weinverkostung vorbei. Die kleine Bühne, auf der wir gespielt haben, bestand aus Europaletten und war direkt vor der Scheune aufgebaut. Auf der Anlage war ein Limiter, damit wir nicht zu laut aufdrehen wegen der Tiere. Wir haben trotzdem Gas gegeben.

11. Oktober

Als wir in Graz angekommen sind, haben wir uns voll gefreut. Der erste richtige Club dieser Tour. Wir haben gedacht, dass wir endlich gescheit Soundcheck machen können, aber die *Peace Birds* hatten Probleme mit ihrem Amp. Sie haben gefragt, ob sie über unseren spielen können, und Retti hat ihnen angeboten, unseren für 300 Euro zu mieten. Genau die Summe, die wir ihnen für den Gig zahlen müssen. Sie haben einen anderen besorgt, wodurch alles nach hinten gerückt ist. Wieder kein Soundcheck. Mein Vater ist vorbeigekommen und hat uns seinen Zweitschlüssel gebracht, damit wir ihn in der Nacht nicht aufwecken. Ich hab ihm von der Tour erzählt und maßlos übertrieben, weil er so dagegen ist, dass ich hauptberuflich Musik mache. Ich hab gesagt, dass wir jeden Tag vor hunderten Leuten spielen. Es war so peinlich, als nur 35 Hanseln zum Gig gekommen sind und der Merch-Mann zu meinem Vater gesagt hat, dass er der Erste ist, der ein T-Shirt von uns kauft.

12. Oktober

Mein Vater ist aus dem Haus gegangen, bevor wir aufgestanden sind. Ich hatte eh keine Lust, mir wieder einen Vortrag über Karriere und Zukunftschancen anzuhören. Tim und Nikki wollten eine Führung in der

Zotter-Schokoladenfabrik in Riegersburg machen. Sie können es sich eh leisten, sich mit Schokolade vollzustopfen. Retti und ich sind derweil in den Tiergarten gegangen. Mama und Wolfgang sind zum Konzert in Eisenstadt gekommen, wir werden bei ihnen übernachten. Sie haben gesagt, dass wir besser gespielt haben als im Mai. Stimmt, was das anbelangt, hat die Tour einiges gebracht. Mama findet, dass ich dünn ausschaue und abgenommen hab. Kann vom vielen Spielen kommen oder weil wir öfter beim Essen gespart haben, aber nicht so arg, wie sie tut. Sie hat uns nach dem Gig eine Brettljause gemacht.

13. Oktober

Mama hat uns ein Frühstück wie im 4-Sterne-Hotel aufgetischt. Danach ist Nikki ihre Eltern besuchen gefahren und ich hab mit Retti und Tim eine Tour durch Donnerskirchen gemacht. Ich hab ihnen gezeigt, wo ich als 4-Jährige in die Wulka geflogen bin, in welcher Kurve ich mit dem Fahrrad gestürzt bin und mir die Narbe am Knie zugezogen hab und wo auf dem Kirchberg unser Lieblingsplatz zum Kiffen war. Stage time auf dem Stadtfest in Wiener Neustadt war am frühen Nachmittag. Das Publikum bestand aus Familien. Die erste Reihe waren fast nur Kinder. Die *Peace Birds* gehen mir dermaßen auf die Nerven, ich bin froh, dass wir sie morgen zum letzten Mal sehen. Am liebsten tät ich sie wegen Betrug anzeigen. Retti hat gemeint, dass es Tradition ist, der Hauptband zum Tourabschluss Streiche zu spielen.

14. Oktober

Der 1. Platz für die unnötigste Tour-Verletzung geht eindeutig an mich. Ich bin nachts aufs Klo gegangen und hab mich im Dunkeln hingetastet, um Retti nicht aufzuwecken. Als ich zurückkam, wollte ich aufs Bett springen, aber da war kein Bett. Ich hatte vergessen, dass die Möbel anders stehen, und bin mit meinem vollen Gewicht auf der linken Hand gelandet. Ich hab das ganze Haus zusammengeschrien. Mama ist mit mir nach Eisenstadt ins Spital gefahren, wo ich einen Gips bekommen hab. Den muss ich sechs Wochen tragen. Die anderen haben sich zurecht über mich abgehaut. Retti hat darauf bestanden, dass ich die

Songs spiele, bei denen ich mit der rechten Hand Saiten anschlagen kann, ohne mit der linken Akkorde zu greifen. Der Gig war der absolute Reinfall. Pottendorfer Tennis Trophy sponsert bei *Raiffeisen Bank*! Wir haben die Drumsticks der *Peace Birds* zusammengepickt, Mehl auf ihre Snaredrum gestreut und ihre Kabel umgesteckt. Wir sind aber nach unserem Gig gleich zum Party machen heimgefahren.

15. Oktober

Die Party gestern ist komplett ausgeartet. Anna, Ronny, Nikkis Freund, ein Freund von ihm und Rettis aktuelle Flamme waren da. Die hat so einen komplizierten Namen. Zahlt sich eh nicht aus, sich den zu merken. Gut, dass damals nicht mehr zwischen Retti und mir gelaufen ist. Sie wechselt ihre LiebhaberInnen wie Socken. Da bin ich lieber eine enge Freundin statt eine von vielen. Christian hat wieder rumgestresst, weil wir so laut waren. Er hätte eh mitfeiern können. Das Speed hätte für alle gereicht. Ich glaube, dass er bald aus der WG ausziehen wird.

5

Zugfahren wirbelte Caros Raum-, Zeit- und Hungergefühl durcheinander. Draußen zog noch die wellige Landschaft Niederösterreichs vorbei, als sie eine Packung Reiswaffeln und Studentenfutter aus dem Trolley holte. Sie kaute jeden Bissen dreißig Mal. Nach eineinhalb Reiswaffeln, zwei Rosinen und drei Mandeln fühlte sie sich vorerst gesättigt und widmete sich wieder ihrem Buch.

Neben ihr steckte Anna sich gedankenverloren eine Handvoll Paprika-Riffel-Chips in den Mund. Krümel landeten auf ihrem Micky-Maus-Shirt. In ihren Ohren steckten Bluetooth-Stöpsel. Dicke Tränen quollen zwischen ihren geschlossenen Augenlidern hervor.

August saß im Schneidersitz zum Fenster gewandt. Seine Lederstiefel hatte er ausgezogen. Sie dampften unter dem Tisch und verströmten ein muffiges Aroma. Ab und zu kommentierte er den Podcast, den er hörte, und gestikulierte wild.

Ein deutscher Zugbegleiter polterte durch den ICE und forderte erneut alle Fahrgäste auf, ihr Ticket vorzuzeigen.

»Fahrkarten jawoll, Herr Kontrolleur«, sagte August mit teutonisch rollendem R und setzte sich demonstrativ aufrecht hin.

Der Schaffner runzelte die Stirn, prüfte die Tickets der Drei besonders penibel und ging weiter.

»Wo sind wir?«, fragte Anna.

»Hinter Passau«, sagte Caro.

Anna stöhnte.

»Mit dem Aeroplan –«, setzte August an.

»Ich fliege nicht«, sagte Caro und fiel damit Anna ins Wort, die »Kein Flugzeug!« sagte.

»Der erste Konsens«, sagte August.

»Bei Umweltschutz waren wir uns immer einig, so.«

»Im Gegensatz zu Retti«, sagte Caro.

Als sie in der WG zusammengewohnt hatten, aßen sie grundsätzlich vegetarisch oder vegan, achteten auf richtige Mülltrennung, Plastikvermeidung und darauf, Strom zu sparen. Retti hingegen ließ überall das Licht brennen, alle elektrischen Geräte eingeschaltet und schleppte jeden Einkauf in einem neu gekauften Plastiksackerl nach Hause.

»Erinnerst du dich an ihre Plastikflaschen mit stillem Wasser?«, fragte Anna.

»Boah, ja. Warum hat sie kein Leitungswasser getrunken? Das hat die gleiche Qualität!«

»Ich hab heimlich ihre offenen Flaschen mit Leitungswasser nachgefüllt. Sie hat nie was gemerkt.«

»Das ist gescheit.«

»Wenn wir schon von Retti reden. Ein weiterer Grund, warum wir nicht fliegen können ...« Anna tauchte unter dem Tisch ab. Chips-Brösel rieselten wie Flocken in einer Schneekugel auf den Boden. »So!« Sie zog einen roten High-Heel-Lack-Plateau-Stiefel aus ihrer Reisetasche. Rettis Stiefel!

»Warum hast du den mitgenommen?«

Anna kippte den Stiefel leicht, sodass Caro in den Schaft hineinsehen konnte. Im Stiefel steckte ein durchsichtiges Müllsackerl.

»Ist das?«

»Retti.«

Caro verschluckte sich an ihrer eigenen Atmung. »Du hast die Asche ...? In ihren Schuh ...?«

»Das waren ihre Lieblingsstiefel, so.«

Caro hustete. »Gibts keine Urne? Oder eine Dose?«

»Die Urne ist bei der Bestattung. Das fällt sofort auf, wenn die fehlt. Es ist nicht die ganze Asche.«

»Wie bist du da rangekommen?«

»Ein Bekannter von Retti arbeitet im Krematorium. Einen Löffel darf man legal als Andenken mitnehmen.«

»Schaut nach einer Schaufel aus.«

»Er war sehr großzügig.«

»Sehr stilvoll«, sagte August. »Das hätte Anklang bei ihr gefunden.«

»Sie hätte es total abgefeiert, aber es ist bissl makaber.«

»Passend zum Bambi Kino«, sagte Anna.

»Pourquoi?«, fragte August.

»Weil Retti gesagt hat, dass das ihre Pornoschuhe sind.«

»Und die benötigt man zur Stippvisite im Kinderkino?«

»Das Bambi Kino war ein Softporno-Kino«, erklärte Caro. »Zumindest abends. Es hat Bruno Koschmider gehört und der wird kein Kinderkino geführt haben.«

»Capisce. Die ideale letzte Aufregungsstätte.«

»Aufregungs–?«

»Retti ruht nicht«, sagte Anna. »Vor allem nicht in Frieden.«

»Wohl wahr.«

In der Tat traf es Aufregungsstätte eher als Ruhestätte. Caro dachte daran, wie sich Retti im Scheinwerferlicht der Bühne gerekelt hatte und den Mikrofonständer zwischen ihren gespreizten Beinen rieb. Rettis Sexualität wirkte immer offensiv und nie peinlich. Nach der Show krallte sie sich die Männer und Frauen, die ihr gefielen und nahm sie mit ins Hotelzimmer. Sie lebte ihre Version des Rockstarlebens, das mehr dem eines kleines österreichischen Independent-Rock'n'Roll-Films als dem einer großen Hollywood-Produktion entsprach. Für Zweites fehlten Erfolg und Geld. Retti gab offen zu, die Musik von *The Heebie-Jeebies* und ihre Soloalben, die sie als *Loretta Love & The Heebie-Jeebies* veröffentlichte, mit Sex verkaufen zu wollen. Caro hatte sich manchmal gefragt, wie sich das mit dem Älterwerden vertragen würde. Ein Image, das dermaßen auf Sex fußte, fiel spätestens mit der Gesichtshaut in sich zusammen. Erfolgreiche Frauen wie Debbie Harry, Dolly Parton, Madonna und Gwen Stefanie versuchten das Gegenteil zu beweisen, aber mehr als chirurgische Verschandlungen hatten sie dem Alter nicht entgegenzusetzen. Retti hatte mit Anfang zwanzig Kinn, Nase und Brüste machen lassen. Caro war sich sicher, dass weitere Eingriffe gefolgt wären.

Der Gesprächsfaden riss ab und keiner spann einen neuen. Anna verstaute den Stiefel wieder in ihrer Tasche, stöpselte ihre Kopfhörer in die Ohren und sah aus dem Fenster. Caro las und aß weitere eineinhalb Reiswaffeln.

Hinter Regensburg holte August Bier für sich und Anna aus dem Speisewagen.

»Ich hab mit dem Ober geplaudert«, sagte er als er wieder zurückkam. »Er hat mir mitgeteilt, dass der Zug in Nürnberg eine Tschicklänge in der Haltestelle ruht. Ich hab ihm gesagt, wir kommen zu ihm nach vorne.«

»Passt«, sagte Anna.

August kramte die Rauchutensilien aus seiner Bauchtasche und begann akribisch einen perfekten Joint zu bauen. Der erdigsüßliche Grasgeruch mischte sich in die abgestandene Waggonluft. Caro hielt ihr Buch näher vors Gesicht und versteckte sich hinter den Seiten.

»Eskortierst du uns?«, fragte August sie.

»Ugh ugh«, sagte Caro ohne aufzusehen.

Sie ließ Anna vorbei, die mit August zusammen zum Speisewagen ging. Der ICE hielt in Nürnberg und ein Menschenschwall ergoss sich vom Bahnsteig ins Innere. In Reise-nach-Rom-Manier stürzten sich die schnellsten auf die verbliebenen freien Plätze. Caro verteidigte Annas und Augusts Sitze, räumte aber Augusts Nebensitz für eine Frau in Birkenstocksandalen frei. Sie war zu alt, um Birkenstock ironisch zu tragen und zu jung, um es ohne Scham zu tun.

In Nürnberg hatte sie vor circa sieben Jahren mit *The Heebie-Jeebies* ein Konzert gespielt, allerdings waren sie mit dem Auto angereist. Caro hatte vergessen, ob es sich bei Nürnberg um den Ort mit der Burg oder um den mit dem Fluss handelte. Sie wusste, dass sie im Anschluss in München aufgetreten waren, wo sie die Atmosphäre gehasst und die Euphorie des Publikums geliebt hatte. Und dass es in München exzellentes Speed gab. Ihre Gedanken hangelten sich von Tour-Stopp zu Tour-Stopp, um den Dominostein zu finden, der die passende Assoziationskette anstieß.

Lediglich der Zug setzte sich in Bewegung. Mistkübel, Bänke, Anzeigetafeln und Wartende zogen vorbei. Zwei von ihnen hatten Ähnlichkeiten mit Anna und August.

Das waren Anna und August!

»Mist!« Caro hechtete über Annas Sitz, presste ihre Nase gegen die Scheibe und trommelte mit den Fäusten gegen das Glas. »He!«, schrie sie. Die zwei standen mit dem Rücken zum Zug und registrierten nicht, was geschah. »He!«, schrie sie erneut. Die beiden verschwanden aus ihrem Sichtfeld. Was hätte es genützt, wenn sie sie gehört hätten? Das war ein ICE, keine Dampflok, auf die man während der Fahrt aufsprang wie in einem Western.

Mist!

Mist, Mist, Mist!

»Freunde von Ihnen?«, fragte die Birkenstock-Frau.

»Mhm.« Caro hatte keine Lust einer Fremden die komplizierten Beziehungsgeflechte zu erklären.

Sie holte ihr Handy aus dem Trolley und brach damit ihr Handyintervallfasten. Sie wählte Annas Nummer und legte auf, als der Anrufbeantworter ranging. Augusts Nummer hatte sie nicht.

Caro durchsuchte Annas Sachen. Ihr Handy steckte in der Seitentasche ihrer zusammengeknüllten Jeansjacke und war passwortgeschützt. Somit konnte sie Augusts Nummer nicht rausfinden. Sie zog Annas Reisetasche unter dem Tisch hervor und öffnete sie.

»Sind die frei?«, fragte ein Mann mit Kind auf dem Arm.

»Nein!«, sagte Caro.

»Sieht fast so aus«, sagte die Birkenstock-Frau. Sie würde wohl auch einer Toten das Zahngold rausreißen.

»Jetzt nicht!«, sagte Caro, und das Kind schrie los.

»Ich will nach Hause«, jammerte es.

»Ich auch!«

»Frechheit.« Der Vater zog davon.

Caro fand Annas Geldbörse, ihren Pass und den roten High-Heel-Lack-Plateau-Stiefel. War sie ab sofort für Rettis Asche verantwortlich? Machte sie sich damit strafbar? Würde man ihr glauben, dass es sich nicht um ihre Tasche handelte?

Caro knüpfte sich Augusts Rucksack vor.

»Nu sind die Plätze aber frei«, sagte die Birkenstock-Frau. »Ihre Freunde sind ja –«

»Lassen Sie mich doch mal nachdenken. Außerdem haben sie für die Plätze bezahlt! Was kann ich dafür, dass der Zug überfüllt ist?«

»Kein Grund rumzuschreien, ich will bloß behilflich sein.«

»Ich brauche auch Hilfe!« Augusts Handy lag im Rucksack gleich obenauf. »Mist! Wissen Sie, wann der Zug als Nächstes hält?«

»In eineinhalb Stunden. In Erfurt.«

»Eineinhalb Stunden?«

Caro zwang sich tief ein- und auszuatmen. Ruhig bleiben! Sie hatte ausreichend Zeit, um abzuwägen, ob sie in Erfurt aussteigen oder weiterfahren sollte. Dafür sprach, dass Anna und August womöglich im nächsten Zug saßen, dagegen, dass Caro das Gepäck von drei Personen bei sich hatte und ihr Ticket ausschließlich in diesem Zug gültig war. Und was würde sie tun, wenn sie nicht im nächsten Zug saßen? Und wann würde der überhaupt fahren?

Wieso waren sie so dumm auszusteigen? Seit wann entsprach eine Tschicklänge einer Jointlänge? Wäre August zu Hause geblieben, wäre das nicht passiert. Er benahm sich mit Ende zwanzig wie ein Teenager. Und er zog Anna auf sein Level runter. Die Trauer hatte sie anfällig gemacht. In der WG war Anna mit Abstand die vernünftigste gewesen. Sie hatte sich gezielt die Partys rausgepickt, die mit ihren Plänen und Aufträgen vereinbar waren, wohingegen Caro und Retti bereitwillig alle Pläne verworfen hatten, um spontan Party zu machen. Anna hatte in der Vergangenheit Weitblick bewiesen, dafür stand sie in der Gegenwart bekifft in Nürnberg.

»Melden Sie das dem Lokführer«, schlug die Birkenstock-Frau vor.

»Wozu? Glauben Sie, wir fahren zurück?«

»Er kann Kontakt mit seinen Kollegen vom Bahnhof aufnehmen, und die geben Ihren Freunden eine Nachricht von Ihnen.«

Welche Nachricht sollte das sein? Caro stellte sich vor, wie ein uniformierter Mitarbeiter der Deutschen Bahn Anna und August einen Zettel aushändigte, auf dem stand: ›Ihr Trottel, schön deppert!‹ Wären das die richtigen Worte?

»Ich denk drüber nach«, log Caro.

Sie räumte Augusts Sitz vorsorglich für jemanden frei, der der Birkenstock-Frau Gesellschaft leistete. Gesprächige Menschen in Zügen ließen erst von einem ab, wenn sie ein alternatives Opfer fanden.

Unaufhörlich streiften Menschen auf der Suche nach freien Plätzen durch den Zug. Ihre hochgezogenen Schultern und tiefhängenden Köpfe waren der Grund, warum es in Zügen keine zu öffnenden Fenster gab. Man musste fürchten, dass sie sich bei der ersten Gelegenheit hinausstürzten.

»Die sind frei!«, rief die Birkenstock-Frau zu einer Frau und einem Mann, die erschrocken schauten, als wären die freien Plätze an unmoralische Bedingungen geknüpft.

Caro starrte aus dem Fenster. Je weiter sie sich von Nürnberg entfernte, umso klarer wurde ihr, dass aussteigen in Erfurt die unsinnigste aller Handlungsvarianten wäre. Schließlich saß sie nicht in einer Straßenbahn, in der die nächste Station zwei Minuten entfernt war und die Fahrt 2,50 Euro kostete. Sie saß im ICE mit Gepäck von drei Personen, inklusive Asche einer Verstorbenen und einer Yogamatte. Lieber fuhr sie wie geplant weiter. Sie würde am Hamburger Hauptbahnhof auf Anna und August warten. Anna hatte sich um eine günstige Unterkunft in der Nähe der Reeperbahn gekümmert. Caro wusste weder den Namen noch die Adresse.

Elf Jahre zuvor

1. Mai

In der Früh ist die Wohnungsanzeige online gegangen und seitdem ertrinken wir in Anfragen. Mein Handy hat durchgeläutet, bis ichs auf lautlos gestellt hab. Ich hab massenhaft E-Mails gekriegt. Wie sollen wir da jemanden aussuchen? Retti hat vorgeschlagen, Leute zu testen. Wer die angebotene Line nimmt oder wer beim Saufen als Letztes aufrecht steht, wirds. Auf die Art besteht allerdings die Gefahr, dass es eine wird, die permanent Party macht und der wir jeden Monat wegen der Miete nachrennen. Eine Mischung wär ideal: nicht so spießig wie Christian und nicht komplett hinüber. Mir geht das Ganze so am Nerv. Ich hab keine Kapazitäten für diesen Blödsinn. Ich muss dringend anfangen zu lernen, und die Plattenfirma fragt nach dem Pressetext für den Album-Release im August. Wäre es nicht gescheiter, wenn die den selbst schreiben? Die sollten wissen, wie man das Album promoten muss. Retti und ich werden mal einen Vorschlag entwerfen, die anderen schauen drüber und wir schreiben zusammen die finale Fassung.

3. Mai

Anna zieht im Juni ein! Yes, yes, yes! Ein vorgezogenes Geburtstagsgeschenk. Keine Ahnung, wie Retti sie dazu gekriegt hat. Theoretisch hat sie zwei Monate Kündigungsfrist in ihrer aktuellen WG, aber sie wird mit denen einen Deal machen. Anna passt perfekt zu uns. Sie raucht, ist Vegetarierin, macht gerne Party und ist selbst kreativ. Sie weiß, wie das ist, wenn man eine Idee hat, die man sofort umsetzen will. Außerdem können wir so enger zusammenarbeiten und live dabei sein, wenn Grafiken für uns entstehen. Mit dem Cover fürs Album hat sie eh wieder genau unseren Geschmack getroffen. Ich bin so froh, dass wir das depperte Mitbewohner-Casting am Wochenende absagen können. Halleluja. Wir müssen auf jeden Fall eine fette Einweihungsparty schmeißen.

28. Mai

WG-Partys sind die besten, weil man nicht überlegen muss, wie man heimkommt. Mit der U-Bahn fahren ist die Hölle, wenn man vollkommen drauf ist oder gerade runterkommt. Ich hasse das. Außerdem ist mein Magen so sensibel. Beim Runterkommen muss ich mich oft übergeben. Mir ists schon zweimal passiert, dass ichs kaum aus der U-Bahn geschafft hab und voll in die Station gespieben hab. Bei richtig starkem MDMA passiert mir das auch wenn ich drauf bin. Deswegen schniefe ichs lieber als es zu schlucken. So kann ichs leichter dosieren und mich rantasten, als wenn ichs in Wasser auflöse oder als Bomberl nehme. Es ist so wichtig, sich selbst zu dosieren. Andere haben eine höhere Toleranz und legen mir zu große Lines auf. Dann bin ich komplett drüber. Kann lustig sein, aber manchmal ists zu viel. Annas Einweihungsparty war gar nicht so exzessiv. Bzw. ist, denn sie läuft noch. Für mich zumindest. Ich will nicht, dass es aus ist. Alle sind gegangen, und Retti ist mit Flora und Florian (ich wünschte, es wäre ein Schmäh) in ihr Zimmer verschwunden. Ich bin übrig. Früher hab ich geglaubt, dass Partys, die bis 8 Uhr in der Früh gehen, lang sind,

29. Mai

mittlerweile dauern Partys so lange wie Drogen da sind. Ich zögere das Runterkommen möglichst weit hinaus. Warum ist das so ein Drama? Kann man dagegen nicht was erfinden? Wir fliegen zum Mond, haben Smartphones und schaffens nicht, das Leid des Runterkommens zu lindern? Retti sagt, das gehört zum Rausch dazu. Das Leiden bewahrt einen ein Stück weit davor, süchtig zu werden. Oder ists umgekehrt? Wurscht, das ist Zukunftsmusik. Ich mach mir einen Sekt auf und leg nach. Ein paar Lines sind übrig. Und dann? Ich könnte *Mr. Magoriums Wunderladen* schauen. Die DVD liegt seit meinem Geburtstag voriges Jahr rum und Retti fragt dauernd, wann ich ihn endlich anschaue. Für sie ist das der beste Feel-Good-Movie ever. Ich tät mich lieber mit wem unterhalten, aber es ist niemand online, mit dem ich reden will. Ich glaube, dass alle schlafen, die auf der Party waren. Wie machen die das? Ich schlaf nach dem Partymachen maximal zwei, drei Stunden und den Rest des Tages häng ich durch. But not today! Ich schreib ein paar Leuten, irgendwer wird schon reagieren.

30. Mai

Den Kater hab ich übertaucht, indem ich gestern erst ins Bett gegangen bin, als es wieder dunkel wurde. Ich konnte die Nacht durchschlafen und fühl mich halbwegs fit. Fitter als nach anderen Partys. Retti hab ich das auch empfohlen. Sie hat gestern Nachmittag so gelitten. Sie glaubt, dass ich den Kater aufgeschoben hab. Ich glaub nicht, dass da was nachkommt. Wir haben zusammen die gröbsten Partyspuren beseitigt und sogar den Boden von Annas Zimmer gewischt, weil der so von den Seifenblasen gepickt hat. Außerdem hat irgendwer sein Bier ausgeschüttet. Wir haben nach der Party mehr Alkohol im Haus als vorher, weil alle was mitgebracht haben und kaum was getrunken wurde. Damit können wir in den nächsten Wochen ausgiebig auf Annas Einzug anstoßen. Am Abend haben Retti und ich *Mr. Magoriums Wunderladen* geschaut, weil ich gestern stattdessen Pornos angemacht und masturbiert hab. Zum Glück. Der Film ist extrem traurig. Wir haben so geplärrt. Von wegen Feel-Good-Movie, er stirbt am Anfang!

23. Juni

Ich hab die Magister-Prüfung bestanden und bin offiziell Frau Magistra! Es fühlt sich voll surreal an. Vor der Prüfung war ich so nervös und hab gedacht, dass ich alles vergessen hab. Sie haben mich aufs Glatteis geführt, als es um meine Magisterarbeit gegangen ist, aber das konnte ich retten. Ich bin so froh, dass es vorbei ist. Jetzt kann ich mich zu 100 % auf die Band konzentrieren. Leider hört damit die finanzielle Unterstützung meiner Eltern auf. Es war sehr praktisch, dass ich bisher so wenig arbeiten musste. Ich hab schon einen Plan, wie ich das mache. Ich such mir irgendeinen Brotjob, in dem ich für ein Jahr Teilzeit hackel und kassiere danach Arbeitslosengeld. So macht Retti das. Schließlich hab ich das Geld in dem Jahr selbst eingezahlt, also steht mir das zu. Vorübergehend, bis wir genug Geld mit Gigs, Alben und Merch einnehmen.

6

Kurz vor 23 Uhr erreichte der ICE den Hamburger Hauptbahnhof. Endstation. Die Lichter der Stadt bekämpften erfolgreich die Dunkelheit, die sich über das restliche Land ausgebreitet hatte und Caros Lider beschwerte. Jegliche Hoffnung von ihr war mitten im Nirgendwo zwischen Halle (Saale) und Berlin Südkreuz auf der Strecke geblieben, wo es wegen eines Böschungsbrandes zu einem außerplanmäßigen Aufenthalt von drei Stunden gekommen war. Drei Stunden! Wegen eines Böschungsbrandes!

Sie hatte den Plan verworfen, am Hauptbahnhof auf Anna und August zu warten. Selbst auf dem Wiener Hauptbahnhof würde sie keine Nacht verbringen, in einer fremden Stadt erst recht nicht. Laut Booking.com war im InterCityHotel schräg gegenüber vom Bahnhof was frei. Das würde sie ansteuern.

Caro wartete, bis sich der Waggon leerte und der Mann neben ihr aufstand. Sie hängte sich ihre Yogamatte und Augusts Rucksack um, nahm Annas Reisetasche in eine und ihren Trolley in die andere Hand. Beim Aussteigen achtete sie darauf, das Gleichgewicht auf den kleinen Stufen zu behalten, als ihr ein Mann Hilfe anbot.

»Geht schon«, sagte sie und verstärkte ihre Griffe, weil sie fürchtete, jemand könnte ihr das Gepäck entreißen.

»Lass dir helfen, Caro«, sagte eine Frauenstimme.

Sie blickte auf. Anna! August! »Was macht –? Wie –?«

Auf dem Bahnsteig ließ sie Reisetasche und Rucksack fallen. Sie wollte vor Wut schreien, die beiden vor Freude umarmen und vor Erschöpfung weinen. Statt einem Gefühl nachzugeben, verharrte sie in Schockstarre und stammelte weitere W-Fragen.

»Hopfensaft?«, fragte August und hielt ihr eine Dose hin. Die Geste wirkte wie eine Ohrfeige.

»Bist du deppert? Deswegen sind wir überhaupt erst in diese Situation gekommen. Hättet ihr euch nicht besoffen und eingeraucht, wäre das nicht passiert. Ich hab mir solche Sorgen gemacht.«

»Herzallerliebst.«

»Bist du wo angerannt?«

»Genug!«, unterbrach Anna. »Ich war auch sauer. Sorry, dass wir dir Sorgen gemacht und dich in diese Lage gebracht haben.« Auffordernd schaute sie August an.

»Pardon«, sagte er.

»Wir sollten in die Pension fahren, so.«

Caro hätte große Lust gehabt, August weiter anzuschreien, aber Annas Entschuldigung nahm ihr den Wind aus den Brüllsegeln.

Anna wischte auf ihrem Handy. »S1 bis Reeperbahn.« Zielgerichtet startete sie los.

Der Hamburger Hauptbahnhof bestand aus einer riesigen Halle, an deren Enden sich die klassische Bahnhof-Infrastruktur mit Geschäften, Fressbuden, WC und Informationsschalter befand. Von dort sah man runter auf die Bahngleise in der Mitte. Eine moderne Arena, in der die Züge als Gladiatoren um die Gunst des Publikums kämpften. Selbst zu später Stunde tummelten sich hier viele Menschen. Der Großteil der Nicht-Reisenden bewegte sich torkelnd vorwärts oder hatte vor den geschlossenen Geschäften sein temporäres Nachtlager aufgeschlagen.

»Habt ihr ’n Euro?«, fragte ein Obdachloser.

»Sie können den Hopfensaft haben«, sagte August, ging zu ihm rüber und gab ihm die Bierdose. »Auf Einladung von Caro.«

»Danke, Caro!«, sagte der Obdachlose und seine drei Freunde lallten: »Danke, Caro.«

Caro wandte den Blick ab und ging weiter. »Musste das sein?«, fragte sie als August aufschloss.

»Hm?«

»Dass du Fremden meinen Namen verrätst.«

»Ist der generell vertraulich zu behandeln oder nur gegenüber Wohnungslosen?«

»Na ja, also –«

»Es handelt sich um Erdenbürger wie du und ich.«

Mehr du als ich, dachte Caro.

»Warum hast du unsere Kontaktaufnahme ignoriert?«, fragte August.

»Hä? Ihr habt euch nicht bei mir gemeldet. Wie denn? Ihr hattet ja meine Nummer gar nicht.«

»Aber unsere.«

Wieder fragte jemand August nach Kleingeld. Diesmal bot er eine selbstgedrehte Zigarette an. Caro holte Anna ein, die entschlossen vorneweg marschierte. »Habt ihr versucht mich im Zug zu erreichen?«

»Wir haben unsere Handys angerufen, aber du bist nicht rangegangen.«

»Ich hab sie in eure Taschen gesteckt und nicht gehört.«

Vor allem hatte Caro nicht an diese Möglichkeit gedacht, obwohl sie so nahelag.

Wie eine professionelle Reiseleiterin kaufte Anna für alle drei Fahrkarten, manövrierte sie in die richtige S-Bahn und zu einer freien Vierersitzgruppe.

»Wie seid ihr denn so schnell nach Hamburg gekommen?«

»Mitfahrgelegenheit«, sagte Anna. »Der Kellner aus dem Bordrestaurant hatte Feierabend und ist deswegen in Nürnberg ausgestiegen. Wir sind davon ausgegangen, dass er wieder in den Zug muss, und dann haben wir plötzlich gemerkt, dass der fort ist.«

»Missdeutung unsererseits«, sagte August.

»Es war dumm von ihm, uns das nicht zu sagen. Dafür hat er uns die Mitfahrgelegenheit besorgt. Das ist in Deutschland wesentlich verbreiteter als bei uns. Es ist jemand Richtung Kiel gefahren, der hat uns in Hamburg rausgelassen.«

»Und wie habt ihr das bezahlt?«, fragte Caro.

»Das hat der Kellner gemacht, unser Geld war ja im Zug. Für ihn der teuerste Ofen, den er je geraucht hat.«

»Zum Glück hat er euch geholfen.«

August zuckte gleichgültig mit den Schultern. »Deus ex machina. Auf jede Frage offenbart sich eine Antwort.«

»Macht dir das gar nichts aus?«

»Pourquoi?«

»August ist ohne Geld durch Vietnam getrampt. Für den ist das ein Kinderspiel«, sagte Anna.

»Der Schlüssel ist Vertrauen.«

»In was?«, fragte Caro.

Als Antwort grinste er geheimnisvoll.

Sie stiegen bei der Reeperbahn aus. Neonröhren begrellten die Station, moderne Kunstwerke verzierten die Wände und erhöhten das subjektive Sicherheitsgefühl. Keine Spur vom zwielichtigen Schmuddelviertel. Grölende Halbstarke wiesen als Einzige auf ein aktives Nachtleben hin. Eine Männergruppe in einheitlichen T-Shirts steuerte auf eine Frauengruppe mit pinken Plastikkrönchen zu. Die Frauen waren im Durchschnitt doppelt so alt wie die Männer und verabschiedeten die Braut vermutlich in den zweiten oder dritten Eheanlauf.

»Retti«, sagte Anna.

Sie blieb stehen und beobachtete das betrunkene Gebärden, als wäre es ein extra für sie aufgeführtes Schauspiel. Caro verstand sofort, was Anna meinte. Während andere Menschen schnellstmöglich Reißaus nahmen, wenn sie Junggesellinnenabschieden auf der Straße begegneten, hatte es Retti geliebt, sich unter die Feiernden zu mischen. Sie half wildfremden Bräuten, peinliche Aufgaben zu erledigen, kaufte ihnen billige Partyschnäpse zu überteuerten Preisen ab und stimmte *Girls just wanna have fun* an, wenn sie spürte, dass die Stimmung am Boden war. Man hätte einen eigenen Instagram-Account mit Selfies von Retti und Junggesellinnenabschieden füllen können.

Tröstend legte August seinen Arm um Anna. Weinte sie etwa? Wegen einer Horde Besoffener? Seit wann war Anna derart nah am Wasser gebaut?

Die Pension lag zwei Seitenstraßen von der Reeperbahn entfernt. Fassade und Inneneinrichtung strotzten vor Ankern, Rettungsringen, Leuchttürmen, Fischernetzen und Fischen. Das ›familienfreundliche Privathotel‹, wie es auf dem Anmeldebogen fett gedruckt hieß, verwendete plakative Meer- und Hafensymbole, um sich vom Rotlichtviertel abzugrenzen. Flyer informierten über Ausflugsziele und Attraktionen in der Umgebung.

Sie teilten sich ein Dreierzimmer mit spärlicher abgewohnter Möblierung. Helles Holz und unterschiedliche Dunkelblautöne formten ein Ensemble des schlechten Geschmacks, in dem das Blau der Auslegware nicht zum Blau des Sessels oder zum Blau der Bettwäsche passte. Die beigen Wände zierten A3-große Hamburger-Hafen-Fotos. Das kleine Bad verfügte über eine Badewanne mit gelb-braunem Schmutzrand und zwischen den Fliesen, die beim Verlegen in den Neunzigerjahren wohl weiß gewesen waren, wuchs schwarzer Schimmel.

Caro besetzte das Einzelbett, Anna und August blieb das Doppelbett.

»Drink?«, fragte August.

»Klar.«

»Um die Zeit?« Caro sah auf die Uhr. Kurz vor Mitternacht.

»Freitagabend«, sagte August.

»Ich bleib hier. Ich habe mich für morgen früh im *Yoga Smile St. Pauli* angemeldet.« Anna und August schauten sie an, als hätte sie gesagt, dass sie für morgen einen Bankraub plante. »Die Einheit beginnt um neun. Kurz nach elf bin ich wieder da.«

»Wenn das dein Wille ist«, sagte August.

»Gehen wir?«, fragte Anna August. »Ich brauch was zu essen.«

Caro machte sich bettfertig, legte alle Sachen für die morgige Yogaeinheit raus und schlüpfte unter die Bettdecke. Auf dem Bauch liegend schrieb sie die Seite des Taschenbuchkalenders, den sie als Tagebuch verwendete, mit den Erlebnissen und Gedanken des Tages voll. Manchmal, wenn sie es abends nicht schaffte, trug sie die Seite am nächsten Morgen nach. In den siebzehn Jahren, die sie Tagebuch schrieb, hatte sie keine ausgelassen. Als sie fertig war, packte sie das Tagebuch zwischen ihre Kleidung in den Koffer, schrieb David eine Gute-Nacht-Message, löschte das Licht und startete eine fünfzehnminütige Dankbarkeitsmeditation in ihrer App.

Eine weibliche Stimme leitete Caro an. Ihre Säuselart stand im starken Kontrast zum Hamburger Nachtleben, das von draußen gegen das geschlossene Fenster wummerte. Caro atmete tief durch die Nase ein und mit einem Seufzen über den Mund wieder aus. Ihre Muskeln erschlafften, sie entspannte sich. Ihre Zehen fielen sanft nach außen und ihre Gesichtszüge wurden weich. Sie richtete ihre Aufmerksamkeit auf ihre Herzregion. Sie spürte, wie sich ihr Brustkorb im Takt der Atmung hob und senkte. Sie stellte sich vor, wie in ihrem Herzen eine Lotosblume der Dankbarkeit erblühte. Mit jedem Atemzug, den sie in die Blume schickte, breitete sie ihre großen Blätter aus und entfaltete ihre Kraft, die sich im gesamten Körper verteilte. Ein warmes Gefühl tiefer Dankbarkeit erfüllte sie. Sie dankte ihren Füßen dafür, dass sie sie durchs Leben trugen. Ihren Händen dafür, dass sie sie fühlen ließen. Ihren Ohren dafür, dass sie hörte. Ihrer Zunge leckte, ihre Nase neckte, Augen Dreiecken …

Kurz vor vier Uhr morgens huschten Lichtkegel durch den Raum.

»Au!«, jaulte Anna, die mit ihrer Hüfte gegen die Tischkante stieß.

»Silentio«, flüsterte August und beide kicherten.

»Schaltet einfach das Licht ein«, sagte Caro.

»Wir wollen dich nicht aufwecken«, sagte Anna mit alkoholschwerer Zunge.

»Zu spät.«

»Ich geh brausen.« August knipste die Nachttischlampe an und verschwand im Bad.

Caro drehte sich zur Wand. Sie hörte, wie August das Wasser aufdrehte und in die Wanne stieg.

»I'm singin' in the rain. Just singin' in the rain. What a glorious feeling, I'm happy again!«

»Sorry«, sagte Anna. »Das singt er immer beim Duschen. Er ist schnell. Versprochen!«

Nur noch morgen, dachte Caro. Sie würde Rettis Asche zur Stelle des ehemaligen Bambi Kinos bringen und wäre die zwei los.

1. Juli

Wies ausschaut, hab ich einen Job. Anna hat mir den Kontakt vermittelt. Marie, eine Freundin von ihr, besitzt einen kleinen Secondhand-Shop in der Neubaugasse und sucht eine Mitarbeiterin für 25-30 Stunden. Der Shop hat richtig coole Sachen und riecht nicht so modrig wie normale Secondhand-Shops. Es war kein klassisches Vorstellungsgespräch, sondern ein Plaudern unter Bekannten. Die Arbeitszeiten sind flexibel und lassen sich mit Bandproben und Konzerten vereinbaren. Von ihr aus kann ich in einer Woche 35 Stunden arbeiten und nächste 20. Morgen geh ich ein paar Stunden Probearbeiten. Ich müsste mich wirklich saudeppert anstellen, um das zu verhauen. Das ist zwar mein erster Job im Handel, aber schwerer als Kellnern kann das nicht sein. Ich muss es ein Jahr durchdrücken. Hab ich ihr natürlich nicht gesagt. Voll super, dass Anna da an mich gedacht hat. Überhaupt lebe ich so gerne mit ihr zusammen. Die Stimmung in der WG ist so ausgelassen. Sie gehört fix zur WG-Familie und ich kanns mir anders gar nicht mehr vorstellen.

31. Juli

Mein Probemonat geht zu Ende. Mir tät der Job voll taugen, wenn die Kundschaft nicht wäre. Die Hipster, die vom Hipster-Café gegenüber zu uns kommen, gehen mir so am Nerv. Alle reden obergescheit von Projekten daher und die Frauen rennen alle zum Yoga und atmen ihre berechtigte Wut weg, statt sie als Motor für Veränderung zu benutzen. Wie kann man so sein? Am Abend ist eine Freundin von Anna vorbeigekommen, die sich mit Marketing und PR auskennt, und hat uns für den Album-Release gebrieft. Für Retti ist das easy, sie hat die Kunstfigur Loretta Love vollständig in ihr Leben integriert. Das ist eine zweite Facette ihrer Persönlichkeit geworden. Das kann ich von mir und Becky

Blackbird nicht behaupten. Ich finds nach wie vor weird, so genannt zu werden. Daran muss ich arbeiten. Und an unseren Social-Media-Auftritten, sagt die Werbefrau. Retti kriegt das auf ihren eigenen Kanälen super hin. Die Band bleibt da bissl auf der Strecke. Nikki, Tim und mich interessiert das so gar nicht, aber es gehört heutzutage wohl dazu. Vor allem Fotos. Ich hasse es, fotografiert zu werden.

Wer ist Becky Blackbird?
- Sie ist cool und selbstbewusst.
- Sie raucht, macht Party, nimmt Drogen, lebt ihre Sexualität ohne Scham aus.
- Sie ist mit ihrem Aussehen zufrieden und strahlt das aus.
- Sie bevorzugt Inszenierung gegenüber Authentizität.
- Sie lebt für Musik und das Rampenlicht.
- Sie spielt wie eine junge Göttin, wurscht in welchem Zustand.
- Sie schert sich nicht drum, was andere (von ihr) denken.
- Sie macht sich über Spießer und Langweiler lustig.
- Sie schweigt über ihre Vergangenheit und interessiert sich für die Gegenwart.
- Sie verkörpert ein Ideal, das ich nicht bin.

3. August

Album-Release! Finally. Das Video ist online. Es wäre so cool, wenn GoTV es spielt. Ich hab das Gefühl, dass die Aufnahmen ewig her sind. Tim findet, dass wir richtig schnell waren, wenn man bedenkt, dass wir erst vor einem Jahr die EP selbst gebrannt haben. Von der sind so viele CDs übrig. Retti glaubt, dass die eines Tages als limitierte Sammlerstücke ein Vermögen wert sein werden. Drei Songs von der EP sind auch auf dem Album. Mir geht das zu langsam. Früher haben Bands jedes Jahr ein, zwei Alben rausgebracht. Ich hab nicht geglaubt, dass die einzelnen Produktionsschritte so lange dauern. Die Kiste mit den Alben ist vor zwei Wochen angekommen, deswegen fühlt sichs heute gar nicht richtig wie Release an. Eventuell kommt das beim Konzert nächste Woche. Zu dem kommt ein Journalist, der uns im Anschluss interviewt.

Retti besteht drauf, dass wir uns morgen nach der Probe zusammensetzen und üben, kurze, prägnante Antworten zu geben, damit wir beim Interview nicht ins Stocken geraten. Ich freu mich darauf, zum ersten Mal einen unserer Songs auf FM4 zu hören. Spätestens dann wirds sich real anfühlen.

10. August

Was ist mit dem Trottel? Versaut uns den ganzen Abend. Das Konzert war ein Riesenerfolg, der Laden war gesteckt voll, wir haben viele CDs verkauft, waren gut drauf und dann kommt der mit seinen depperten Fragen daher. Woher unser Bandname kommt. Warum wir weibliche Stereotype reproduzieren statt dekonstruieren. Warum sich Retti selbst als Objekt stilisiert. Warum wir uns ausgerechnet August als Release-Termin ausgesucht haben, obwohl jeder Branchenkenner weiß, dass im August nichts Wichtiges erscheint und alle im Urlaub sind. Oida! Was glaubt der, wer er ist? Und er hat Retti und mich fünfmal nach unseren echten Namen gefragt. Es gibt einen Grund, warum sich KünstlerInnen Pseudonyme geben! Wenn im Artikel unsere echten Namen stehen, dreh ich durch. Wahrscheinlich ist er frustriert, weil er selbst gern musikmachen tät und es nicht kann, sich nicht traut, zu faul oder zu unfähig ist. Und den Frust lässt er an uns ab. Er sollte lieber das Stereotyp des neidischen Kritikers dekonstruieren. Es war ein Fehler, unser erstes Face-to-Face-Interview nach einem Gig anzusetzen! In Zukunft wollen wir die Fragen vorab schriftlich haben.

23. August

Marie hat einen Dieb erwischt. Sie hatte schon wiederholt die Vermutung, dass gestohlen wird. Ich hab das für Paranoia gehalten. Wer klaut bitte Secondhand-Sachen? Der Typ hats abgestritten, aber Marie hat trotzdem die Polizei gerufen. Die hat ihn mitgenommen. Sie hat Anzeige erstattet und irgendwann kommts zu einer Verhandlung, bei der wir als Zeuginnen aussagen müssen. Und das wegen einer Jacke um 25 und einer Jeans um 15 Euro. In meiner Pause hab ich den Artikel über uns gelesen, der in diesem Online-Musikmagazin erschienen ist.

Nach dem furchtbaren Interview hatten wir alle Angst, was der Journalist über uns schreibt. Während des Lesens hab ich damit gerechnet, dass der Ton des Artikels kippt. Fehlanzeige. Er ist bis zum Schluss positiv und wohlwollend. Wir werden als ›Neuaufsteiger, die man im Auge behalten muss‹ bezeichnet. Als ›Mutige, die Schubladen sprengen und sich weigern, Genrekonventionen zu entsprechen‹. Retti wird als ›spannendste Frontfrau, die Wien momentan zu bieten hat‹ gelobt. Warum nimmt er uns so in die Mangel, wenn er uns eh toll findet?

Angebote, die *The Heebie-Jeebies* ablehnen würden:
- Musikpreise, wenn Bands/Solo-Acts mit sexistischen, queerfeindlichen oder rassistischen Texten nominiert sind.
- Die *Kurier Romy* (unklar, ob die Romy überhaupt eine Musikkategorie hat – Anliegen von Nikki).
- Sämtliche Kooperationen mit der *Heute, Österreich, Bild* und *Kronen Zeitung.*
- Werbung jeglicher Art, sowohl Hintergrundmusik als auch Werbe-Testimonials (mit Ausnahme von Hornbach, Yippiejaja Yippie Yippie Yeah).
- Auftritte in Autohäusern (Anliegen von Tim).
- Einkaufszentrum-Eröffnungen (Anliegen von Nikki).
- Oktoberfest, Wiesn und ähnliche Trachtenversammlungen (Anliegen von uns allen).
- Parteiveranstaltungen (unklar, ob Wiener Stadtfest und Donauinselfest dazugehören, entscheiden wir, sobald wir eingeladen werden).
- Auf Bühnen spielen, die von *Red Bull* gesponsert werden, es sei denn, uns fällt was ein, um *Red Bull* gehörig ans Bein zu pinkeln.
- Zusammenarbeit mit Popstars und RapperInnen.
- Techno-Remixes unserer Songs.
- Sämtliche Titel, die vom Staat Österreich oder von der Queen verliehen werden.
- Private Auftritte für reiche Leute (wir bespaßen keine Reichen).
- Auftritt beim Song Contest.

Angebote, die *The Heebie-Jeebies* annehmen würden:
- Touren mit einem Nightliner.
- Im Stadion auftreten (als Vor- und Hauptband).
- Rote-Teppich-Roben und Tour-Ausstattung, die von DesignerInnen zur Verfügung gestellt werden, vorausgesetzt es wird keine Gegenleistung erwartet.
- Super Bowl Pausenshow spielen (Wunsch von Tim).
- Dokumentation über uns filmen lassen, die wir selbst scripten (kein Reality TV Trash!).
- Album von Rick Rubin, Ringo Starr oder Paul McCartney produzieren lassen.
- Preise, die Privatunternehmen sponsern (was wir in der Dankesrede kritisieren).
- Werbung für unser Album am Times Square.
- Unsere Musik als Soundtrack für einen queeren, künstlerischen Porno zur Verfügung stellen.
- Aktivismus? (Wie gelingt parteipolitische Abgrenzung und wie verhindern wir Vereinnahmung? Aktion muss bandintern einstimmig beschlossen werden, keine Einzelaktionen. Politische Ansagen bei Liveshows sind für alle okay, Auftritte auf Demos nicht eigenmächtig zusagen).
- Auf Hochzeiten auftreten, wenn das Brautpaar FreundInnen von uns sind (trotzdem nach Gage fragen?).
- Auftritte auf Beerdigungen.

14. Dezember

Retti hat in Anna eine Weihnachtsfanverbündete gefunden. Sie haben den ganzen Tag Weihnachtslieder gehört, Kekse gebacken (die Retti nicht essen wird) und die Wohnung mit Lametta, Rentieren, Lichterketten und einer Christkindpuppe geschmückt. Sie wollen sogar einen Christbaum besorgen, wobei ich gesagt hab, dass ich mich nicht an den Kosten beteilige. Die Plattenfirma hat uns die erste Abrechnung geschickt. 249 verkaufte CDs, inklusive der 103, die wir selbst an FreundInnen und Familie verkauft haben. Ich versteh das nicht. Ich hätte mit wesentlich mehr gerechnet. Die Kritiken waren positiv und wir waren bei Orange 94.0 und Radio Helsinki im Interview. Retti glaubt ans Weihnachtsgeschäft. Wahrscheinlich war Hochsommer wirklich ungünstig für die Veröffentlichung. Tim findet 249 CDs fürs erste Album sind ein passabler Anfang. Der ewige Optimist. Es ist meilenweit von dem entfernt, wo wir hinwollen. Wurscht. So liegt wenigstens kein Druck auf dem zweiten Album. Das wird um einiges besser. Unser Songwriting ist besser, wir spielen besser und die Texte sind besser.

7

Caro besaß die Superkraft, kurz vor dem Wecker aufzuwachen, egal zu welcher Uhrzeit sie ihn sich stellte. Sie wusste gar nicht, wie ihr Alarm klang, da sie ihn immer vor dem Läuten deaktivierte. Sie schlich ins Bad, putzte Zähne, trug etwas Puder und Mascara auf, tauschte ihren Pyjama gegen eine lachsfarbene Yogaleggings und ein gleichfarbiges Yogatop mit integriertem BH und zog ein graues T-Shirt mit weißer ›Namaste‹-Aufschrift drüber. Schließlich nahm sie den Stoffrucksack und die Yogamatte und verließ so leise wie möglich das Zimmer.

Im Frühstücksraum saßen zwei Familien mit jeweils zwei Kindern. Die Eltern schrien sich von einer Ecke des Raums zur anderen zu, wie laut es in der vergangenen Nacht gewesen war, während ihre Kinder unter den Tischen tobten. Caro suchte das Buffet vergeblich nach frischem Obst ab und schüttete sich als Alternative Dosen-Fruchtcocktail über ihren Naturjoghurt. Sie hängte einen Kräuterteebeutel in eine Tasse, füllte sie mit Wasser aus der Thermoskanne und erkannte an der mangelnden Verfärbung, dass das Wasser zu kalt war, um vernünftigen Tee zu brühen. Sie wählte den Tisch, der am weitesten von den Familien entfernt stand, und aß bedacht, bis sie satt war. Den lauwarmen, wässrigen Tee trank sie schluckweise. Die Yogaeinheit begann in einer Dreiviertelstunde. Laut Google Maps benötigte sie zum Studio zehn Minuten, dennoch machte sie sich auf den Weg.

Die feuchtschwere Frühsommerluft, die sich zwischen den Häusern St. Paulis staute, roch nach Salz und Erbrochenem. Die letzten gehfähigen Schnapszombies wankten über die gesamte Gehsteigbreite, die nicht gehfähigen lagen von Müll umringt in Hauseingängen. Ein Straßenreinigungsfahrzeug spritzte Wasser auf die Fahrbahn und einen Mann, für den die Bordsteinkante im Laufe der Nacht zum unüberwindbaren Hindernis geworden war und der zwischen parkenden Autos schlief. Gestern Nacht, auf dem Weg von der S-Bahnstation zur Pension hatten die Neonleuchtreklamen und bunten Schaufenster irgendwie reizvoll auf Caro gewirkt. Heute Morgen präsentierte sich ihr das Antlitz einer heruntergekommenen Gesellschaft. Wie X in 3D und Farbe.

Sie bog ab und nahm eine Parallelstraße der Reeperbahn. Rote Backsteinhäuser reihten sich an bröckelnde Neubauten mit Sexshops und Spielotheken. Dazwischen klebten kleine Kneipen und graffitibeschmierte Clubs, die durchaus Charme versprühten. Die junge Caro hätte in ihnen gut die ein oder andere Nacht verlieren können.

Laut Google Maps befand sich das Ziel in einem chinesischen Restaurant, das auch Massagen anbot. Ein großes Schild mit Buddha-Umriss direkt neben dem Hauseingang bestätigte Caro richtig zu sein. *Yoga-Smile St. Pauli, feel the inner smile and embrace the imperfection, 3. Stock.*

Da sie zu früh dran war, wechselte sie auf die andere Straßenseite in den Schatten und rief David an. Er fehlte ihr. Ausführlich erzählte sie ihm, was sie in den gestrigen Nachrichten angeschnitten hatte. Sie bemühte sich möglichst wertschätzend von Anna und August zu reden, schließlich wollte sie mit positiven Vibes in den Tag starten. In der Zwischenzeit tröpfelten Frauen mit Yogamatten ein, die im Haus verschwanden. Sie wünschte David viel Erfolg bei seinem geplanten Beachvolleyballtag auf der Donauinsel und kehrte zum Studio zurück. Auf dem Fensterbrett im dritten Stock brannte ein Räucherstäbchen mit Nag-Champa-Geruch. Ihr Herz pochte schnell. Das Kennenlernen einer neuen Yogacommunity war wie ein Blind Date, mit dem Unterschied, dass alle Teilnehmenden ihre Liebe bereits gefunden hatten: Yoga. Auch wenn jede was anderes darunter verstand.

Im weißen Vorraum vermittelten die abgestellten Schuhpaare einen ersten Eindruck über ihre Besitzerinnen: unter fünfzig, weiblich, sportlich, modebewusst und gut situiert. Caro stellte ihre weißen On-Cloud-Sneaker dazu und tippelte barfuß weiter. Sie hielt nach einem Anmeldeschalter oder Büro Ausschau und lugte in die Teeküche, in der sich vier Frauen Tee schlürfend über Bali austauschten. Über ein schlauchförmiges Durchgangszimmer mit Regalen voller Matten, Blöcken, Bolstern, Kissen, Gurten und Decken gelangte sie in einen großen länglichen Raum. Die Sonne schien durch drei Doppelfenster auf der linken Seite und wärmte das Parkett. Parallel dazu fädelten sich Yogamatten in Reihen auf. Die der Lehrerin ganz vorne lag quer und verlassen vor der Wand mit dem *Happiness is not a destination, it's a way of life*-Wandtattoo. Neun Frauen saßen einzeln oder zu zweit herum, unterhielten sich leise oder dateten vermutlich ihre Social-Media-Profile up: #instayogi, #yogalove, #yogaeverydamnday, #mindfulness.

»Hallo«, grüßte Caro in die Runde. »Ist hier die Morning-Einheit mit Stefanie?«

Ein paar Frauen sahen auf, eine von ihnen nickte, eine raunte ihrer Nachbarin gut hörbar zu: »Wo denn sonst?«

Caro rollte ihre Matte neben dem Fenster aus. Dann zog sie ihr T-Shirt aus, faltete es ordentlich zusammen und legte es neben ihren Rucksack. Sie setzte sich aufrecht in den Schneidersitz und stellte sich vor, dass sie Harmonie einatmete und Gelassenheit ausatmete. Einatmen Harmonie, ausatmen Gelassenheit. Einatmen Harmonie, ausatmen Gelassenheit. Ihr Herzschlag normalisierte sich.

Der Raum füllte sich mit Teilnehmerinnen. Die jüngste und dünnste der Teeküchenfrauen stellte sich als Leiterin heraus. Caro war unsicher, ob sie zu ihr gehen und sich vorstellen sollte. Musste sie die zwanzig Euro direkt bei ihr bezahlen? Sofort oder nachher?

»Fangen wir an meine Lieben«, sagte die Yogalehrerin. »Wir starten mit einer Morning Meditation, gehen dann in einen sanften Flow über und enden mit einer Meditation, die dich für die kommende Woche stärkt. Komm in eine für dich angenehme Sitzposition. Gönn dir drei –«

Hinten flog die Tür auf und donnerte gegen die Wand.

Oh nein, dachte Caro und schaute wie ein Kaninchen in die Mündung der Schrotflinte.

»Dürfen wir partizipieren?« August winkte Caro zu.

Sie drehte sich schnell vor, damit niemand bemerkte, dass sie einander kannten.

»Ähm, ja«, sagte die Yogalehrerin, stand auf und durchquerte den Raum. »Habt ihr schon mal Yoga gemacht?« Sie musterte Annas Snoopy-Pyjama, Augusts abgeschnittene dunkelgrüne Jeans und sein dickes langärmeliges Flickenhemd.

»Njet.«

»Vor Jahren«, sagte Anna. »Wir haben uns spontan entschieden zu kommen. Ist das okay?«

»Selbstverständlich. Alle sind willkommen«, sagte die Yogalehrerin übertrieben freundlich. »Guckt mal, hier könnt ihr euch eine Matte nehmen.« Sie verschwand im Durchgangszimmer, Anna und August folgten.

Was wollen die hier?, fragte Caro sich. Und wollen sie in diesem Aufzug Yoga machen?

Caro selbst schwor auf eine deutsche Marke, die Yogakleidung nachhaltig aus recycelten Materialien unter fairen Bedingungen produzierte und einen Teil ihres Umsatzes Näherinnen in Bangladesch spendete. Verstohlen sah sie zurück, als Anna und August wieder den Raum betraten. Die Yogalehrerin zeigte ihnen, wie man die Matte richtig hinlegte, und ging nach vorne, wo sie sich im Lotossitz niederließ.

»Komm in eine für dich angenehme Sitzposition.«

»So kann ich nicht sitzen«, flüsterte Anna.

»Das kann im Schneidersitz sein oder im Fersensitz oder mit ausgestreckten Beinen.«

»Ah cool, danke.« Anna streckte die Beine aus.

»Gönn dir zu Beginn drei tiefe Atemzüge.«

»Und nach den drei?«

»Nutze diese Morning Meditation, um dir *in Stille* bewusst zu werden, dass dein Körper dein Tempel ist. Er ist dein Erfahrungsort. Über ihn trittst du mit der Umwelt und mit dir selbst in Kontakt. Jeder Körper ist ein Unikat. Erspüre dein Unikat. Wie fühlen sich deine Zehen an?« Sie pausierte. »Wie deine Waden?«

»Meine Waden?«, flüsterte Anna. »Wie fühlen sich deine Waden an?«

»Diffus«, sagte August.

»Wie deine Knie?«, fragte die Yogalehrerin. »Deine Oberschenkel? Deine Geschlechtsteile?«

»Zu trocken«, flüsterte Anna.

August kicherte.

Caro verfluchte die beiden. Sie benahmen sich wie Statler und Waldorf von der Muppet Show. Würde das die ganze Einheit so gehen? Caro versuchte ihre Aufmerksamkeit wieder auf sich zu lenken.

»Wie deine Hüfte? Dein Bauch?«, fuhr die Yogalehrerin unbeirrt fort.

»Der gestrige Pfeffi krempelt ihn auf links um«, flüsterte August.

»Das war deine Idee«, flüsterte Anna.

»Deine Brust? Deine Finger? Deine Hände? Deine Unterarme? Deine Ellenbogen? Deine Oberarme? Dein Nacken?«

Anna stöhnte schmerzerfüllt.

»Deine Lippen? Deine Stirn? Dein Scheitel? Spüre deinen Körper in seiner Gesamtheit. Urteile nicht, spüre. Nehme ihn an, wie er ist. Denk im folgenden Flow daran, dass du deinen Körper nie in eine Position zwingst, sondern die Position an deinen Körper anpasst.«

»Was ist ein Flow?«, flüsterte Anna.

»Die Yogatradition ist Tausende Jahre alt, da muss man sich manchmal überlegen, wie anatomisch sinnvoll das heutzutage ist.«

»Ja klar. Und wer ist geeigneter, eine indische Tradition zu verbessern, als wir westliche Weißbrote?«

»Ruhe«, fauchte eine Teilnehmerin in der Reihe vor Anna.

»Selber Ruhe«, fauchte Anna zurück.

»Komm in den Vierfußstand. Bringe deine Knie direkt unter deine Hüften, deine Hände direkt unter deine Schultern. Presse deine Hände fest in die Matte, atme ein, komm ins gefühlte Hohlkreuz, drück dein Gesäß raus, Kopf sanft in den Nacken, Brust öffnen. Atme aus, kipp das Becken, bring das Kinn Richtung Brust, schieb die Schulterblätter auseinander, komm in den Katzenbuckel.«

»So?«, flüsterte Anna.

Caro hätte sich gerne umgedreht und geschaut, was sie machte.

»Einatmen: Kuh, Becken kippen, Brust raus. Ausatmen: Katzenbuckel, rund werden. Folge deinem Atemrhythmus. Einatmen: Kuh, ausatmen: Katze.«

»Muh. Miau. Muh. Miau«, machte August. »Mir wird schwindlig.«

»Das ist der Pfeffi. Haben Kühe überhaupt ein Hohlkreuz?«, fragte Anna.

»Weniger ausgeprägt als Maultiere.«

»Wieso heißt es dann nicht Esel, Katze?«

»I-Ah. Miau.«

»Beim nächsten Einatmen, komm in eine neutrale Rückenposition und beim Ausatmen, stell die Zehen auf und drück dich hoch in den ersten Herabschauenden Hund des Tages.«

»Wie soll das gehen?«, flüsterte Anna.

»Stelle die Füße hüftbreit auf, zieh deine Fersen Richtung Boden, natürlich müssen sie ihn nicht erreichen. Beug ruhig deine Beine und zieh das Steißbein hoch zur Decke.«

Caro nahm mühelos das Asana ein. Sie entspannte ihren Nacken und sah zwischen ihren Beinen hindurch zu Anna und August. August stellte sich überraschend gut an. Anna fehlte die

Kraft. Sie drückte sich hoch, aber ihre Oberarme gaben nach und sie fiel auf die Knie.

»Wie machst du das?«, flüsterte sie August zu.

»Einatmen, steig mit dem rechten Fuß vor, bleib mit dem Bein tief gebeugt, richte deinen Oberkörper auf, komm in den Krieger I. Zieh mit den Händen nach oben, als wäre dort die Erfüllung deines größten Traums.«

Caro grinste. Wie schön das wäre.

»Beabsichtigt Yoga nicht die Auflösung sämtlicher Bestrebungen?«, flüsterte August.

»Gehören ihre affektierten Handbewegungen dazu?«, fragte Anna.

»Ausatmen, setz deine Hände auf, steig zurück in den Herabschauenden Hund. Einatmen, steig mit dem linken Fuß vor, komm in den Krieger I auf dieser Seite. Zieh mit den Händen nach oben. Zieh, zieh, zieh. Sehr gut.«

»Zieh Forest, zieh!« Anna lag bäuchlings auf der Matte und kicherte.

»Ausatmen, setz deine Hände auf, steige zurück in den Herabschauenden Hund und gönne dir fünf tiefe Atemzüge. Schließ gerne für einen Moment die Augen. Denk daran, der Herabschauende Hund ist eine Resting Pose, also nutze ihn zum Loslassen und Entspannen.«

Caro machte ihre Augen zu und rollte ihre Oberarme nach außen. Ihre Fersen zogen zum Boden und sie spürte deutlich die Dehnung in den Hamstrings.

Sie hörte Fußtapsen und kurz darauf sagte die Yogalehrerin hinter ihr: »Ihr zwei geht bitte.«

»Endlich«, raunte die Blondine neben Caro.

»Wieso? Wir entspannen in Nesting Mode.«

»Ihr stört den Unterricht.«

»Wir bereichern ihn mit legitimen Fußnoten«, sagte August.

»Das ist ’ne Yogaklasse und kein Diskussionsplenum«, sagte eine Frau von weiter vorne.

»Dogmatische Gruppierungen profitieren von unschuldigen Außenperspektiven, die –«

»Abmarsch«, sagte die Yogalehrerin und öffnete ihnen die Tür. »Wirds bald?«

Zwei Frauen klatschten. Caro verweilte als Einzige im Herabschauenden Hund, alle anderen waren auf die Knie gekommen und amüsierten sich über den Rausschmiss. Vorne standen drei Frauen auf, um besser zu sehen.

»Die Matten könnt ihr liegenlassen, die räume ich weg.«

»Yeah«, grölte die Blondine.

»Ich dachte Yoga ist gewaltfrei, so. Ihr würdet uns am liebsten mit Mistgabeln vertreiben«, sagte Anna.

»Verpisst euch endlich!«, rief die Frau vorne.

»Genau«, stimmte eine andere zu.

»Lass uns abzwitschern«, sagte August. »Das ist Exklusion nicht Inklusion. Miau!«

»Muh!«

»I-Ah.«

»Komm Caro«, sagte Anna. »Wir sind unerwünscht!«

Caro presste ihre ohnehin geschlossenen Augenlider fester zusammen. Sie wollte die Klasse fortsetzen. Ohne Störung! Diese Einheit galt als Praxisstunde für ihre Ausbildung.

»Wie Judas. Dreimal verleugnen, bevor der Hahn kräht. Kikeriki.«

Sie meint Petrus, dachte Caro.

»Lass! Nützt ja nix«, sagte August und rief laut zu Caro: »Wir warten draußen, Perle.«

Außer Caro applaudierten alle, als Anna und August den Raum verließen.

»Ach und noch was.« Anna steckte ihren Kopf ein letztes Mal in den Raum. »Dass happiness a way of life ist, erklärt mal Menschen, die Kriegserfahrungen gemacht haben oder denen andere Schicksalsschläge widerfahren sind. Ihr privilegierten Funsen!« Sie knallte die Tür zu.

»Was sind Funsen?«, fragte die Frau vorne.

»Danke Steffi«, sagte die Blondine.

»Stell dich mal hin«, sagte Steffi, die Yogalehrerin. »Bevor wir mit dem Flow fortfahren, schüttle mal deinen ganzen Körper aus.« Caro hüpfte auf der Stelle und schwenkte ihre Arme hin und her. »Schüttle deine Hände, schneide Grimassen und stell dir vor, wie all die negative Energie, die sich aufgestaut hat, von dir abfällt. Du lässt alles los. Mach gerne Geräusche, die sich in dem Moment gut anfühlen.«

Caro seufzte und fühlte, wie sich ihre Stimmung besserte. Sie würde sich die Yogaeinheit nicht von den beiden vermiesen lassen. Sie wusste genau, warum sie der Freundschaft mit Anna den Rücken gekehrt hatte und August nicht mochte.

Zehn Jahre zuvor

15. September

Wir kriegen 6.000 Euro Musikfonds! Ich glaubs erst, wenn das Geld auf meinem Konto ist und ich die Zahlen schwarz auf weiß sehe. Ich hätte nie für möglich gehalten, dass sie uns auswählen. Tim und Retti haben uns von Anfang an Chancen ausgerechnet, aber normal fördern die viel erfolgreichere Bands. 6.000 Euro! Was wir damit alles machen können. Wir sind so dankbar, dass uns Ronny mit dem Antrag geholfen hat. Wir hätten ohne ihn nicht gecheckt, wie man das ausfüllt und hätten viel weniger Geld angegeben. Offiziell fördern sie 50 %, die andere Hälfte müssen wir aufbringen. Ronny hilft uns, das zu umgehen. Er sagt, das machen alle so. Er nimmt das Album auf und mixt es, wofür wir ihn bezahlen. Vom Rest finanzieren wir Studiomiete und gescheites Mastering. Bei dem haben wir letztes Mal gespart. Angeblich haben wir damit einen Vorteil bei der Vergabe der Tour-Förderung. Die bekommt man in der Regel, wenn man den Musikfonds gekriegt hat. Ich hoffe, die Abrechnung passt am Ende. Jetzt ist erst mal Partytime. Nikki, Tim, Retti und ich checken den neuen Club *Das Werk* am Donaukanal aus.

17. September

Keine Ahnung, was schlimmer ist: Dass Marie mich rausgehaut hat oder dass es mir wurscht ist. Ich bin unpackbar verkatert und war froh, heimzukönnen und schlafen zu gehen, statt im Geschäft rumzustehen. Ich bin eh nur eine Stunde zu spät gekommen und sie macht so einen Aufstand. Sie hat gesagt, dass ichs mit Feiern übertreibe und unzuverlässig geworden bin, dabei ist sie diejenige, die sich auf einmal spießig aufführt. Wir haben flexible Arbeitszeiten vereinbart! Sie weiß genau, dass die Band oberste Priorität hat. Mir hat die Kraft für Diskussionen gefehlt. Ich fühl mich wie eine leere Hülle. Es wird ein paar Tage dauern, bis ich mich wieder mit Leben gefüllt hab. Retti hat recht: Ich wollte den Job ein Jahr machen und inzwischen sinds eineinhalb. Dadurch, dass sie mich gekündigt hat, steht mir sofort Arbeitslosengeld zu, ohne vierwöchige Sperre. Wir gehen eh bald ins Studio und die Aufnahmen sind wichtiger als Arbeiten. Hoffentlich ist Anna deswegen nicht grantig auf mich. Immerhin hat sie mir den Job vermittelt und ist mit Marie befreundet. Sie versteht sicher, dass wir den Musikfonds feiern mussten.

18. September

Das Arbeitsmarktservice ist der schrecklichste Ort der Welt. Dort schleichen die Leute wie blutarme Vampire durch die Gänge und die paar, die Energie haben, keifen herum. Die Angestellten sind desillusioniert und genauso farblos wie das Mobiliar. Da kriegt man zur Arbeitslosigkeit gleich die Depression mit serviert. Als ich der Frau am Schalter gegenübersaß, ist mir das so ungut eingefahren, dass ich fast zum Plärren angefangen hab. Ich hab mich wie eine Lügnerin gefühlt. Sie hat gesagt, dass ich mit meinen Qualifikationen schnell was finde, aber ich will ja gar nichts finden. Ich will Musik machen. Hab ich ihr natürlich nicht gesagt. Offiziell such ich einen Job, der zu meinem Studienabschluss passt. Es gibt wohl einen eigenen Berater für AkademikerInnen. Ich geh davon aus, dass sie mich vorerst in Ruhe lassen. Retti hat versprochen, mir zu helfen. Die kennt sich mit dem AMS aus und weiß, wie man sich verhalten muss. Es fühlt sich arg an, jetzt in diesem System zu stecken.

26. September

Retti und ich haben bis 3 Uhr früh an Songs gearbeitet und ich war um 8 Uhr wieder wach. Mein Biorhythmus ist auf Aufstehen und im Geschäft arbeiten eingestellt. Ich hab eine Weile rumgewühlt und irgendwann aufgegeben und bin einkaufen gegangen. Retti ist mittags aufgestanden. Wir haben eine große Kanne Kaffee gemacht und direkt weitergearbeitet. Sie hat wieder ganz andere Dinge gehört als gestern. Damit hat sie recht, aber das sind winzige Details. Es ist ja erst Pre-Production. Das Wichtige passiert eh im Studio. Sie ist zu perfektionistisch. Am Nachmittag kam eine Nachricht vom AMS. Ich krieg bei jeder Mail sofort Panik, weil ich fürchte, dass sie draufgekommen sind, dass ich keinen Job will, und sie mir das Geld verweigern. Wobei, es war eh so was in der Art. Sie haben meinen Tagessatz berechnet: 23,63 Euro! Bei 31 Tagen sind das 732,53 Euro, bei 30 Tage 708,90 Euro. Wie soll ich davon leben? Von wegen soziale Hängematte. Die soziale Hängematte besteht aus Stacheldraht und reißt einem den Arsch auf. Das sind die Unsummen, wegen der Arbeitslose gebashed werden?

8

Caro verließ das gelbe Haus mit federndem Schritt und einem Lächeln im Gesicht.

»Over here«, rief August von der gegenüberliegenden Straßenseite und wedelte mit einer Bierflasche. Er und Anna hockten auf dem Bordsteinrand, zwei leere Astra-Flaschen zu ihren Füßen. Sie hatten sich umgezogen und den warmen Wetterbedingungen angepasst: Anna trug ein weißes Unisex T-Shirt und die schwarzen Stoffshorts vom Vortag, August ein dunkelrotes Tanktop und ein offenes, ausgeblichenes schwarzes Stoffgilet über der abgeschnittenen dunkelgrünen Jeans.

»Wir haben deinen Hopfensaft geleert. Du kannst meinen beenden.« August hielt ihr seine Flasche hin.

»Danke«, lehnte Caro ab.

»Durchgeyogat?«

»Mhm. Wurde richtig nett als Ruhe eingekehrt war.« Sie strahlte.

»Na geh bitte.« Anna schnaubte. »Wie kannst du diesem Pseudo-Feelgood-Hippie-Unsinn was abgewinnen?«

»Man muss sich halt darauf einlassen.«

»Auf was genau? Auf Cultural Appropriation? Oder auf die depperten Sprüche, die überall hängen und einem erklären, dass wir im happy Regenbogenland leben, in dem jeder Mensch für sein eigenes Glück verantwortlich ist?«

»Ach«, winkte Caro ab. »Es bringt nichts, mit dir darüber zu reden, Anna. Du *willst* das Negative sehen. Ihr seid in die Stunde gekommen, um euch lustig zu machen.«

»Mitnichten!«, sagte August.

»Yoga setzt das richtige Mindset voraus. Ich versteh sogar,

wenn jemand damit nichts anfangen kann. Aber dann lässt man es eben, denkt sich seinen Teil und bleibt still. Ihr allerdings wolltet allen die Einheit verderben.«

»Unsinn!«, sagte Anna. »Wir sind extra wegen dir hingegangen. Wir wollten sehen, warum du an dem Tag, an dem wir Retti ihren letzten Wunsch erfüllen, zum Yoga gehst.«

»Weils mir guttut. Und weil ich mir die Stunde für meine Yoga-Ausbildung anrechnen lassen kann.«

»Deswegen bist du mit nach Hamburg gekommen? Wegen deiner Yoga-Ausbildung?« Anna betonte ›deiner‹ als sagte sie ›Ihre Majestät‹.

»Nein, aber –«

»Wir sind wegen Retti hier, so.«

»Das eine schließt das andere nicht aus.«

»Doch! Es geht bei der Reise um Retti! Nicht um uns! Du bists anscheinend gewöhnt, dass man dir Honig aufs Ego schmiert.«

»Hä?«

»Die ganze Rhetorik dadrin zielt aufs Individuum ab: Du, du, du. *Du* bist das Zentrum des Universums. Achte auf *dich* und *deine* Bedürfnisse, zieh nach oben und erfülle *dir deine* Wünsche, egal was um *dich* herum passiert.«

»Yoga ist eine spirituelle Praxis und kein Teamsport.«

»Was ist dadrin denn spirituell? Das Buddhabild? Nur weil die Räume so hell sind, dass man Augenkrebs kriegt, hat das noch lange nichts mit Erleuchtung zu tun.« Anna trank ihr Bier leer. »Gönn dir zwei tiefe Atemzüge«, äffte sie die Yogalehrerin, nach. »Nein, warte, ich weiß. Diese depperten Handbewegungen, die sind das Spirituelle. Wie eine indische Göttin. Wie tiefsinnig!«

»Na und? Wenns mir hilft zum Yoga zu gehen, statt bis morgens zu saufen?«

»Während du geschlafen hast, haben wir uns informiert, wo genau das Bambi Kino war.«

»Und wo ist es?«

»Paul-Roosen-Straße 33.« Einmal rechte Hand, dann linke Hand und geradeaus«, sagte August.

»Gut, dann gehen wir da jetzt hin!«

»Jetzt?«, fragte Anna.

»Ja, jetzt! Worauf sollen wir warten? Dann kann ich den Nachtzug nach Hause nehmen.«

»Nützt ja nix«, sagte August und erhob sich. Er packte die leeren Flaschen in seinen Rucksack.

Anna und August gingen vor, Caro stapfte mit etwas Abstand hinterher. Der ganze Trip war ein Fehler! Ihre Vergangenheit war abgeschlossen! Sie hätte David gegenüber darauf beharren sollen. Nur weil sie ihm nicht alle Details erzählt hatte, hieß das nicht, dass sie Altlasten mit sich rumtrug. Sie verstand, dass die Ehe mit Retti ein Schock für ihn war, aber sie hätten sich genauso gut in Wien ein paar Tage aus dem Weg gehen und dann wieder versöhnen können. Außerdem hatte er sich bisher nicht für ihr altes Leben interessiert. Vielleicht weil er instinktiv geahnt hatte, dass er Dinge erfahren könnte, die ihm unrecht waren. Sie würde die Angelegenheit schnellstmöglich hinter sich bringen und in den nächsten Zug steigen.

Indem sie ihren Fokus auf die Außenwelt richtete, versuchte sie sich aus ihrer Wut zu befreien. Sie betrachtete die Häuser, die selbst im 10. und 15. Wiener Bezirk nicht so runtergerockt und beschmiert waren. Wenn sie in andere Großstädte reiste, fiel ihr auf, wie sauber Wien war und wie viele Mistkübel dort hingen. An jeder Kreuzung mindestens einer, eher zwei.

Sie kamen an einem Edeka vorbei. Caro hätte sich gerne etwas zu trinken gekauft, aber in dem Moment sagte August: »Das Zielobjekt ist gleich da vorne.«

Ein blaues Bambi zierte das dreckig-weiße Garagentor des Mehrfamilienhauses. Neben der Tür hing ein Foto auf dem John, Paul, George und Pete in die Kameralinse blödelten.

»Hier wohnten die *Beatles* 1960«, las August das dazugehörige Schild.

Caro studierte die Klingelschilder des Altbaus und überlegte, welcher der Namen am hilfsbereitesten klang. Sie drückte alle, wie ein Kind, das einen Klingelstreich spielte und das Weglaufen vergaß.

»Was machst du da?«, fragte Anna.

»Ich hab geglaubt, wir müssen da rein.«

Die Gegensprechanlage knackste. »Hallo?«, fragte Caro. »Würden Sie uns bitte aufmachen, es ist dringend.«

Wieder knackste es und wurde still. Kurz darauf öffnete ein älterer Mann einen Spaltbreit die Tür. Sein Schnauzbart war so mächtig, dass Caro einen Schritt zurücktrat, da sie fürchtete, von dem Ding angesprungen und abgeleckt zu werden.

»Moin«, sagte August.

Der ältere Mann nickte als Antwort.

»Gehört Ihnen die Garage?«, fragte Caro.

»Wer will das wissen?«

»Die *Beatles* haben ja mal –«

»Wisst ihr, wie oft Kinners Krawall machen, weil sie sehen wollen, wo die Pilzköpfe gewohnt haben? Man sieht nix. Ist ’n stinknormales Wohnhaus. Macht ’n paar Fotos vom Rch und gut is.«

»Entschuldigen Sie meine Freundin«, sagte Anna und schob Caro zur Seite. »Es tut uns leid, Sie zu stören. Meine Ehefrau ist letzte Woche gestorben. Wir stehen alle unter Schock.«

»Ja nu«, sagte der Mann.

»Nützt ja nix«, sagte August.

»Jo.«

»Johanna. So hieß meine Frau.« Annas Augen wurden feucht und sie schniefte. Caro war von Annas Schauspielleistung beeindruckt. »Sie hat so tapfer gegen den Brustkrebs gekämpft. Sie hat die *Beatles* über alles geliebt. Manchmal war ich genervt deswegen. Überall hingen Poster und die Musik lief in Dauerschleife. Ich bereue so, was ich damals gesagt hab. Sie hat die Reise nach Hamburg selbst gebucht. Sie dachte, dass sie es schafft.« Anna drehte den Mitleidsregler höher, Bäche liefen über ihre Pausbacken. »Wir sind extra von Wien angereist.« Sie nahm ihre Brille ab und rieb sich die Augen.

Der Garagenbesitzer war von Annas Gefühlslawine sichtlich überrumpelt.

»Dürfen wir in die Garage reinschauen?«, warf Caro ihm den Rettungsring zu. »Ganz kurz?«

»Is 'ne stinknormale Garage.«

Alle drei setzten einen Dackelblick auf und August streichelte tröstend über Annas Rücken. Mit Erfolg.

»Keine Fotos!«

»Versprochen. Danke!«

»Klein' Moment, ich muss von innen ziehen.«

Es dauerte ein wenig, bis das Tor hochratschte und das Gerümpel dahinter offenbarte. Der Stauraum war wesentlich kleiner, als Caro gedacht hätte. Im aufgeräumten Zustand hätte gerade so ein Kombi darin Platz, so maximal ein Dreirad. Rechts stand ein vollgestopftes Eisenregal, davor eine vergilbte Waschmaschine, ein Bügelbrett, Pappkartons, zwei Fahrradleichen und eine Mikrowelle. Links türmten sich Gartenbedarf und Kinderspielgeräte, die der dagegen gelehnte Gartentisch vorm Umfallen bewahrte.

»An dieser Stelle logierten die Fab Four«, sagte August.

»Nicht ganz«, sagte Caro. »'60 waren sie zu fünft. Mit Stuart Sutcliffe am Bass und Pete Best am Schlagzeug. Stuart stieg kurz darauf aus und Ringo ersetzte Pete '62.«

»Ob das die exakte Stelle ist, weiß man nich. War ja 'n Kino.«

»Mhm. Gehts?«, fragte Caro Anna und bemühte sich besonders einfühlsam zu klingen. Anna weinte unaufhörlich. »Hätten Sie ein Taschentuch für unsere Freundin?«, fragte Caro den Garagenbesitzer.

Er wägte augenscheinlich ihre Vertrauenswürdigkeit ab. Der Rotz, der aus Annas Nase tropfte, überzeugte ihn wohl davon, sie kurz allein zu lassen. »Keine Fotos!«, wiederholte er und ging ins Haus zurück.

»Dann mal her damit, wir müssen uns beeilen«, sagte Caro.

»Womit?«, fragte Anna und wischte den Rotz in ihren Handrücken.

»Die Asche.«

»Die ist im Hotel.«

»Wieso?«

»Ich trag doch nicht Rettis Asche spazieren!«

»Ich hab geglaubt, sie ist im Rucksack.«

»Njet«, sagte August.

»Wozu hast du eine Bauchtasche und einen großen Rucksack?«

»Für das Notwendigste.«

»Warum habt ihr das nicht gesagt, bevor wir uns auf den Weg gemacht haben?«

»Ich dachte, du willst die Lage auschecken«, sagte Anna.

»Ich wollte es hinter mich bringen. So ein Mist!«

»Tag!« Eine Frau zwischen siebzehn und fünfundzwanzig Jahren mit naturroten Haaren tauchte in der Garagentür auf. »Mein Opa hat gesagt, dass er Besuch hat.«

»August, hocherfreut«, stellte er sich vor.

»Caro«, sagte Caro und bereute sofort, ihren echten Namen genannt zu haben.

»Anna.«

»Hi«, sagte die junge Frau und beäugte die drei kritisch. Der Garagenbesitzer kehrte zurück und reichte Anna eine Packung Taschentücher.

»Danke.« Sie schnäuzte sich und wischte ihren Handrücken ab. »Und danke, dass Sie uns reingelassen haben. Johanna hätte es gefallen.«

»Wäre blöd gewesen, wenn die *Beatles* es abgefackelt hätten, was?« Caro lachte verlegen. Sie wollte die aufziehende Spannung auflösen, stattdessen löste sie fragende Gesichter aus. »Bruno Koschmider hat das behauptet. Also, dass die *Beatles* versucht hätten, das Kino anzuzünden. Wegen eines kleinen Brandflecks an der Wand. Man hat sie deswegen festgenommen und aus Deutschland ausgewiesen. Zumindest Paul und Pete. George hatte man zuvor ausgewiesen, weil sie draufgekommen sind, dass er minderjährig war. John und Stuart waren davor ausgezogen. Stuart blieb als einziger in Hamburg bei seiner Freundin Astrid Kirchherr. Er ist '62 überraschend an einer Hirnblutung gestorben.«

»Wie Retti!«, sagte Anna.

»Retti ist an einer Hirnblutung gestorben?« Caro hörte zum ersten Mal davon.

»Geplatztes Hirnaneurysma. Eine weitere Freundin von uns«, fügte Anna schnell hinzu. »Ebenfalls kürzlich verstorben. Erst Retti, dann meine Frau Johanna.«

»Mein Beileid«, sagte die Enkelin.

»Danke.«

»Retti. Ungewöhnlicher Name. Ich kenne eine Musikerin, deren Spitzname Retti ist.«

»Loretta Love?«, fragte August.

»Ja! Von *The Heebie-Jeebies*. Kennen Sie die?«

»Du kennst die *Heebie-Jeebies*?«, fragte Caro.

»Klar. Ich hab die ersten zwei Alben vor ein paar Jahren so gesüchtet.«

»Dann kennst du bestimmt auch unsere Caro«, sagte Anna.

»Moment. Sind Sie Becky Blackbird?«

Es war Jahre her, seit Caro zuletzt so genannt wurde. Seltsam fühlte es sich an. Als ob man beim Ausmisten in der hintersten Ecke des Kleiderschranks ein altes Kleid fand und es anprobierte, wohlwissend, dass man ihm entwachsen war.

»Live und in Farbe«, antwortete August statt Caro.

»Mega. Die Originalbesetzung war die beste. Mit Nikki Kraushofer an der Gitarre. Die späteren Alben waren auch okay, aber Lorettas Soloplatten hat immer was gefehlt. Wobei ich den Song *Sun Stays Up Tonight* gerne mag. Machen wir ein Selfie?«

»Ähm, ich komme grad vom Yoga und … Eigentlich laufe ich nicht so rum.«

Schon stand die Enkelin an Caros Seite und hielt ihr das Smartphone vors Gesicht. Sie lächelte in die Kamera.

»Haben Sie gerade gesagt, dass Retti … Hirnblutung? Heißt das …« Ihre Freude schlug in Entsetzen um.

Anna nickte und feuerte die nächste Ladung Tränen ab. Caro fragte sich, wie viel Liter Tränenflüssigkeit ein Mensch pro Tag produzierte. Anna musste vollkommen ausgetrocknet sein.

»Wie schrecklich.« Die Enkelin umarmte Anna und begann zu schluchzen. »Als ich jung war, hab ich zu ihr aufgesehen und mir gewünscht, auch so cool zu sein, wenn ich alt bin.«

Neunundddreißig ist nicht alt!, dachte Caro.

»Ihre Musik war so eine Inspiration«, sagte die Enkelin.

»Ja nu«, sagte der Garagenbesitzer. »Jetzt ist mal wieder gut.«

»Tut mir leid, ich hab Sie ganz nass gemacht.« Die Enkelin wischte über die feuchte Stelle auf Annas weißem T-Shirt.

»Kann man waschen.«

»Wir wollen Sie nicht weiter stören«, sagte Caro. »Danke für Ihre Gastfreundschaft. Es hätte Johanna viel bedeutet.«

»Johanna, genau«, sagte Anna.

Sie verabschiedeten sich und traten wieder raus ins Freie. In den letzten Minuten war es spürbar wärmer geworden. Mit einem lauten Ratsch wurde das Garagentor wieder nach unten gelassen.

»Ich brauch ein Bier«, sagte Caro.

Neun Jahre zuvor

1. März

Der AMS-Kurs ist reine Schikane. Er findet im 10. Bezirk statt. Ich muss erst zu Fuß zum Urban-Loritz-Platz gehen oder mit dem 9er hinfahren und danach eine halbe Stunde mit dem 6er fahren. Die Räumlichkeiten sind uralt und eiskalt. Am Klo gibts weder Klopapier noch Seife und auf dem Kursplan stehen lauter unnötige Module. Ich hab ›kreative Bewerbungsmethoden‹, ›körperliche Aktivierung: Feldenkrais‹, ›Anfertigung von Bewerbungsfotos‹ und ›Stimm- und Sprechtraining‹ ausgewählt. Zusätzlich muss ich vier Stunden die Woche online Stellenausschreibungen durchsuchen. Warum stecken sie mich so bald in einen Kurs? Ich bin erst seit sechs Monaten beim AMS gemeldet. Retti sagt, ich soll mich krankschreiben lassen oder eine Jobzusage fälschen. Das tät ich mich nie trauen! Außerdem verschiebt sichs dadurch nach hinten und kollidiert mit der Tour im April. So bin ich wenigstens eine Woche vor der Tour mit dem Kurs fertig. Voll deppert, dass wir deswegen nur am Abend und am Wochenende proben können. Ich muss die neuen Songs üben, damit ich die live zusammenbringe.

16. März

Langsam muss ich aufpassen, dass ich mich nicht selbst für einen Menschen zweiter Klasse halte. Mit jedem Tag verblasst die Musikerin in mir und die faule Arbeitslose, die einem kindischen Traum nachrennt, floriert. Ich hab mit einem Mädel geredet, die vom AMS die Lehre als Tierpräparatorin bezahlt gekriegt hat. Die findet keinen Job, weil es in ganz Österreich genau zwei Betriebe gibt, die sie einstellen könnten und beide sind voll. Das nenn ich mal zukunftsorientiert. Insofern bin ich froh, mein Schicksal selbst in der Hand zu haben. Bei der Vorstellungsrunde zum Bewerbungsfoto-Modul hat ein 65-jähriger Mann alles Schlechte aufgezählt, das ihm bisher im Leben widerfahren ist. 20 Minuten lang! Er hat jeden Satz mit: ›Ich hatte auch mal‹ begonnen. Er ist seit 27 Jahren arbeitslos und hatte auch mal: Familie, Kinder, Freunde, einen Job und keine gesundheitlichen Probleme. Kein Kurs der Welt kriegt den wieder fit. Wozu auch mit 65? Schickst den in Pension! Was bringt das, so verschiedene Leute zusammenzuwürfeln, statt zielgerichtet zu schauen, wem was helfen tät? Dem Mann zum Beispiel eine Therapie.

24. April

Tourstart! Kaum zu glauben, dass die letzte Tour zweieinhalb Jahre her ist. Diesmal garantiert ohne Zeltfeste und alte Männer, die keine eigenen Songs schreiben und aufstrebende KünstlerInnen ausnehmen. Retti war dafür verantwortlich, Reiseproviant mit dem Geld von der Tour-Förderung aufzustellen. MDMA und Speed waren leider aus und E hat sie die letzten vier genommen. Zusätzlich hat sie Koks besorgt. Bisher haben wir die Finger davongelassen, weil es zu teuer ist. Was solls: ›Ganz Wien greift auch zu Kokain.‹ Die Stimmung innerhalb der Band ist super, wir freuen uns alle, endlich wieder live zu spielen. Der Club heute in Linz war cool. Ich war vorher voll nervös wegen der neuen Songs. Zu Unrecht. Es waren wenig Leute da, aber denen hats getaugt. Zum ersten Mal war ich mit meinem Backgroundgesang zufrieden. Nach der Show haben wir zwei, drei Lines genommen. Ich hab wenig davon gespürt.

29. April

Der Gig in München war der Wahnsinn. So hab ich mir das Rockstar-Leben vorgestellt. Ich bin komplett high von dem, was passiert ist. Der Laden war gesteckt voll, das Publikum ist abgegangen, alle haben getanzt und mitgesungen und am Schluss superlange nach Zugaben geschrien. Wir haben Merch um 800 Euro verkauft und Retti konnte sich gar nicht vor Fans retten. Die Konzertreihe ist dort sehr etabliert und es gibt eine relativ große Alternative-Musikszene. Mir hat der Kellner vom Club getaugt, der war super cute. Wir haben ihn und eine kleine

Partie mit ins Hotel genommen. Leider hatten wir keine Badewanne. Wir haben bis zum Check-out rumgeschmust, *Beatles* gehört und Party gemacht. Am liebsten wären wir geblieben. Ich hätte nicht geglaubt, dass die Bayern so Party machen und auf uns abfahren. Der Kellner hat uns mit Koks für den Rest der Tour versorgt. Langsam fang ich an, das Zeug zu mögen.

1. Mai

Die Tour ist viiiiel zu schnell vergangen. Zum Album-Release im Herbst wollen wir länger unterwegs sein. Und internationaler! Wir wollen mehr Gigs in Deutschland und den Nachbarländern spielen. Es haben sich Veranstalter aus den Niederlanden und Belgien bei Retti gemeldet, die beim Gig in München waren. Das heutige Konzert im *WUK* war spielerisch das beste der Tour, aber das Wiener Publikum war eher verhalten. Wir haben trotzdem Gas gegeben und Tim hat sich bei der letzten Nummer das T-Shirt runtergerissen und die Zugabe oben ohne gespielt. Anna war da und hat gesagt, dass es der beste Auftritt war, den sie bisher von uns gesehen hat. Leider hat sie morgen früh ein Meeting und kann nicht mit uns Party machen. Retti steht grad am Merch-Stand und versucht ein paar CDs und Shirts loszuwerden. Angeblich ist ein Kritiker vom *Standard* da, den sie erwischen will. Wir anderen haben zusammengepackt, damit wir gleich weiterziehen können. Nikki wirkt noch wenig motiviert. Ich glaube, sie hat End-of-Tour-Blues.

2. Mai

Wir werden bespitzelt! Retti hat in den letzten Tagen öfter so was vermutet. Ich habs als Spinnerei und Zufall abgetan, dabei hatte sie recht! Wir haben ein Abhörgerät in Rettis Gitarrentasche gefunden. Das muss uns gestern wer im *WUK* untergejubelt haben, sonst wärs uns längst aufgefallen. Das Ding ist ziemlich groß. Wir habens erst mal in Alufolie gewickelt und ins Gefrierfach gelegt. Am liebsten tät ichs zerstören, aber wir glauben, dass das einen Alarm auslöst. Wir suchen seit zwei Stunden nach weiteren Wanzen. Wir haben sämtliche Bilder abgenommen, alle Tische abgetastet und alle Lampen auseinandergeschraubt.

Während wir unterwegs waren, haben sie bestimmt welche versteckt. Es gibt so kleine, die man als Laie gar nicht findet. So ein Aufwand für das bissl, das wir nehmen. Da gibts ganz andere!

3. Mai

Anna ist fast in Ohnmacht gefallen, als sie gestern Abend heimkam. Sie dachte, dass jemand eingebrochen ist, weil alles verwüstet war. Retti und ich haben gerade die Steckdose in der Küche abmontiert. Bei eingeschaltetem Strom! Sie ist rechtzeitig dazwischengegangen. Wir haben ihr das Abhörgerät gezeigt und sie hats sofort als Nikkis EBow identifiziert. Warum ist uns das nicht aufgefallen? Anscheinend hat Nikki ihn im *WUK* versehentlich in Rettis Gitarrentasche gepackt. Hoffentlich hat die Kälte ihn nicht kaputtgemacht. Es hat ein bisschen gedauert, bis Anna uns von unserem Wahn runterholen konnte. Nach ein paar Stunden erschien mir unsere Paranoia total übertrieben. Als täten Profis bei Überwachungen so stümperhaft vorgehen. Laut Snowden haben die solche Geräte gar nicht notwendig. Retti freakt voll aus. Ich finds irgendwie lustig. Wir waren so davon überzeugt, überwacht zu werden! Wir müssen zusammenräumen, das haben wir Anna versprochen. Ich muss den Schlafmangel von der Tour nachholen. Mein Schädel bringt mich um und meine Mundwinkel sind trocken und eingerissen und bluten ab und zu.

4. Mai

Ich war um 7:34 Uhr wach und hab am Vormittag *Friends* geschaut. Am Nachmittag hab ich mich mit Annika getroffen und mit ihr Bier am Donaukanal getrunken. Am Abend wollten Retti und ich eigentlich *The Wolf of Wall Street* anschauen, aber sie hatte keine Lust und war total schlecht drauf. Sie hat geplärrt und gesagt, dass sie nie wieder Koks nimmt und keine Psychose aufreißen will. Warum steigert sie sich da so rein? Sie tut so, als wären wir kurz davor gewesen, in die Psychiatrie eingewiesen zu werden. Es kann vorkommen, dass man mal einen schlechten Trip erlebt. Ich speib meistens beim Runterkommen oder wenn das Zeug zu stark ist und plärr deswegen auch nicht rum. Gut, das mit der Steckdose hätte blöd enden können, aber Anna ist ja rechtzeitig heimgekommen. Ich musste ihr versprechen, dass wir in Zukunft die Finger von Koks lassen. So wichtig ists mir nicht.

9

»Prost.« Caro stieß ihre Bierflasche gegen die von Anna und August. Das süßlich-herbe Getränk rann ihr kühl die Kehle hinunter. Sie hatte ganz vergessen, wie gern sie Bier mochte. Seit sie mit David zusammen war, trank sie hauptsächlich Wein. Er bezeichnete sich als Weinliebhaber, was zu stundenlangen Gesprächen mit Gleichgesinnten führte, und gleichzeitig allen, die aus Rauschlust tranken, die Freude verdarb.

Sie standen neben dem Edeka-Eingang, ein halbes Sixpack zu ihren Füßen. Caro machte einen großen Schluck und sah zurück in Richtung des efeubewachsenen blauen Hauses.

»So ein Reinfall«, sagte sie. »Na ja, dafür hab ich die Wette gewonnen.«

»Welche Wette?«, fragte Anna.

»Dass Magie nicht funktioniert.«

»Wie gelangst du zu dieser Conclusio?«

»Weil die Asche in der Pension liegt statt in der Garage?«

»Sie war kein Element des Willenssatzes.«

»Hä?«

»Der Willenssatz forderte das Betreten des Ortes, an dem sich das Bambi Kino befand. Das hat sich erfüllt.«

»Ja, weil ich angeläutet hab.«

August wippte hin und her, als würde Caro damit sein Argument bekräftigen.

»Ich hab geläutet und der Mann hat geöffnet! Das war keine Magie.«

»Möglicherweise hätte er sich ohne Einwirkung von Magie in dem Moment außerhalb seines Domizils aufgehalten oder uns keinen Einlass gewährt.«

»Blödsinn! Außerdem, was nützt uns das Reinkommen ohne das Verstreuen der Asche?«

»Was schaust du mich so an?«, fragte Anna. »Du hast gesagt, dass dir das Reinkommen Beweis genug ist. Und du hast darauf bestanden, dass wir sofort hingehen.«

»Ihr verarscht mich.«

»Mitnichten«, sagte August. »Der Willenssatz wurde erfüllt, Magie wirkt. Die präzise Formulierung des eigenen Willens ist die eigentliche Kunst, derer es Übung bedarf.«

Caro leerte ihr Bier. Ihr Durst überstieg die kleine 0,33l-Flasche bei Weitem. »Ich schlage vor, wir verschütten die Asche auf einer Hafenrundfahrt. Dann wird sie ins Meer gespült, ist doch auch ganz schön.«

»Nicht dein Ernst!«, sagte Anna. »Retti hat das Meer gehasst.«

»Mist. Stimmt. Wie kann man das Meer hassen?«

»Thalassophobie. Eine Art umgekehrte Höhenangst. Sie hatte Angst vor der enormen Tiefe und Weite des Meeres und dem, was dort eventuell lauert. Vor einem Jahr hat sie angefangen, an einem Konzeptalbum zu dem Thema zu arbeiten. Nach zwei Songs hat sies abgebrochen, weil ihr das Meeresrauschen und die anderen Sounds, die sie verwenden wollte, zu unheimlich waren. Sie hat dann ein Konzeptalbum über Varietés in Paris gemacht.«

»Ich hab geglaubt, sie ekelt sich vor Salzwasser und Quallen.«

»Dann wäre sie ja in Seen oder die Donau gegangen. Sie musste immer den Grund sehen.«

»Abgesehen davon«, sagte August, »dient diese Exkursion der Erfüllung ihres letzten Willens und der besteht darin –«

»Die Garage ist so grausig«, sagte Caro.

»Ihr Wille!«

»Und wie kommen wir da rein? Der Mann schickt uns nächstes Mal zum Teufel.«

»Wir verschaffen uns Zugang.«

»Du meinst einbrechen.«

»Wie harsch.«

»Was August meint: Wir kommen heute Nacht zurück, steigen in die Garage ein und verstreuen die Asche, so.«

»Einbrechen, ja. Ich hab schon verstanden. Gibts keine Alternative? Wie wärs mit dem Indra Club oder dem Kaiserkeller? Oder einem anderen wichtigen Ort in der *Beatles*-Historie?«

»Ihr Wille«, wiederholte August.

»Ich bin auch für die Garage«, sagte Anna.

»Aber wie kriegen wir das Schloss auf?«

»Magie.«

»Also wieder einen Satz formulieren und –«

»Freiwohl.«

Der Alkohol prickelte in Caros Kopf und nahm ihm die Schwere. Bei Tageslicht wirkte jedes Promille doppelt so stark wie nachts und ihr leerer Magen bestärkte die Wirkung zusätzlich. »Ich steh draußen Wache«, gab sie nach, »und wenn was schiefgeht, verschütten wir sie woanders!«

»Einverstanden«, sagte Anna.

»Sprecht mir nach: Es ist unser Wille ...«

»Es ist unser Wille«, sagte Anna und sah Caro erwartungsvoll an.

Caro nuschelte den Halbsatz.

»Rettis Asche heute Nacht in der Garage der Paul-Roosen-Straße 33 zu verstreuen«, sagte August, und Anna und Caro wiederholten den Satz.

August begann stimmhaft durch die Nase zu atmen. Er beschleunigte seinen Atemrhythmus und steigerte sich ins Hyperventilieren.

»Was macht der Mann?«, fragte ein kleines Mädchen, das an der Hand seiner Mutter aus dem Edeka kam. »Ist der krank?«

»Guck da nicht so hin«, sagte die Mutter und zog ihre Tochter hinter sich her wie einen Luftballon.

»Alles in Ordnung«, rief Anna dem Mädchen nach.

»*Hat!*« August stampfte auf den Boden, brabbelte unverständliche Fantasiewörter und zog dabei mit seinen Fingern dirigierende Linien in die Luft. Einzelne Menschen wunderten sich über die Vorführung, die sie wahrscheinlich mit den Bierflaschen in Verbindung brachten.

»*Aepalizage*«, sagte er laut und klatschte in die Hände. »It is done.«

»War das aus *Harry Potter?*«

Er blinzelte, als wäre er aus einem Mittagsschlaf erwacht.

»Oder aus Herr der Ringe?«

»Njet.«

»Game Of Thrones?«

»Uranobarbarisch. Die Sprache des Chaos.«

»Okay?« Caro zog das Y zu einer Frage in die Länge. Als August nichts weiter hinzufügte, sagte sie: »Das kenn ich nicht. Ich spiel keine Computerspiele.«

»Bier?«, fragte Anna.

»Nützt ja nix«, sagte August.

Anna packte die leeren Flaschen in Augusts Rucksack. Sie öffnete die verbliebenen drei mit einem Feuerzeug, gab eine Caro und stellte die zweite zu Augusts Füßen, der begonnen hatte, Zigaretten zu rollen. »Wir haben gestern beim Fortgehen einen Schweizer getroffen«, erzählte Anna. »Der hat ein YouTube-Video gesehen, in dem erklärt wird, dass man mit den Einheimischen in Norddeutschland ganze Gespräche mit drei Phrasen führen kann: ›Moin‹, ›Jo‹ und ›Nützt ja nix‹.«

»Und stimmts?«

»Jo«, sagte August.

»Nützt ja nix. Ich hab Hunger, so. Gehen wir was essen.« Selbst wenn Anna ziellos umherging, vermittelte sie den Eindruck, als wüsste sie genau, wohin sie wollte.

Moderne rote Backsteingebäude wurden von renovierungsbedürftigen Häusern abgelöst und die Dichte von Handyshops, Sexkinos und Rotlichtetablissements nahm wieder zu.

»Wir nähern uns der Reeperbahn«, sagte August.

»Woher weißt du das?«

Er deutete auf ein orange-rotes Haus der Heilsarmee mit der Aufschrift ›Jesus lebt. Jesus in St. Pauli‹. »Wo sich der Patschenträger rumtreibt, sind Damen der Nacht nicht weit.«

»Das erinnert mich an Strawberry Field. Das war ein Waisenhaus der Heilsarmee in Liverpool und Inspiration für den Song *Strawberry Fields Forever*. John ist dort als Kind über den Zaun geklettert und hat im Garten gespielt.«

In Caros Gehirn öffnete sich die verstaubte Schublade mit *Beatles*-Trivia und der herausquellende Inhalt drängte auf Mitteilung. In der WG hatten sie und Retti fast täglich ihr *Beatles*-Wissen erweitert, sich gegenseitig abgeprüft und versucht einander zu übertrumpfen. Seit ihrem Auszug waren die unwichtigen Informationen zu einer Masse verklumpt, die essenziellen hatten als scharf umrissene Fakten überlebt. Allerdings interessierte sich selten jemand dafür.

»Ein Zeichen«, sagte August.

Kurz darauf betraten sie tatsächlich die Reeperbahn.

»Ach, hier sind wir.« Anna wirkte überrascht.

»Ich hab geglaubt, das ist Absicht«, sagte Caro.

»Purer Zufall, so.«

»Es gibt keinen Zufall.«

»Sondern?«, fragte Caro.

»Wir sind genau da, wo wir sein müssen.«

»Hört ihr das?«, fragte Anna.

Jemand spielte auf einem Akkordeon *Hey Jude*.

»*Beatles!*«, sagte Caro.

»Ein Zeichen!«, wiederholte August.

»Da drüben!« Caro zeigte auf eine Menschentraube auf der anderen Straßenseite. In dem Moment sprang die Ampel auf Grün und sie lief los. Anna und August hasteten hinterher.

Die Gruppe bestand aus etwa fünfzehn Personen. In der Mitte verunstaltete ein circa fünfzigjähriger rundlicher Straßenmusikant mit Glatze das Lied zu einem Schlager mit deutschem Akzent. Er animierte die Umstehenden zum Mitsingen. Zwei angetrunkene Frauen stiegen lautmalerisch textunsicher und voller Inbrunst ein. Anna stieß Caro scherzhaft in die Seite.

»Nur über meine Leiche«, sagte Caro.

Der Straßenmusikant beendete den Song mit »Na na na nananana«. Verhaltener Beifall.

»Das Stück hat McCartney für Lennon geschrieben, als Lennon seine Ehefrau für Yoko Ono verließ«, sagte der Straßenmusikant.

»Das stimmt nicht«, sagte Caro. »Er hat den Song für Johns Sohn, Julian, geschrieben. Paul war traurig, weil sich John von Cynthia getrennt hat, und Julian hat ihm leidgetan. Die Idee ist ihm gekommen, nachdem er Cynthia besucht hat. Es war als Aufmunterung gedacht. Ursprünglich hat er nicht *Hey Jude*, sondern *Hey Jules* gesungen. Er hats geändert, damit es weniger persönlich ist und –«

»Lennon hat das Stück auf sich selbst bezogen. Das hat er in unzähligen Interviews gesagt.« Der Straßenmusikant bemühte sich darum, die Deutungshoheit zurückzugewinnen. »Verständlich, wenn man genau hinhört. ›You have found her, now go and get her.‹ Damit meint er Yoko Ono! Meine Damen und Herren, wir begeben uns zum *Beatles*-Platz.«

Die Gruppe setzte sich in Bewegung. Caro, Anna und August schlossen sich an. Sie überquerten die Reeperbahn und gingen stadtauswärts.

»Sie kennen sicher das Denkmal, das Hamburg den *Beatles* gebaut hat«, sagte der Straßenmusikant auf dem Weg. »Neben der Vierergruppe werden Sie gleich eine fünfte Person etwas abseitsstehen sehen. Wer könnte das sein?«

»Der fünfte Beatle«, sagte ein Mann mit wallenden blonden Haaren in roter Trainingsjacke.

»Korrekt. Der fünfte Beatle Stuart Sutcliffe. Er spielte zu Beginn der Sechzigerjahre Bass bei den *Beatles*. Weiß jemand, warum –«

»Trottel bezeichnen Stuart als den fünften Beatle«, sagte Caro laut genug zu Anna, dass es alle in der Nähe hören mussten. »Oder Pete, noch schlimmer. Manche nennen Brian Epstein so, obwohl jeder, der sich fünf Minuten mit den *Beatles* beschäftigt, weiß, dass den Titel am ehestens George Martin verdient hätte. Selbst Norman Smith hat mehr Anerkennung verdient als Stuart, Pete oder Brian.«

August steckte Anna und Caro je einen kleinen Feigling zu.

»Wo hast du den denn her?«, fragte Anna.

Wie Jugendliche, die heimlich auf dem Schulausflug tranken, schraubten sie die Fläschchen auf und stürzten den Feigenlikör hinunter, der nach dem Bier picksüß schmeckte.

Der Straßenmusikant hielt vor den Metallsilhouetten, die die *Beatles* darstellen sollten, und alle gruppierten sich erneut um ihn. Neben dem kaputten Einkaufswagen und den zwei am Laternenmast festgebundenen Fahrradrahmen, denen Räder und Sattel fehlten, sah das Ehrenmal wie ein misslungener Versuch des Metallkunstkurses der Volkshochschule Eimsbüttel aus. Eventuell täuschten die im Boden eingelassenen Lichter bei Dunkelheit Ambiente vor, im Tageslicht gaben die Skulpturen ein jämmerliches Bild ab.

»Man erkennt nicht mal, ob das Ringo oder Pete sein soll«, sagte Caro.

»Dat is Ringo«, sagte ein Mann im schwarzen Rolling-Stones-T-Shirt.

»Ringo trommelte erst ab 1962 bei den Fab Four. Nach ihrer Hamburger Ära«, wiederholte August, was er vorhin von Caro gelernt hatte.

»Bravo«, lobte sie ihn.

»Teilnahme an der Führung nur mit Ticket!«, sagte der Straßenmusikant, der gar kein Straßenmusikant war, sondern Tourguide.

»Das ist ein öffentlicher Platz«, sagte Anna.

»Dann gehen wir ein Stück weiter. Folgen Sie mir bitte.« Die Gruppe ging zum Straßenanfang der Großen Freiheit.

»Er hat Angst, dass alle checken, dass er keine Ahnung hat«, schrie Caro ihnen nach. »Erzählst du auch die Anekdote, wie die *Beatles* ein Schwein auf der Reeperbahn Gassi geführt haben und dafür verhaftet wurden?« Sie setzte die Bierflasche an den Mund und bemerkte beim Kippen, dass sie leer war. »Legt euch lieber eine gescheite Biografie zu, statt dem da zu glauben!« Der Tourguide zog sein Akkordeon auf und begann *Let It Be* zu spielen. »Sehr witzig! Als Nächstes behauptet er, dass es sich um ein spirituelles Lied handelt, weil von Mother Mary die Rede ist. Dabei singt Paul von seiner verstorbenen Mutter, die ihm im Traum erschienen ist und die Mary –«

»Es langt!«, sagte der Stones-Fan, der sich vor Caro aufbaute. »Wir ham dafür bezahlt.«

»Viel Spaß«, sagte Anna zu ihm und drängte Caro zum Gehen. »Komm, ich brauch was zu essen.«

»Ich brauch was zu trinken.«

»Astra?«, fragte August.

Ein Hipster mit grauer Mütze, die wie ein zusammengerolltes Kondom aussah, verteilte Aschenbecher auf den Biertischen der Astra St. Pauli Brauerei.

»Jo«, sagte Anna und steuerte darauf zu.

»Ich bin kein Fan von *Let It Be*, aber der Song hats nicht verdient, so verschandelt zu werden. Das klingt wie Andreas Gabalier am Hamburger Fischmarkt.«

»Caro, wenn einem was nicht gefällt, denkt man sich seinen Teil und geht still weg, statt es den anderen zu vermiesen, so«, sagte Anna.

Caro überlegte. »Zitierst du mich?«

Anna grinste.

»Mist. Du hast recht. Aber wenn der so einen Blödsinn redet.«

»Jaja, schon klar.«

Caro lächelte verlegen. Anna hatte sie ertappt. Sie verhielt sich genauso albern, wie Anna und August vorhin in der Yogaklasse. Und sie war tatsächlich angetrunken.

Die dunkel eingerichtete Brauerei entsprach mit seinen großen Gemeinschaftstischen, Ziegelwänden und handbeschriebenen Kreidetafeln dem feuchten Einrichtungstraum jedes bärtigen Ü30-Jährigen mit Man Bun, Analogkamera um den Hals und Individualismuswünschen im Herzen. Ampeln, Straßenschilder und Weitwinkelspiegel verzierten das Lokal und verhinderten als Nebeneffekte, dass Besoffene im toten Winkel verloren gingen.

Anna ging schnurstracks zur Bar. »Moin. Drei Pfeffi.«

Sie ignorierte die bequemen Sofas und Ledersessel und rutschte auf einen Barhocker mit rotem Astraherz-Anker. August nahm rechts von ihr Platz, Caro links. Anna überflog das Speisenangebot auf der Karte. »Und den Burger mit Grünkernbratling und Pommes«, rief sie der blonden Kellnerin mit den abrasierten Seiten und dem roten Astra-T-Shirt zu, die für einen anderen Tisch Bier zapfte.

»Eins nach dem anderen«, antwortete die.

Anna schob die Karte zu August, der sie durchsah und an Caro weiterreichte. Caro fiel auf, wie hungrig sie mittlerweile war. Normalerweise achtete sie akribisch auf alle Körpersignale, aber Aufregung und Alkohol hatten ihren Hunger überdeckt.

Die Kellnerin kehrte von der Bierauslieferung hinter die Bar zurück und nahm ihre Bestellung entgegen. Caro entschied sich für die St. Pauli Astra Bowl mit geräuchertem Tofu, August für eine Portion Jalapeños. Die Kellnerin tippte die Wünsche in ihr Gerät und füllte drei Schnapsgläser mit Berliner Luft.

»Wir trinken in Hamburg Berliner Luft?«, fragte Caro. »Die Runde geht übrigens auf mich.«

»Dann gleich noch eine, so«, sagte Anna als die Kellnerin die Gläser verteilte.

Sie exten den Pfefferminzlikör.

»Das schmeckt wie flüssiges tic tac.« Caro schüttelte sich.

»Ist das dein erster Pfeffi?«

»Anscheinend. Was machen wir bis zum Abend? Wenn wir so weitertrinken, liege ich in einer Stunde unterm Tisch.«

»Wir müssen einen Eisbären besorgen.«

»Wo findet man hier Eisbären?«, fragte Caro die Kellnerin, die die zweite Runde Berliner Luft einschenkte.

»Eisbärdiele in Poppelbüttel.«

»Einen echten«, sagte Anna.

»Im Zoo.« Die Kellnerin wandte sich neu eintreffenden Gästen zu.

»In der Pension lagen Flyer vom Zoo!«

»Zu welchem Zweck benötigen wir einen Polarbären?«, fragte August.

»Wegen *Kais letzte Reise*, so.«

»Wer ist Kai?«, fragte Caro.

»So hieß die Doku, die wir zusammen gesehen haben. Wegen der ihr auf die Idee mit dem letzten Willen gekommen seid. Kai war der, der wollte, dass seine Asche verstreut wird, wenn ein lebendiger Eisbär in der Nähe ist.«

»Hä? Du warst gar nicht dabei!«

»Geh bitte, wir haben die zusammen geschaut. Das Aufschreiben habt ihr in der Woche drauf gemacht.«

»Nein, das war direkt im Anschluss. Wir haben die Doku geschaut und dann –«

»Dazwischen lagen Tage. Ernsthaft!«

Caro durchsuchte ihre Erinnerungen und fand lediglich die Bilder, wie sie und Retti nach dem Konzert im *Rhiz* und der anschließenden Party vollkommen auf Speed auf Rettis Bett hockten und auf dem Laptop zwischen ihnen die Doku lief. Direkt im Anschluss hatten sie sich auf Rettis pinken Plüschteppich gelegt und ihre Instruktionen auf A4-Zettel gekritzelt. Von Anna fehlte jede Spur.

»Was ist mit dem Polarbären?«, hakte August nach.

Anna holte ihre Geldbörse aus seinem Rucksack und entnahm ihr einen Zettel. Sie faltete ihn auseinander: Rettis letzter Wille.

»Ganz unten steht in Klammern: ›Wenn möglich einen Eisbär sehen.‹ So.«

Caros Armhärchen stellten sich auf. Sie hatte den Brief seit seiner Entstehung nicht gesehen. Das Relikt längst vergangener Tage. Rettis krakelige Handschrift und die verrutschten Zeilen wiesen daraufhin, dass sie beim Verfassen nicht nüchtern gewesen war. Darunter prangten ihre verschmierten Initialen aus getrocknetem Blut. Sie hatten sich mit einer Nadel in die Zeigefingerkuppe gestochen und damit ihre Briefe unterschrieben. Als Beweis, wie ernst sie diesen Scherz meinten.

»Wir waren vollkommen drauf …«

»Ihr wart am Runterkommen und habt rumgeheult, dass ihr sterben werdet, wenn ihr einschlaft.«

»Kann sein, dass wir wegen der Doku so emotional waren.«

»Das war Tage her, dass wir die gesehen haben!«

»Was war dein Wille?«, fragte August.

»Costa Rica«, sagte Caro.

»Pourquoi?«

»Wegen der Ananasfarmen. Mir ists damals ziemlich schlecht gegangen. Das kratzte an Depression. Der Gedanke an eine Ananasfarm war der Einzige, der mich aufgemuntert hat. Das war mein Ausstiegsszenario. Wenn ich ganz unten am Boden ankomme, wandere ich auf eine Ananasfarm aus.«

Sie wunderte sich, dass sie August so offen erzählte, was sie David verschwiegen hatte. Andererseits war sie mit August nicht in einer Beziehung und ihr war egal, was er über sie dachte.

»Ich erinnere mich«, sagte Anna. »Du hattest alles mit Ananas: Tasche, Schlüsselanhänger, Gläser, ein Stofftier, sogar eine Ananaslichterkette.«

»Ich hatte auch eine Ananaspflanze. Die ist nach einer Woche eingegangen.«

»Wir benötigen einen Drink mit Ananas«, sagte August und nahm die Karte.

»Ich vertrag keine Ananas, ich krieg davon eine pelzige Zunge.«

»Du leidest an einer Ananasallergie und nichtsdestotrotz war sie dein Trost?«

»Jo. Ich wollte, dass meine Leiche im Ananasfeld vergraben wird, damit aus mir Ananas wachsen. Ich fand die Vorstellung gruselig, verbrannt zu werden. Retti hat versprochen, sich darum zu kümmern und im Ananaskostüm zur Beerdigung zu kommen. Das war ein Schmäh.«

Die Kellnerin brachte das Essen.

»Abermalig drei Pfeffi«, bestellte August.

Anna faltete den Zettel wieder zusammen und steckte ihn weg.

»Das ist übrigens die zweite Version«, sagte Caro. »In der ersten wollte Retti, dass ihre Asche in der Penny Lane in Liverpool verschüttet wird und Ringo derweil Schlagzeug spielt. Sie hats geändert, weil sie geglaubt hat, dass sie Ringo überlebt, und damit wir Reisekosten sparen. Dafür hat sie den Eisbären hinzugefügt.«

»Den Wunsch müssen wir erfüllen, so.«

Acht Jahre zuvor

20. April

Ich muss das AMS loswerden. Wurscht wie. Ich hab eh jede Woche Einzelcoaching, das noch acht Monate geht und zusätzlich stecken die mich in eine weitere Maßnahme. Angeblich können die mich in so viele Kurse gleichzeitig schicken, wie sie wollen. Unpackbar, wie viel Geld die für diesen Blödsinn raushauen. Das Einzige, was mich die Coaching-Frau jede Woche fragt, ist, ob ich nicht doch in der Pflege oder im Kindergarten arbeiten will, weil sie da dringend Leute suchen und das AMS die Ausbildung finanziert. Nein, will ich nicht! Ich bin Musikerin! Retti sagt, ich soll mich zwei Monate abmelden, damit ich wieder meine Ruhe hab. Wie soll ich mir das leisten? Wenns bei ihr knapp wird, kommt irgendein Model- oder DJ-Job daher und sie kriegt wieder Geld. Sie hat dieses Urvertrauen entwickelt, dass Geld im Fluss bleibt und kommt und geht. Mir fehlt das. Ich geh den Sommer über kellnern oder zurück in den Handel. Irgendein Brotjob, mit dem ich halbwegs über die Runden komme.

26. April

Mir hängt das Wochenende nach. Wie lange können Kater dauern? Der körperliche geht halbwegs, wenn ich nichts vorhabe und rumliegen kann. Der psychische ist furchtbar. Es fühlt sich an, als hätte ein Staubsauger alle positiven Gefühle aus mir rausgesaugt. Meine Welt ist trüb und nebelgrau. Der Sonnenschein draußen verschlimmerts. Statt rauszugehen und den warmen Tag zu genießen, zieh ich mir die Bettdecke über den Schädel und will sterben. Und dann krieg ich so Angst, wirklich zu sterben, dass ich mich in eine Panikattacke steigere. Am Nachmittag hat mir Retti die Haare geschnitten. Weils wurscht ist. Schlechter kann ich mich nicht fühlen und es war dringend notwendig. Ich hab kein Geld für Friseur. Bisher wollte ich sie nicht ranlassen, weil ich befürchtet hab, dass sies mir so asymmetrisch zottelig schneidet wie sich selbst. Sie hats überraschend gut hingekriegt und sich an meine Vorgaben gehalten. Ich hab ihr gesagt, dass ich vom Partymachen eine Pause will. Ich kann so nicht weiterleben. Außerdem hab ich nächste Woche zwei Bewerbungsgespräche, für die ich fit sein will.

10. Mai

Eigentlich wollten Retti, Anna und ich gestern *Schlag den Raab* schauen. Wir haben nebenbei Wein getrunken und getratscht und irgendwann hab ich Gusto bekommen, was zu nehmen. Retti hatte bissl Speed übrig. Ich hatte Mama versprochen, dass ich sie heute zum Muttertag besuche und hab geglaubt, dass mich das davon abhält, zu heftig Party zu machen. Falsch gedacht. Es war so lustig, dass wir nicht aufhören wollten. Gegen Mitternacht hat Retti Peter angerufen, weil sie wusste, dass er MDMA hat und unterwegs ist. Anna ist zu Hause geblieben, Retti und ich sind zu Peter in die *Kantine* gefahren. Der Techno, den sie dort spielen, ist halbwegs erträglich und die Leute waren superlieb. Wir waren bis 9 Uhr unterwegs und das Zeug war echt stark. Lag auch an den zwei Wochen Pause. Es war bissl deppert, dass ich Mama in dem Zustand schreiben musste, dass ichs nicht ins Burgenland schaff und krank bin. Sie hat sofort angerufen. Ich hab so getan, als hätte ich keine Stimme und könnte nicht reden. Ob sie was gemerkt hat? Ich bin so schlecht im Lügen. Ich fahr die nächsten Tage mal hin.

11. Mai

Wie kann ein harmloser Fernsehabend so eskalieren? Sobald ich was trinke, übernimmt der Teil von mir das Kommando, der auf Exzess aus ist. Muttertag? Arbeit? Wer interessiert sich für morgen! Wenns bei zwei, drei Lines bleiben würde, aber es geht so lang, bis alles vernichtet ist und manchmal besorgen wir sogar Nachschub. Und irgendwann kommt der Morgen und ich muss mich in diesem Zustand der Realität stellen. Ich kann mir nicht leisten, im Probemonat durchzuhängen. Den ganzen Tag lang hab ich überspielt, wie mies es mir geht. Das hat so gut funktioniert, dass die Abteilungsleiterin spontan beschlossen hat, die Kassaeinschulung vorzuziehen, weil nach der Mittagspause so wenig los war. Schrecklich! Ich konnte mich kaum konzentrieren. Wir sollten mal einen Monat pausieren. Retti hält das für übertrieben. Sie sagt, dass wir Genusskonsumentinnen sind. Wir sind keine Süchtigen, schließlich konsumieren wir nicht allein oder im Alltag.

21. Mai

Warum hab ich geglaubt, dass es gescheit ist, wieder im Handel zu arbeiten? In einem Riesenunternehmen? Bei 70 Angestellten fällt es wenigstens nicht auf, wenn ich in Krankenstand geh und der Dienst verteilt sich auf drei Tage. Dafür ist jeder Furz genormt. Wie und wo die Ware zu sichern ist, wo sie wie aufzuhängen ist, in welcher Reihenfolge sie an der Kassa zu entsichern, einzuscannen, zu kassieren und einzupacken ist. Mich tät nicht wundern, wenn sie uns bald vorschreiben, was wir in unserer Pause essen dürfen. Oder dass wir uns zum Rauchen Handschuhe anziehen müssen, damit die Kleidung nicht nach Nikotin riecht. Überhaupt geht sich Rauchen nur in der Mittagspause richtig aus. In der 15-Minuten-Pause wirds knapp, weil ich erst im Pausenraum den Arbeitszeit-Chip scannen muss und von dort sinds fast fünf Minuten nach draußen. Da läuft wenigstens keine nervige Musik wie im Geschäft. Die wiederholt sich alle paar Stunden. Dafür nerven draußen die Kolleginnen, die Small Talk über die Themen führen, die in der *Heute* oder *Österreich* stehen. Mühsam.

10

Caro leckte am *Solero*-Eis und beobachtete den Eisbären, der sich auf den künstlichen Felsen zurückgezogen hatte. Nach wie vor trug sie ihr Yogaoutfit und auf ihrem Rücken baumelten Stoffrucksack und Yogamatte. Alkohol hatte ihren Plan, nach der Yogaeinheit duschen zu gehen und sich umzuziehen, durchkreuzt und sie hatte den Pegel erreicht, an dem es ihr egal war. Niemand kannte sie hier. Sie machte quasi Urlaub, da galten andere Regeln.

»Man vergisst, was für Downer Zoos eigentlich sind«, sagte Anna und biss ein Stück Mandelschokolade von ihrem *Magnum* ab.

»Sollen die weiß angemalten Steine Eis darstellen?«, fragte Caro.

»Das berühmte Hamburger Polarmeer, so.«

»Bei dreiundzwanzig Grad.«

»Kein Wunder, dass sich die Tiere gestört verhalten.«

»Mutmaßlich haben sie es verdient, in Gewahrsam zu verweilen.« Caro und Anna sahen zu August, neugierig, wie er diesen Schwachsinn begründen wollte. »Womöglich legen sie ihren Artgenossen in freier Wildbahn gegenüber asoziales Verhalten an den Tag. Bestenfalls profitiert die gesamte Spezies davon, dass diese Exemplare aus dem Verkehr gezogen wurden.«

»Du meinst, im Zoo leben die Arschlochtiere?«

»Ich schließe es nicht aus.«

»Glaubt ihr, Retti war jemals in einem Zoo?«, fragte Caro.

»Nein«, sagte Anna.

»Auch nicht in Schönbrunn?«

»Nicht, wenn der Eintritt sechsundzwanzig Euro kostet.«

»Stimmt. Für das Geld hätte sie Make-up gekauft.«

»Oder Bühnengewand.«

»Oder Speed.«

»Apropos, ich besorge Taler«, sagte August.

»Wir setzen uns bei der Papageien-Lodge hin, wo wir das Eis gekauft haben und trinken was«, sagte Anna. »Oder willst du den Rest des Gefängnisses sehen?«

»Nein, ich hab genug gesehen. Das ist deprimierend. Ich glaube, es ist Wine o'clock«, sagte Caro.

»Uff, wo hast du denn den Spruch her? Instagram?«

»Pinterest.«

»Adieu«, verabschiedete sich August.

Zum ersten Mal seit Antritt ihrer Reise waren die Frauen allein. Sie sahen dem Eisbären zu, wie er ununterbrochen dieselben drei Meter nach links und nach rechts tigerte. Beim Nachbargehege brüllten Kinder mit Robben um die Wette. Die einen wollten in den Käfig rein, die anderen raus. Darunter mischten sich elterliche Ermahnungen, die aus dem Kontext gerissen wie Sprachaufnahmen aus der Geschlossenen klangen: »Zieh deine Hose wieder hoch, Milo. Sebastian, nimm den Stein aus dem Mund. Chantal, steck deinen Finger nicht in Emmas Nase.« Von weit her zog der warme Gestank großer Raubkatzen, der den Fettgeruch frischer Pommes überdeckte. Die Sonne verschwand hinter einem Wolkenteppich und die tierische Haftanstalt wirkte noch grauer.

»Da ist er. Bist du zufrieden, Retti?«, fragte Anna.

»Es war ein Schmäh.« Caro wiederholte den Satz wie ein Mantra, um sich selbst von seiner Wahrheit zu überzeugen.

»Es würde ihr gefallen, wenn sie uns so sehen könnte.«

Caro bezweifelte das. Die letzten drei Jahre hatte Funkstille zwischen ihr und Retti geherrscht. Obwohl einvernehmlich, war es keine angenehme Stille gewesen. Keine, die sich natürlich ergab, wenn eine Freundschaft ausplätscherte. Keine, die man mühelos durchbrach, wenn man sich zufällig über den Weg lief.

Es war eine angespannte Stille. Verletzende Worte hingen in der Luft, bereit beim nächsten Aufeinandertreffen herabzuregnen. Hätte sie Retti in den letzten drei Jahren zufällig auf der Straße gesehen, wäre sie davongelaufen, hätte sich versteckt oder notfalls Blindheit simuliert.

»Oder, was meinst du?«, hakte Anna nach.

»Na ja.«

»Allein, dass du mitgekommen bist, zeigt, dass sie dir viel bedeutet hat.«

»Wir sollten zu dem Lokal gehen, bevor uns August sucht.«

»So schnell geht das nicht, das dauert, bis er fertig ist.«

»Trotzdem!«

Caro ließ die Eismeerwelt zurück und ging zügig den Pfad entlang, den sie gekommen waren.

Die Papageien-Lodge bestand aus vier zusammenhängenden weißen Spitzdachzelten und mutete äußerst provisorisch an. Alle Tische waren belegt. Caro entdeckte ein älteres Paar mit Enkelkind, die ihre Stühle über den Kieselsteinboden zurückschoben und aufstanden. Sie hechtete zu ihnen und kam damit einer Frau mit umgeschnalltem Baby zuvor.

»Grüß Gott. Äh, ich meine moin«, sagte sie zu dem älteren Paar.

Der Junge streckte ihr die Zunge entgegen. Kinder reagierten auf Caro so enthusiastisch wie auf Brokkoli. Würde das bei ihrem eigenen eines Tages anders werden, falls sie sich dazu entschied, eins zu wollen?

Anna ließ sich keuchend auf dem unbequemen Metallstuhl nieder.

Auf der Karte standen zwei Sorten von Wein: weiß und rot. Caro dachte an David, der die Angestellten in dieser Situation mit Fragen zu Jahrgang und Herkunft nerven und vermutlich überfordern würde. Sie entschied sich für weiß.

»Was genau ist eigentlich zwischen euch vorgefallen, Caro?«

»Nichts.«

»Geh bitte.«

»Das weißt du genau. Sie war sauer, weil ich ausgezogen bin.«

»Vor allem war sie sauer, weil du eine Woche vor Tourbeginn aus der Band ausgestiegen bist, so.«

»Ich bin nicht ausgestiegen, sie hat mich rausgehaut! Ich wollte eine Pause.«

»Eine Woche vor der Tour? Hättest du die nicht durchdrücken können?«

»Nein! Meine Ohren waren komplett hinüber, ich musste eine Pause machen!«

Caro signalisierte einem Kellner ihren Bestellwunsch. Er hypnotisierte das Tablett in seiner Hand und übersah das Zeichen.

»Du hättest danach Pause machen können. Retti war überzeugt, dass die Tour mit dir den Durchbruch gebracht hätte. Du hast ihnen diese Chance verbaut.«

»Glaubst du das ehrlich? Zehn Jahre hab ich von Chancen gehört. Vom Durchbruch, der unmittelbar bevorsteht. Beim nächsten Album, beim nächsten Gig, beim nächsten Radiointerview. Und soweit ich weiß, hat die Tour ohne mich stattgefunden und es kam wieder kein Durchbruch.«

»Wie denn ohne richtige Bassistin? Warum regst du dich überhaupt auf? Die Band ist gut gelaufen. FM4 hat euch viel gespielt.«

»FM4 interessiert keine Sau. Irgendwann muss man einsehen, dass es das war mit Erfolg. Wir waren nun mal nicht die *Beatles* und wären es nie geworden.«

»Das weißt du nicht. Wenn man es wirklich will –«

»Wir wollten es wirklich! Wir haben uns den Arsch aufgerissen! Zehn Jahre war die Band das Wichtigste für mich. Ich hab Uniprüfungen verschoben, Nebenjobs danach ausgesucht und einen Job verloren, weil ich in Krankenstand gegangen bin, um ein Konzert zu spielen, und sie draufgekommen sind. Ich hab sogar die Hochzeit meiner Mutter verpasst, weil wir in Oberhausen auf einem Festival aufgetreten sind. Angeblich ein superwichtiger

Gig, der unsere Karriere auf die nächste Stufe hebt. Im Endeffekt haben wir im strömenden Regen vor fünfzig Hanseln gespielt. Es ist ein Märchen, dass es jeder schafft, wenn er hart genug arbeitet und dranbleibt. Die wenigsten schaffen es und es gehört eine große Portion Glück dazu. Wer kann denn heutzutage von Musik leben? Von gut leben rede ich gar nicht, sondern überleben?«

»Retti.«

»Retti hat von Arbeitslosengeld gelebt.«

»Das stimmt nicht. Die letzten Jahre liefen super bei ihr. Sie hat Musik für ein Theaterstück gemacht und bei einem Film mitgeholfen. Sie ist regelmäßig solo aufgetreten und war Resident DJane in einem Club, wo sie jeden dritten Freitag im Monat aufgelegt hat.«

»Klingt als hätte es ihr gutgetan, dass wir getrennte Wege gegangen sind.«

»Schwachsinn.«

»Wir haben uns gegenseitig runtergezogen, mit den ganzen Drogen und so. Irgendwann gings nicht mehr. Ich war todunglücklich. Ich wollte mit Anfang dreißig nicht länger wie ein Teenager leben, Studentenjobs machen und Plasma spenden. Hast du jemals Plasma gespendet? Ich hab mich wie eine Kuh gefühlt, die regelmäßig gemolken wird. Ich hab Narben davon.« Caro zeigte Anna ihre Ellenbogenbeugen. »Ich hatte die Möglichkeit auf einen Beruf, der genug Geld einbringt, im Supermarkt das zu kaufen, was ich essen will, nicht das, was am günstigsten ist.«

»Das ist kein Grund, dich so zu verhalten, wie du es getan hast. Weißt du, wie sehr du Retti damit verletzt hast?«

»Ich sie?« Caro dachte an die Beleidigungen, die Retti ihr entgegengeschleudert hatte.

»Du hast sie stehen gelassen und dich nie wieder gemeldet, so. Du hast ihr das Gefühl gegeben ein Monster zu sein.«

Sie hat sich auch wie eins verhalten!, dachte Caro.

»Und was ist mit uns anderen? Mit Tim, Nikki, Maren?«

»Entschuldigung!«, schrie Caro zum Kellner rüber. Mit Erfolg. Er schlurfte zu ihnen an den Tisch und stapelte das schmutzige Geschirr der vorigen Gäste so unbeholfen auf das Tablett, dass es wie ein Jenga-Turm schwankte. »Ich hätte gerne einen Weißwein.«

»Und für mich einen Espresso und ein Bier.«

Er wackelte mit dem Tablett davon.

»Ob er das schafft?«, fragte Caro. Lautes Klirren beantwortete ihre Frage.

Anna kicherte, wurde aber schnell wieder ernst. »Was ist mit mir? Warum hast du zu mir den Kontakt abgebrochen? Wir waren auch befreundet, so.«

»Ich wollte komplett neu anfangen. Mir einen Freundeskreis ohne Drogen aufbauen.«

»Ich war die Bravste von uns.«

»Du hättest mich für die Veränderungen genauso verurteilt wie Retti.«

»Man muss ja nicht sofort die Musik aufgeben und Unternehmensberaterin werden.«

»Siehst du? Du verurteilst mich dafür.«

»Du sorgst für Entlassungen.«

»Ich helfe Unternehmen.«

»Angestellte zu entlassen, so.«

»Effizienter zu arbeiten. Wenn sie kurzfristig keine Einsparungen machen, gehen sie langfristig in Konkurs und dann sitzen alle auf der Straße.«

»Du verdienst daran.«

»Und du wunderst dich, dass ich mich nicht gemeldet hab. Retti war auch so. Hat sich über die Sachen lustig gemacht, die mir geholfen haben. Ich bin glücklich. Ich achte auf mich und meine Bedürfnisse, bin in einer schönen Beziehung –«

»Mit dem Lackaffen von der Arbeit?«

»Siehst du? Es macht keinen Sinn, mit dir zu reden!«

Caro rückte ihren Stuhl zurück.

»Tut mir leid.« Anna griff nach Caros Unterarm. »Das hätte ich nicht sagen sollen. Du hast dich so verändert.«

»Ja, und ich bin stolz darauf. Mir gehts wesentlich besser als damals. Ich erwarte von Freundinnen, dass sie sich für mich freuen, und mir war klar, dass ihr dazu nicht in der Lage seid.«

Anna ließ Caro wieder los.

Caro blieb sitzen und verschränkte ihre Arme.

»Du und Retti, ihr wart so eng«, sagte Anna. »Ihr wart verheiratet! Ihr habt euch geliebt. In jeder Beziehung gibt es Höhen und Tiefen, ihr hättet das klären können. Nicht sofort, aber nach ein paar Wochen oder Monaten, wenn ihr euch abreagiert hättet.«

»Wie gesagt, ich wollte einen Neuanfang.«

Anna seufzte. Sie würde sich damit abfinden müssen, keine zufriedenstellende Erklärung zu bekommen. »Sie hat bis zuletzt von dir geträumt, so.«

Rettis Träume waren Caro gleichgültig.

»Und sie hat jedes Mal an dich gedacht, wenn sie eine Ananas gesehen hat.«

Caro stöhnte. Diese dämliche Frucht widerte sie an. Einst hatte ihr der Gedanke an eine Ananasfarm geholfen, heute erinnerte der Anblick sie an ihre schwärzeste Phase und einfallslose Geburtstagsgeschenke. Das hoffnungsvolle Symbol war zur Handgranate der schlechten Laune verkommen. Sie war froh, dass sie das Vorhaben, sich eine Ananas tätowieren zu lassen, nicht durchgezogen hatte.

August kam zur Papageien-Lodge. Sein Blick war grimmig, sein Mund strichgerade und er hielt in jeder Hand zwei durchsichtige Kugeln.

»Was ist los?«, fragte Anna.

Er legte die Kugeln kurz auf der Tischplatte ab, öffnete den Kordelzug seines Rucksacks und warf sie hinein. Caro schrie erschrocken auf.

»Acryl«, sagte August.

»Ich hab geglaubt, die sind aus Glas.«

»Was ist los?«, wiederholte Anna ihre Frage.

»Personal hat mich zum Aufhören gezwungen. Bis dato liefs beachtlich. 125 Taler. Wo sind eure Drinks?«

»Der Kellner ist überfordert.«

»Wonach gelüstet es euch?«

»Bier und Espresso.«

»Weißwein.«

August ging zur Bar.

»Ich hab geglaubt, er holt Geld vom Bankomaten.«

»Nein, er macht Kontaktjonglage mit diesen Kugeln. Die lässt er über seine Arme und seinen Hals gleiten.« Anna streckte ihre Arme zur Seite aus und ahmte die Bewegungen nach.

»Und damit hat er innerhalb einer halben Stunde so viel Geld verdient?«

»Das macht er ständig. Er hat die vollen Moves drauf.«

Caro staunte. Das hätte sie August gar nicht zugetraut.

Er kehrte an den Tisch zurück, stellte zwei 0,2l-Flaschen Weißwein, eine kleine Bierflasche und einen Espresso ab.

»Hast du Tabak?«, fragte Anna.

»Gemach, Prinzessin.« Er setzte sich, holte Paper, Filter und Tabak aus seiner Bauchtasche und drehte zwei Zigaretten.

Caro trank gierig von dem Wein. Nach dem Gespräch mit Anna war ihr eher nach Schnaps zumute.

»Wie ist es euch ergangen?«, fragte August.

»Ich hab Caro gefragt, warum sie uns geghostet hat und was zwischen ihr und Retti vorgefallen ist.« Anna trank von ihrem Bier ab und schüttete den Espresso in die Flasche. Sie nahm eine Zigarette von August.

»Hattet ihr mal eine Liaison?«, fragte August Caro.

»Wer? Retti und ich? Nein! Wie kommst du darauf?«

»Ihr wart verehelicht.«

»Als Freundinnen. Rein platonisch. Was ist mit euch?«

»Wir?«, fragte Anna und schüttelte den Kopf.

»Ich bin fest liiert«, sagte August.

»Du hast häufig andere Frauen im Bett.«

»In Übereinkunft mit Esther.«

»Wie funktioniert das?«, fragte Caro.

»Wie sind liiert und kopulieren unter gewissen Bedingungen mit anderen.«

»Welche sind das?«

»Immer geschützt, ausschließlich One-Night-Stands mit Fremden, niemals neben- oder voreinander und keine Clowns.«

»Clowns?«

»Frag nicht!«, sagte Anna. »Und ihr redet nicht darüber, richtig, August?«

»Wir bewahren einander vor Verletzungen.«

»Also würde es dich verletzen, wenn sie dir erzählt, dass sie mit jemandem geschlafen hat?«

»Die Möglichkeit stört mich nicht, aber die Gewissheit könnte Zugzwang auslösen, was konträr zu unserem Freiheitsbegriff ist. Ich befürworte Privatsphäre in Partnerschaften.«

Caro überlegte, wie es sich anfühlen würde, zu wissen, dass David in ihrer Abwesenheit mit einer anderen Frau schlief. Druck bildete sich in ihrer Brust und ihre Fingerspitzen zogen unbewusst zum Handballen. Sie würde ihnen an die Gurgel gehen!

Stumm nuckelten sie an ihren Flaschen.

»Gehen wir?«, fragte Anna. »Ich sehne mich nach einer fröhlicheren Szenerie. Ich komm mir vor wie eingesperrt.«

»Ich sehne mich nach einer Dusche und frischer Kleidung«, sagte Caro.

Beim Ausgangstor stießen sie auf einen Souvenirshop, vor dem ein Rundständer mit verschiedenen Stofftieren stand.

»Walross!« Caro griff sich eines der Plüschwalrosse, hielt es sich vors Gesicht und sang: »I am the egg man. They are the egg men. I am the walrus. Goo goo g'joob.«

»I'm crying«, sagte Anna.

»Everybody's got one. Everybody's got one. Everybody's got

one. Everybody's got one«, sang Caro und mit jedem Wort trat sie einen Schritt auf August zu, bis sie vor ihm stand und direkt vor seiner Nase mit dem Walross rumfuchtelte. »*Beatles!* Kennst du nicht? *I am the Walrus?* Ein Klassiker.«

Sie kehrte zum Ständer zurück.

»In dem Track heißt es ›Everybody's got one‹?«, fragte August.

»Oui«, machte Caro ihn nach.

»Und besitzt du eins?«

»Nein.«

»Das ist ein Zeichen! Wir benötigen ein Walross!«

»Wozu?«, fragte Anna.

»Das wird sich uns offenbaren.«

»16,95 Euro«, las Caro das Preisschild vor. »Knapp sechs für jeden.«

»Von mir aus«, sagte Anna. »Meine Geldbörse ist in deinem Rucksack.«

Caro gab nicht gerne unnötig Geld aus. Zum einen, weil sich der teure Zoobesuch als sinnlos herausgestellt hatte, und zum anderen, weil es sich um etwas Synthetisches handelte, das die Umwelt belastete und billig in Fernost produziert wurde. Der kuschelige Plüsch schmiegte sich an ihre Haut und weichte ihre Vernunft auf. Dieses schnuckelige braune Walross mit seinem beigen Stoffbärtchen, den weißen Stoßzähnen und den schwarzen Knopfaugen war zu niedlich, um es sitzen zu lassen.

»Gebt mir einfach euren Anteil, ich zahl mit Karte.« Caro reihte sich mit dem Stofftier in die Kassenschlange ein.

»Wir warten draußen«, sagte Anna.

»Sucht nach Pinguinen, die Hare Krishna singen und Edgar Allan Po treten.«

»Pourquoi?«

»Gleicher Song«, sagte Anna. »Wie konntest du jahrelang mit Retti zusammenwohnen, ohne die größten Hits zu kennen?«

»Mutmaßlich erspähen wir solche flugunfähigen Seevögel in Bälde in der Garage.«

23. Oktober

Die heutige Album-Release-Show lief hervorragend im Gegensatz zur gestrigen. Berlin ist eben cooler als Köln. Es waren circa 90 Leute da. Mehr als erwartet. Nach dem Gig hat ein fescher Typ Vollgas mit mir geflirtet. Ayan, 1,80m groß, durchtrainiert, kurze dunkle Haare, Bart, wohnt in Charlottenburg und arbeitet in einem Start-up als Marketing-Manager. Nikki und Tim sind zurück ins Hostel, Retti und ich sind mit Ayan und zwei seiner Freunde in ein Lokal ums Eck gegangen. Wir hätten so gerne mit ihnen Party gemacht, aber wir haben uns geschworen, erst nach dem letzten Gig in Leipzig was zu nehmen, damit die Show nicht darunter leidet. Außerdem muss ich fahren. Ich hab mit Ayan rumgeschmust und Nummern ausgetauscht. Er hat mich zu sich eingeladen. Das Angebot nehme ich sicher an. Gegen 4 Uhr sind Retti und ich alleine ins Hostel zurück. Fühlt es sich so an, erwachsen zu werden? Ist das der erste Schritt ins Spießertum?

24. Oktober

Drogen sind wie Süßigkeiten. Wenn man alles auf einmal vernichtet, können sie einen später nicht verführen. Ich hab keinerlei Disziplin. Ich halte mich nicht zurück, ich geh aufs Ganze. Wenn schon, denn schon. Eine Line oder zehn ist auch schon wurscht. Wenn ich leide, soll es sich auszahlen. So weiß ich wenigstens, woher die Depressionen kommen. Ich zögere das schlechte Gewissen hinaus. Nach dem Gig brauchen wir was Schönes. Es waren fünf Leute im Publikum, davon zwei zahlende Gäste. Der Rest hat im Club gearbeitet. Was für ein Desaster. Wer soll an einem Sonntag im Pegida-Land kommen? Ich will zu Ayan! Er soll mich ablenken! Ich will nach Berlin. So schnell wie möglich. Da steigt die Party. Die anderen halten das für eine depperte Idee. Selbst Retti ist auf einmal gegen Abenteuer. Ausgerechnet sie, die für jeden Blödsinn zu haben ist. Ich nehme den Zug, wenn sie nicht fahren wollen. Der nächste geht in einer Stunde, kurz vor 4 Uhr. Der kommt um 7 Uhr an. Ich hab bis Mittwoch frei. Mal sehen, wie lange ich bleibe.

25. Oktober

Berlin ist schrecklich. Es ist so kalt und nass. Ich hab die letzte Line Speed genommen und mir bleibt nur das Baggie zum Auskratzen. Ayan hat bisher nicht auf meine SMS reagiert. Wahrscheinlich ist er gar nicht fort, sondern schläft. Ich fahr mal nach Charlottenburg, dann bin ich in der Nähe, wenn er munter wird.
Ich sitze durchnässt in einem Café mit WLAN und warte auf eine Antwort von Ayan. Auf Facebook ist er auch nicht online. Es ist 9:50 Uhr. Er sollte auf sein. Oder er arbeitet. Ich komm grad runter und mir ist voll schlecht. Was mach ich, wenn er sich nicht rührt? Es war wirklich deppert loszufahren. Wie komm ich wieder heim? Es ist Monatsende und das Ticket nach Berlin war sauteuer.
Ich sitz im Zug nach Ústi nad Labem hl.n. Das ist irgendwo in Tschechien, die weiteste Station, die ich mir leisten konnte. Die anderen warten dort auf mich. 16:19 Uhr komme ich an. Sie sind extrem grantig. Wäre ich auch. Ich hab ins Zugklo gespieben. Tiefer kann ich nicht sinken.

11

»Ich fühl mich wie neugeboren«, sagte Caro, als sie in eine Dampfwolke gehüllt aus dem Bad kam. Sie hatte sich ein großes Handtuch umgewickelt, mit einem kleinen rubbelte sie sich ihre Haare trocken.

Anna saß vornübergebeugt auf der Bettkante, das Walross neben sich, Rettis roten High-Heel-Lack-Plateau-Stiefel in der Hand.

»Weinst du?«

»Wie kann ein Mensch auf solchen Absätzen gehen?« Annas Stimme versackte in Tränenlöchern.

»Kennst du die Story, wie sie ihrer Mutter die High Heels geklaut hat?«

»Nein?«

»Mit vier, fünf Jahren hat Retti angefangen, sie heimlich aus dem Kasten zu nehmen und darauf herumzustöckeln.«

»Ernsthaft? Und hat die Mutter was gemerkt?«

»Sie ist nach Jahren draufgekommen, dass jemand sie benutzt, weil sie komplett ausgetreten waren, obwohl sie die Schuhe nie anzog. Sie hat die Nachbarstochter verdächtigt, Rettis Babysitterin. Für sie wars unvorstellbar, dass es ihr eigenes Kind gewesen sein könnte. War ein ziemlicher Bahöl. Die Nachbarstochter hat Retti gedeckt und freiwillig die Schuld auf sich genommen, weil sie Angst hatte, dass Rettis Mutter durchdreht und Retti was antut.«

»Der Frau ists zuzutrauen.«

»Die Nachbarstochter hat den Job als Babysitterin verloren und Retti musste zu einer alten Frau, die am Ende der Straße gewohnt hat. Dort hat sies gehasst, weils nach Urin stank und die Frau ziemlich senil war. Sie hat Retti für ihren Sohn gehalten, der als Kind an einer Hirnhautentzündung gestorben ist. Das Ganze hat Retti nicht davon abgehalten, weiterhin die Schuhe ihrer Mutter zu nehmen.«

»Eh klar.« Anna lachte.

»Ihre Mutter ist zwar ein Unmensch, aber irgendwie tut sie mir leid. Erst ihren Mann zu Grabe tragen, dann ihre Tochter.«

»Stimmt. Es ist gegen die natürliche Ordnung, wenn das Kind vor den Eltern stirbt, so.«

»Eh, aber in dem Fall kein Wunder.«

»Wie meinst du das?«

»Na ja, Retti hat mitgenommen, was geht.«

»Und? Was hat das damit zu tun«

»Ihr Lebensstil war total ungesund. Sie war stark untergewichtig, hat sich regelmäßig weggeblasen, viel Alkohol getrunken –«

»Nicht dein Ernst! Sie ist an einem geplatzten Aneurysma gestorben, so! Das war Pech. In ihrem Gehirn saß eine tickende Bombe. Die hätte früher losgehen können, später oder nie. Das weiß man eben nicht. Sie wäre genauso früh gestorben, wenn sie asketisch wie ein Mönch gelebt hätte!«

»Ich meine, dass …« Caro brach den Satz ab. »Ich will nicht mit dir streiten.«

»Dann tus nicht. Ich ruh mich etwas aus.« Anna räumte den Stiefel wieder weg.

»Wo ist eigentlich August?«, fragte Caro.

»Geld für später checken. Wir gehen nach dem Verstreuen fort. In Gedenken an Rettis ungesunden Lebensstil.«

»So hab ich das nicht gemeint.«

»So hast du es aber gesagt!« Anna legte ihre Brille auf den Nachtisch, kuschelte sich ans Walross und zog sich die Decke über.

Caro seufzte. Wieso schafften sie keinen dauerhaften Waffenstillstand? Konversationen mit Anna glichen einem Minenfeld. Ein falsches Wort und Caro trat auf eine Ärgermine, die eine Diskussionsexplosion auslöste. Überraschenderweise nervte August sie am wenigsten. Seine Art barg zumindest Unterhaltungspotenzial.

Sie föhnte sich im Bad die Haare, band sich einen trägerlosen BH um, zog eine durchsichtige, hautfarbene Strumpfhose an, streifte sich ihr enges, dunkelviolettes Kleid mit Carmen-Ausschnitt und kurzen Ärmeln über, puderte ihr Gesicht, malte einen feinen schwarzen Strich auf ihr oberes Lid und schminkte sich die Lippen knallrot.

Dann setzte sie sich aufs Bett und schrieb David eine Nachricht. Sie freute sich darauf, morgen zu ihm und ihrem aktuellen Leben zurückzukehren, ihr altes nervte sie.

Anna atmete gleichmäßig. Vor dem Fenster machte der Tag keinerlei Anstalten, in den Abendmodus zu wechseln. Die Sonne ging in Hamburg merkbar langsamer und später unter als in Wien. Wann würde es dunkel genug für ihren Einbruch in die Garage sein? Wäre die Straße verlassen genug?

Sie nahm ihr Buch zur Hand, stopfte sich das Kissen in den Rücken, lehnte sich gegen die Wand und las.

Caro schreckte hoch. August war hereingepoltert und hatte sie offenbar aus dem Schlaf gerissen. Wie auch Anna.

»Startklar?«, fragte er.

»Es ist noch hell«, sagte Caro.

»Es ist heaven, Perle. Ich habe die ideale Niederlassung zum Vorglühen erspäht. Die findet gewiss Anklang bei euch. Des Weiteren wurde uns ein Zeichen gesendet.« Er holte ein zerknülltes Plakat aus seinem Rucksack und strich es glatt. Ice Ice Baby. Best of 90s stand in weißer Schrift darauf. Zusammen mit dem heutigen Datum und dem Namen des Clubs. Darunter prangten ein Eisbär und das Logo von Eristoff Ice. »Dort stoßen wir auf Walross-Kameraden und Pinguine, die aus dem Po Hare Krishna singen!«

»Ist das deine tolle Vorglühlocation?«, fragte Anna und gähnte.

»Njet. Nach gelungener Mission.« Er tippte auf den Eisbären, als würde er telegrafieren. »Das ist ein Zeichen, capisce?«

»Was ist das mit diesen Zeichen?«, fragte Caro.

»Die Zeichen sind essenziell. Wenn man ihnen Beachtung schenkt, merkt man, dass sie allgegenwärtig sind. Man muss ihnen folgen.«

»Aha.« Das erklärte Caro gar nichts.

»Von mir aus«, sagte Anna.

Er stopfte das Plakat wieder in seinen Rucksack.

Caro fragte sich, warum er es nicht einfach fotografiert hatte. Es pochte hinter ihrer Stirn. War sie verkatert? Möglich. Sie hatte heute mehr getrunken als sonst in einer Woche. Daheim würde sie ein paar Detox-Tage einschieben.

Als könnte er ihre Gedanken lesen, warf August ihr und Anna jeweils einen Partyklopfer zu.

»Nützt ja nix«, sagte Caro. Ein aufgewärmter Rausch verscheuchte wenigstens vorübergehend den Kater.

»Walross?«, fragte August.

»Hier!« Anna reichte es ihm.

»Retti?«

»Auch hier.«

August hüpfte wie ein aufgezogenes Duracell-Häschen durchs Zimmer und räumte seine Acrylkugeln aus dem Rucksack raus und wieder rein, weil er alle paar Sekunden seine Meinung änderte, ob er sie mitnehmen sollte oder nicht. Schlussendlich legte er sie neben Annas Reisetaschen und steckte das Walross, den Stiefel mit der Asche und Annas Geldbörse ein.

Caro schlüpfte in schwarze Pumps und schloss die feinen Riemchen um ihre Knöchel. Sie nahm ihre schwarze Kunstlederjacke, falls es abkühlte und hängte sich ihre schwarze Paillettenhandtasche um. Anna und August zogen sich nicht um. Caro fand, dass sie sich dem Anlass entsprechender kleiden könnten, verkniff sich aber jeglichen Kommentar.

Betrunkene besetzten die Straßen. Massen schoben sich durchs

Viertel, gefangen in einer Stolperchoreografie, zu der sie Brunftgeschrei ausstießen. Innerhalb weniger Minuten prasselten so viele sexistische Sprüche und Pfiffe auf Anna und Caro ein, dass sich Caro fragte, wo genau denn dieses woke Cancel-Culture-Fantasieland war, in dem sich niemand traute zu sagen, was er dachte. Sie schlängelten sich durch die angesoffene Meute, deren Atem ausreichte, um einen Elefanten passiv betrunken zu machen. Anna und August schrien sich über den Nachtlebenlärm, der selbst am frühen Abend herrschte, ihre Lieblings-90s-Songs zu. August war zu jung, um die Neunziger miterlebt zu haben. Sie bogen in eine Seitengasse ein.

»Tada!«, sagte August und gestikulierte zu einer goldenen Plakette neben dem Club-Eingang. Caro hätte den *Indra Club* auch ohne Hinweistafel erkannt. Sie lächelte bis zum Haaransatz.

»Wo befindet sich die Gästeliste?«, fragte August den Türsteher. Er verwies auf seine Kollegin. »August plus two, s'il vous plaît.«

Die Dame vom Kartenverkauf stempelte ihnen die Handrücken ab. Das schlauchförmige Lokal mit den roten Wänden war voll. Auf der winzigen Bühne hantierten drei junge Männer mit Kabeln und Instrumenten herum.

»Da bist du ja!«, begrüßte der Barkeeper August. Caro fand, dass er aussah wie Augusts älterer, tätowierter Bruder. »Habt ihr euer Geschäft erledigt?«

Hatte er ihm davon erzählt?

»Im Anschluss. Wir benötigen etwas Courage.«

»Wodka?«

»Jo.«

Caro inhalierte ehrfürchtig alle Details. Am liebsten wäre sie mit ihren Fingern über die Wände gefahren und hätte jeden Zentimeter betastet. Das war also die Wiege, aus der die *Beatles* ihren Weltruhm angetreten waren.

Sie trank mit Anna und August einen Wodka. Dann noch einen. Und noch einen. Er löste ihre Zunge und sie goss all ihr

Wissen über die *Beatles* im Indra Club über Anna aus. Unterdessen schäkerte August mit dem Barkeeper. Selbst als die Band anfing, ihre melancholische Indiemusik in den Raum zu klagen, redete Caro ohne Unterlass weiter. Die anderen Gäste ermahnten sie erfolglos den Mund zu halten.

Nach einer Stunde beendete die Band ihr Jammern.

Anna, August und Caro tranken jeweils zwei Whiskey und vergaßen sich in ihrer Unterhaltung, bis ihnen ihr Vorhaben wieder einfiel. August versprach dem Barkeeper aus Höflichkeit später wieder vorbeizuschauen.

»Der steht auf dich«, sagte Anna auf der nachtdunklen Straße.

»Steht ihm frei.«

Caro öffnete Google Maps und gab ›Paul-Roosen-Straße 33‹ ein. »Geradeaus und da vorne links. Dauer: zwei Minuten. Wir gehen denselben Weg, den die *Beatles* nach ihrem Gig zum Schlafen ins Bambi Kino gegangen sind.«

Sie unterdrückte ein Aufregungskreischen. Der Clubabstecher hatte sie tatsächlich mutig gemacht. Nun konnte sie sich sogar vorstellen, sich aktiv am Verschütten der Asche zu beteiligen.

Retti hatte ihr Leben dem Rock'n'Roll verschrieben und die Aktion war Rock'n'Roll in Reinform.

Sie entfernten sich vom Basswummern der Partymeile und dem Gejohle der Feierwütigen. Besoffene wankten ihnen entgegen. Caro fragte sich, ob der eine Mann lallte oder sich in seinem Mund erbrach. Im Gegensatz zu ihm fühlte sie sich stocknüchtern.

»Was glaubt ihr, ist das ein Living-on-the-edge- oder ein Living-the-dream-Moment?« Caro griff mit der Frage die zwei Kategorien auf, in die Retti alle Lebensereignisse eingeteilt hatte.

»Living on the edge«, sagte Anna.

»Living the dream«, sagte August.

»Passt beides irgendwie.« Caro wies nach links.

»Das mochte Retti am liebsten, so. Die besten Dinge im Leben bergen das Risiko, zur Katastrophe zu werden.«

Taten sie das? Bevor Caro zu einem Ergebnis kam, betraten sie die Paul-Roosen-Straße. Wohnstraßenstill lag sie vor ihnen. Sie verlangsamten ihr Schritt- zu Schleichtempo, zogen die Köpfe ein und machten sich rund. Bedacht unauffällig setzten sie einen Fuß vor den anderen, das Klacken von Caros Absätzen hallte. Vor der Nummer 33 blieben sie stehen und überprüften, ob jemand in der Nähe war. Caros Herz schlug so laut, dass sie fürchtete, die Hausbewohner könnten von dem Pochen aufwachen.

»Wie kommen wir da rein?«, flüsterte sie.

Als Antwort griff August nach dem Garagenhebel, hob ihn leicht an, löste das kleine Holzstück, das zwischen Tor und Boden klemmte und den Schließmechanismus blockierte und zog das Tor vorsichtig nach oben. Es quietschte und knarrte in die Nacht. Er öffnete es so weit wie nötig. Sie duckten sich und krochen darunter ins Dunkel. Anna holte ihr Handy aus der Hosentasche und leuchtete in die vollgestopfte Garage. Die Alltagsgegenstände wirkten wie Requisiten eines Horrorfilms.

»Nicht schlecht«, flüsterte Anna August zu. »Retti?«

Er nahm den roten High-Heel-Lack-Plateau-Stiefel aus seinem Rucksack und tauschte ihn gegen Annas Handy. Anna öffnete das Plastik und begann leise zu singen: »Jojo was a man who thought he was a loner, but –«

»Pssst«, zischte Caro.

»Das war ihr Wille.« Anna kippte den Stiefel und etwas Asche rieselte raus. »Jojo left his home in Tuscon, Arizona for some California grass«, flüstersang Anna weiter. »Ihr auch mal?«

»Merci«, sagte August und tauschte das Handy wieder gegen den Stiefel.

»Get back, get back. Get back to where you once belonged. Get back.«

»Hallo? Ist da jemand?«, rief eine Frauenstimme. Beim Türspalt erschien ein Lichtstreifen.

»Mist!« Caro sprang zum Tor. Sie tastete nach einem Griff, ihre zitternden Hände fühlten das geriffelte Aluminium. Anna eilte ihr zu Hilfe. Sie fand ein Seil und zerrte damit das Tor nach oben. Der Krach musste selbst Schwerhörige wecken.

»Halt!« Die Enkeltochter schoss in die Garage. Caro rannte vorneweg nach rechts, August hintennach. Anna hatte wohl das Seil losgelassen, denn das Tor krachte laut nach unten und verschaffte ihnen hoffentlich einen Vorsprung.

»Da lang!« Anna hatte Caro eingeholt. Sie wählten eine Nebenstraße, die aufgrund ihrer Biegung weniger einsichtig wirkte.

»Hat sie uns gesehen?« Caros Hals brannte und sie bekam kaum Luft. Sie machte regelmäßig Yoga und spielte hin und wieder Basketball, keins von beiden beinhaltete Sprints in Pumps.

»Bleibt stehen! Ich weiß, dass du es bist, Becky Blackbird!« Die Enkelin folgte ihnen barfuß im Pyjama.

»Mist!«, kreischte Caro und steigerte ihr Tempo.

August rannte mitten auf der Straße, sein offener Rucksack hüpfte auf seinem Rücken auf und ab, dabei umklammerte er den roten High-Heel-Lack-Plateau-Stiefel. Sie kamen an eine Kreuzung. Anna zeigte auf die Einfahrt eines Kindergartens und Caro aktivierte ihre letzten Kräfte, sprintete in den Innenhof, der aus einer begrünten Fläche und einem Spielplatz bestand. August kletterte eine Sprossenleiter hoch und die Frauen stiegen hinterher. Zu dritt zwängten sie sich in das rote Rutschhäuschen. Schweiß strömte über ihre Gesichter und sie rangen nach Luft.

»Wir sitzen in der Falle«, keuchte Caro, als sie genug Atem zusammen hatte. Sie sah durch einen Spalt zur Einfahrt und rechnete damit, dass ihre Verfolgerin jede Sekunde den Hof betrat.

»Sie findet uns nicht«, sagte Anna.

»Sie hat mich erkannt!«

»Was will sie uns denn vorwerfen? Wir haben nichts Illegales gemacht.«

»Einbruch!«

»Wir verstanden das offene Tor als Einladung«, demonstrierte August seine Version der Geschehnisse für ein hypothetisches Polizeiverhör.

»Störung der Totenruhe«, zählte Caro weiter auf.

»Davon wissen sie nichts, so. Dadrin ists so dreckig, da fällt das bisschen Asche gar nicht auf.«

»Ich hätte Wache stehen sollen, wie ichs vorhatte. Du bist schuld!«, sagte Caro zu August. »Dein Vorglühen hat mich –«

August begann leise zu glucksen. Es verwandelte sich in ein Kichern, das zu einem richtigen Lachen anwuchs.

»Was gibts da zu lachen?«

Anna prustete ebenfalls los.

»Was?«

Das Lachen der anderen löste Teilchen aus Caros Wut, bis sie komplett zerbröselte. Gegen ihren Willen sprang das Gelächter auf sie über. Sie gackerten, gluckten und quietschten. Sie bebten und krümmten sich nach vorne. Lachtränen vermischten sich mit Schweiß und wenn sich eine von ihnen fing, steckten die anderen sie wieder an.

Jemand betrat den Innenhof. Caro presste eine Hand auf den Mund und zerrte mit der anderen erst an Anna, dann an August, um sie auf die Person aufmerksam zu machen. Als sie begriffen, hielten sie sich auch den Mund zu. Es war so dunkel, dass sie lediglich die Umrisse der Person erkannten, die sich an der Hausmauer abstützte. Kurz darauf hörten sie das Öffnen eines Reißverschlusses und einen Urinstrahl, der auf Beton spritzte.

Anna nahm ihre Hand runter und brüllte vor Lachen. Caro versuchte sich zu beherrschen, aber scheiterte kläglich. Sie lachten so laut, dass der pissende Mann sich augenscheinlich ertappt fühlte. Er fummelte an seiner Hose, drohte umzufallen, fing sich ab und torkelte zurück zur Straße.

»Das war definitiv living on the edge«, sagte Caro.

»Mission accomplished.«

»Na ja. Wir haben nicht alles verschüttet. Und du hast geschummelt. Von wegen Magie, du hattest das Tor blockiert.«

»Die Kraft von Magie potenziert sich mit weltlicher Unterstützung.«

»Ja klar. Dann ist auch Magie, dass … dass …« Caro fiel kein Beispiel ein.

»Die Verspätung deines Zuges gestern war Magie«, sagte Anna. »August hat gezaubert, damit wir dich finden.«

»Lass«, sagte August.

»Ach so, die Deutsche Bahn ist in Wirklichkeit ein Hexenzirkel?«

»Ernsthaft! Hast du vorher schon mal was von Böschungsbrand gehört?«, fragte Anna.

»Ich wette, das passiert dauernd.«

»Sag ihr, wie du das gemacht hast«, forderte Anna August auf.

»Ich habe probiert, dir zu suggerieren, unsere Handys abzuheben, aber das kostete zu viel Energie. Deine magischen Antennen stehen nicht auf Empfang. Das Stoppen des Zuges erforderte weniger Energie. Erfreulicherweise stoppte ihn ein Böschungsbrand und kein Freitod.«

»Kannst du Blitze schießen wie Mysterio aus Spider-Man? Augusterio.« Caro riss dazu die Augen groß auf. »Na ja, ich glaube, wir haben die Enkelin abgehangt. Meine Beine schlafen ein.«

»Meine auch«, sagte Anna. »Gehen wir lieber auf die Eisbärparty und suchen Walrossfreunde.«

1. November

Ich packs nicht. Nikki ist aus der Band ausgestiegen! Wie kann das sein? Wir waren vier Tage zusammen unterwegs und sie hat nichts gesagt. Keine Andeutung, absolut nichts. Selbst während der Probe war alles unauffällig. Wir haben bisschen gejammt und Rettis neue Riffs ausprobiert. Als wir danach zusammengesessen sind, sagt sie plötzlich, dass sie nächstes Sommersemester in die USA geht, weil sie ein Forschungsstipendium für ihre Dissertation gekriegt hat. Sie hat sich was wegen Substitute überlegt, der einstweilen für sie einspringt. Retti und ich sind ausgezuckt. Was glaubt sie, wer wir sind? Eine Hobbyband, in die jede ein- und aussteigen kann, wie es gerade passt? Sie hat gesagt, dass sie einen Plan B will. Im Leben gibts keinen Plan B! Wer einen Plan B hat, verfolgt Plan A nicht hartnäckig genug. Ich könnte schreien, so grantig bin ich auf sie.

2. November

Ich hab geglaubt, ich beruhige mich etwas, wenn ich eine Nacht drüber geschlafen hab, aber ich bin wütender als gestern. Von Nikki hätte ich das nie geglaubt. Ausgerechnet jetzt. Unser zweites Album ist erst seit zwei Wochen draußen und schon sind Pressetext, Video und Bandfotos veraltet. Und was ist mit den restlichen Shows, die heuer anstehen? Für nächstes Jahr sind auch ein paar Dates fixiert. Wie kann sie so egoistisch sein? Wir haben von Anfang an gesagt, dass wir auf Erfolg hinarbeiten und niemanden in der Band wollen, der das als Hobby ansieht und nicht als Beruf betreiben will. Ich würde meinen Brotjob sofort hinschmeißen. Retti hat Modeljobs abgesagt, die top bezahlt gewesen wären. Weil es eben nicht um Geld geht, sondern darum, was auszudrücken, Musik zu machen. Ich fühl mich so von ihr hintergangen. Tim war auch voll fertig, weil selbst er keine Ahnung hatte. Wobei er ihr das mit dem Substitute durchgehen lassen würde. Für Retti und mich kommt das nicht infrage. In or out. Sie hatte die Wahl, sie hat sich gegen uns entschieden und muss die Konsequenzen tragen.

26. November

Ich war nach der Arbeit so k. o. und hatte keinen Nerv fürs Vorspielen. Von den fünf BewerberInnen kamen genau drei: Maren und zwei Typen. Mit dem Ersten haben wir gejammt, was gepasst hat. Als ich ihn nach seinem *Beatles*-Lieblingssong gefragt hab, hat er *Yellow Submarine* gesagt. Wo lebt der bitte? *Yesterday* und *Let It Be* hat er eh gekannt, aber er hat nicht gewusst, dass die von den *Beatles* sind! No, thank you. Retti hat mir was von dem Speed angeboten, das sie fürs Wochenende besorgt hat, weil ich so durchhing. Wir haben eine Mini-Line genommen. Retti hatte die Idee, dass wir zuhören und Maren und der Typ abwechselnd spielen. Sie hat ihnen zugerufen, mit welchen Emotionen sie performen sollen. Nach einer Stunde haben wir nachgelegt und Retti sind neue Aufgaben eingefallen, bis es dem Typen zu deppert wurde und er abgehauen ist. Maren hats getaugt und sie hatte einige unserer Songs vorbereitet. Ihr *Beatles*-Wissen ist basic, das reicht fürs Erste. An Retti und mich kommt eh kaum wer ran. Auf jeden Fall will sie hauptberuflich Musik machen und sie hat einen Führerschein.

8. Dezember

Das erste Konzert mit Maren aka Pepper Sunshine war der Wahnsinn. Ich hab mir vorher Sorgen gemacht und hätte als ersten Gig gerne woanders gespielt. Zu Unrecht. Unsere Wiener Fans haben sie herzlich in die *Heebie-Jeebies*-Familie aufgenommen. Unglaublich, wie viel Gas sie live gibt. Nikki ist live auch abgegangen, sie war halt eher der burschikose Tomboy. Kein Vergleich zu Maren. Die trägt die ärgsten High Heels und bespringt ihre Gitarre regelrecht. Sie hat mich an den jungen Mick Ronson erinnert. Annika nannte uns *Drei Engel für Tim*. Retti war voll begeistert. Zum Glück haben wir innerhalb der Band eine No-Sex-no-Dating-Policy. Es wäre so typisch Retti, sich an Maren ranzumachen.

Gut, dass ich darauf bestanden habe, das Release-Konzert um einen Monat zu verschieben. Wärs nach Tim gegangen, hätten wir im November zum letzten Mal mit Nikki gespielt. Dann wärs ein Abschied gewesen, so wars ein fulminanter Neustart. Ich glaube, dass sich die harte Arbeit bald auszahlen wird. Nikki wird wie Pete Best in die Geschichte als Bandmitglied vor dem Durchbruch eingehen und sich in den Hintern beißen.

Aktueller Catering Rider für *The Heebie-Jeebies* (pre Durchbruch)
- Warmes Essen (zweimal vegetarisch, einmal Fleisch, eine Portion Reis)
- Obstschale mit Bananen, Äpfel, Weintrauben
- Saures Gummizeug
- Kaffeemaschine
- 8 Dosen Cola Zero
- 2 Packungen Orangensaft
- 1 Flasche Wodka
- 12 Bier
- 1 Flasche Rotwein
- 1 Flasche Weißwein
- 8 Flaschen Mineralwasser (still, 0,5l)

Zukünftiger Catering Rider für *The Heebie-Jeebies* (post Durchbruch)
- Buffet (getrennt für Crew und Band) mit verschiedenen indischen und italienischen Gerichten (⅔ vegetarisch, eine Portion Reis extra)
- Spießchen mit Cocktailtomaten und Mini-Mozzarella, dazu Extra Natives Bio-Olivenöl, selbst gemachtes Pesto und Balsamico-Creme
- Frisch geschnittener Obstsalat (kein Dosenobst!), mit kernlosen Weintrauben und Beeren (frisch, nicht tiefgekühlt!)
- Saure Fruchtsaft-Bären mit Schaum von Bärenland (keine Haribo!)
- Siebträgermaschine mit automatischem Milchaufschäumer, dazu neue Latte Macchiato Gläser
- 8 Dosen Dr. Pepper Zero
- 1l kalten, frischgepressten Orangensaft
- 1 Flasche Crystal Head Vodka mit dazugehörigen Gläsern

- 12 Wieselburger Bier (Dosen, keine Flaschen!)
- 1 Flasche St. Laurent Rotwein
- 1 Flasche Weißwein (nicht unter 20 €)

12

»Rhythm is a dancer, it's a soul companion«, schallte es aus den Lautsprecherboxen. Caro tanzte zu den Eurodance Beats und bei »Oh-oh, it's a passion« streckte sie ihre Arme in die Höhe und sang mit: »Oh-oh, you can feel it in the air.« Die Anspannung der letzten Stunden wich aus ihrem Organismus und sie wiegte sich wie ein Blatt im Trashwind.

Bei *What is love* von *Haddaway* hatte sie sich geziert und sich an ihrem Malibu Orange festgehalten, den sie aufgrund Augusts Vorschlag bestellt hatte, dass jeder das Getränk seiner Jugend wählt. Er selbst hatte Wodka-Bull genommen, Anna Cola-Rot. Bei *No Limits* von *2 Unlimited* hatte Caro leicht mitgewippt und ab *Last Train to Trancentral* von *The KLF* hatte sie jeden Widerstand aufgegeben. Die Nummer durfte man nicht ans Stillstehen verschwenden.

Selbst die Songs, die sie auf einer bewussten Ebene grauenvoll fand, lösten auf einer unbewussten nostalgische Gefühle aus. Als würde sie ehemalige Schulbücher durchblättern oder das billige Parfüm riechen, das sie als Teenie auf ihre picklige Haut gesprüht hatte. Der Sound, die neonbunte Dekoration und die geschmacklosen Outfits versetzten sie in einen Trancezustand, in den sie sich fallenließ wie in ein Wattebäuschchen-Bällebad. Sie hatte erledigt, wozu sie hergekommen war, die letzte Nacht in Hamburg wollte sie Spaß haben und genießen.

»Geht's dir gut?«, fragte Anna, als sie Caro in der Toilettenschlange traf.

»Ich hätte nicht geglaubt, dass es mir heute noch so gut gehen würde.«

»Lust, eine Etage höher zu fahren?« Anna bugsierte Caro in

eine frei werdende Kabine und sperrte zu. Sie holte ein durchsichtiges Baggie mit einer einzelnen erdbeerförmigen Ecstasypille hervor, die sie in zwei Hälften zerbrach. »Halbe-halbe?«

Caro zögerte. Ihre Drogenzeiten waren vorbei! Sie wollte ablehnen, aber der Anblick entfachte Sehnsucht nach dem Glücksgefühlfeuerwerk, das zweifellos in diesem kleinen synthetischen Erdbeerstück steckte.

»Ich nehm das Kleinere«, hörte sie sich sagen.

»Yeah, auf Retti! Strawberry Fields Forever!« Anna spülte die andere Hälfte mit Cola-Rot runter. »So, raus, ich muss pinkeln.«

Was war gerade geschehen? Hatte Caro ihre jahrelange Abstinenz so leicht über Bord geworfen? Oder hatte sie das fantasiert?

Eine junge Frau mit tief sitzender Hüftschlaghose und sichtbarem Stringtanga kam aus einer Toilette, die Caro sich gegen den Protest der Wartenden schnappte. Sie hockte sich so hin, dass ihre Haut die Klobrille nicht berührte, und starrte an die beschmierten, mit Stickern übersäten Plastikwände. Konträre Gedanken rangen miteinander: Was hast du getan? Wuhu, Party! David darf nichts davon erfahren, der kriegt einen Anfall! Wurscht! Ein letztes Mal. Jetzt ists eh zu spät, reite die Welle!

Ein Klospruch auf Augenhöhe: *How many light bulbs does it take to change people?* Ja, wie viele? Vielleicht hatte sie sich gar nicht so radikal verändert, wie es ihr manchmal vorkam. Vielleicht hatte ihr altes Ich in den letzten Jahren tot, aber träumend in ihr geschlummert und darauf gewartet, dass die Sterne eines Tages richtig stünden, um zu erwachen und einen letzten Partyauftritt hinzulegen. All aboard, all aboard, whoa. Last train to Trancentral.

Auf der Tanzfläche fiel ihr August um den Hals. Sein scharfer Schweißgeruch versengte ihre Nasenhaare. »Blueberry shields forever!«, schrie er ihr ins rechte Ohr.

»Spürst du was?«, brüllte Anna in ihr linkes.

»Das dauert!« Caro lachte.

Anna wusste schließlich genau, dass das E frühestens in einer halben Stunde wirkte. In Anbetracht des Alkohols, durch den es sich den Weg in ihr System kämpfen musste, sogar erst in einer Stunde.

Die Eurodance-DJane beendete ihr Set und der Pop-DJ übernahm. Er kitzelte mit *Let's get loud* von Jennifer Lopez lateinamerikanische Hüftschwünge aus norddeutschen Hintern, was Ähnlichkeit mit dem Todeszappeln an Land gespülter Fische hatte.

»Wo sind die Eisbären?«, fragte Caro.

»Hier gibts nicht mal Pinguine, so!«

»Lame!«

»Drinks?«, fragte August. Die Frauen bejahten und er tanzte davon.

Caro erinnerte sich an die Macarena-Choreografie, jauchzte vor Freude über die Spice Girls und kannte nach all den Jahren den gesamten Barbie-Girl-Text. Bei *We're Going to Ibiza!* fasste Caro Annas Hände. Sie hatten einen Flashback zu 2019, als sie tagelang mit Retti durch die WG gesprungen waren und den Fall von H.C. Strache gefeiert hatten. Nach und nach strahlten die Discolichter ein wenig greller. Caros Fokusfeld schrumpfte, dafür fuhren die Farbsättigungsregler nach oben.

»Wasser!« Caro erinnerte sich an die Safer-Use-Regeln, die sie mit ihrem Alkoholkonsum ohnehin missachteten. »Ich hol welches!«

Anna nickte zustimmend im Takt von Ricky Martins *Livin' la Vida Loca*.

Caro bahnte sich ihren Weg zur Bar. Die Besucheranzahl hatte deutlich abgenommen, seitdem sie den Club betreten hatten. Wie lange war das her? Eine Stunde? Drei? Ein bekanntes wohlig warmes Gefühl stieg in ihr auf. Ihre Fingerkuppen prickelten vor Sensibilität. Ihre Augen flatterten.

»Oh mein Gott, siehst du toll aus!«, sagte sie zu einer Frau in einem Kunstrasenminirock, auf dem kleine Plastiksonnenblumen klebten. »Darf ich mal?« Ohne die Erlaubnis abzuwarten, streckte sie ihre Hand nach dem Rock aus. Sie musste ihn berühren.

»Sag mal!«, schrie die Frau.

»Was fällt dir ein?« Ihr Begleiter packte Caros Handgelenk und drehte es herum.

»Ich wollte nur –«

»Grapschen ist nicht. Auch nicht auf ’ner Neunziger Party!«

Er rempelte Caro an, sodass sie ein paar Schritte zurücktaumelte. Desorientiert versuchte sie, die Puzzleteile zusammenzusetzen, die ihr erklärten, was sie im Begriff war zu tun. Sie verlor sich in einer pinken Schnullerkette, die ein Mann vor ihr trug. Er hatte offenbar ihre Blicke in seinem Nacken gespürt und drehte sich zu ihr um.

»Hi«, sagte er.

»Oh mein Gott, ein Tamagotchi!« Das grüne Dinosaurier-Ei baumelte auf seiner Brust. Caro wollte danach greifen. »Funktioniert das?«

»Logo. Willste ausprobieren?«

Wahllos drückte sie einen der drei Knöpfe, ohne zu wissen, welcher wofür war. Sie erkannte nichts auf dem kleinen, unbeleuchteten Display. Dennoch faszinierte es sie.

»Darf ich dir was spendieren?«, fragte der Tamagotchi-Mann.

»Wasser«, fiel ihr ein.

»Was Alkoholisches dazu?«

»Lieber nicht.«

Die Musik bohrte sich in Caros Gehörgänge. Die Farben stachen und das wohlige Gefühl nahm derart überhand, dass es eine Übelkeitswelle auslöste. Sie lehnte sich gegen die Wand. Der Club begann sich zu drehen. Sie starrte auf ihre Schuhe und der Boden begann zu wabern. Ihre Sinneswahrnehmungen überforderten sie, trotzdem ging es ihr hervorragend. Wie traumhaft rau sich die Wand anfühlte. Wie schön die Welt war.

Der Tamagotchi-Mann reichte ihr einen Wasserbecher.

»Da schwimmt was.« Caro steckte ihre Finger hinein. Das kalte durchsichtige Ding entglitschte ihr.

»Eiswürfel. Willste Luft schnappen?«

Sie hängte sich an seinen Arm und ließ sich nach draußen führen.

Dort schlug ihr kühle Dämmerungsluft entgegen. Die Reizüberflutung ebbte ab. Hatte sie tatsächlich nur ein halbes E genommen? Wie stark war das Zeug bitte?

Der Tamagotchi-Mann brachte sie zu einer Eisengittertreppe, die zum Gebrauchtwagenhändler nebenan gehörte. Entweder war der Geschäftsführer risikofreudig, blauäugig oder derart gut versichert, dass er sich traute, direkt neben einem Club Autos zu verkaufen. Caro plumpste auf die Treppe und trank von dem Wasser. Es schmeckte bitter.

»Bist du aus Hamburg?«, fragte der Tamagotchi-Mann.

»Ich weiß nicht, ob ich dich lächerlich oder attraktiv finde. Du bist zu jung und dieses Achselshirt und diese gegelten Haare ... voll prollig. Aber ich mag die Tattoos und Oberarmmuskeln.« Hatte sie das laut ausgesprochen? »Wien«, sagte sie. »Das ist unser letzter Abend. Eigentlich wollte ich heute wieder fahren, aber wir mussten warten, bis es dunkel wird, damit wir Rettis Asche in der Garage verstreuen können und ...«

Ungefiltert sprudelte es aus ihr heraus. Sie spie jeden Gedanken aus, der ihr in den Sinn kam. Sie erzählte, was zu dem Trip geführt hatte und seitdem passiert war. Von Rettis Tod, wie David sie überredet hatte, nach Hamburg zu kommen und wie sie vor wenigen Stunden beim Verstreuen erwischt worden waren. Allerdings erzählte sie es nicht in chronologischer Reihenfolge und fügte den einzelnen Storylines nachträglich Details hinzu, sodass das Walross im Yoga-Studio landete und die *Beatles* im Zoo. Der Tamagotchi-Mann rutschte näher an sie heran und schob seine Hand auf ihren Oberschenkel. Caro verlor endgültig den Anschluss an ihre Erzählung und wechselte zu anderen Themen. Sie wunderte sich über den charakteristischen Duft von Sonnencremes und fragte sich, ob es sich um eine Notwendigkeit im Produktionsverfahren handelte oder um eine Vereinbarung der Hersteller zur Heraufbeschwörung von Kindheitserinnerungen, als eine Frau auf den Clubeingang zusteuerte, die etwas in ihr alarmierte.

»Mist!« Caro sprang auf und duckte sich hinter einem weißen Opel Corsa.

»Was ist?«, fragte der Tamagotchi-Mann verärgert.

»Die Frau von der Garage! Die weiß, dass ich Becky Blackbird bin! Sie hat uns gefunden!«

»Wo?«

»Beim Eingang! Die mit den knallroten Haaren! Wir müssen verschwinden. Sofort!«

»Ich kann dich bei mir verstecken.«

Caro blieb hinter dem Corsa, bis die Frau im Club verschwand.

»Ich muss die anderen warnen. Du musst sie ablenken.«

»Ich? Wie denn?«

»Lass dir was einfallen. Pass auf, dass du uns nicht verrätst!«

Caro pirschte sich an den Clubeingang heran und zeigte dem Türsteher ihr abgestempeltes Handgelenk. Bei der Suche nach Anna und August achtete sie darauf, der Rothaarigen nicht zu begegnen.

Zuerst fand Caro August, der in einer Ecke mit einer Frau knutschte. Sie unterbrach das Treiben, indem sie an seinen Haaren zog. »Wir müssen weg. Die Enkelin ist hier.«

August wirbelte herum. »Perle?«

»Die Frau von der Garage! Ich hab sie gesehen!«

Sein Gesichtsausdruck zeigte, dass er ihre Panik begriff.

»Wo ist Anna?«, fragte sie.

»Darüber besitze ich keine Kenntnis.«

»Hol du schnell unsere Sachen von der Garderobe.« Caro fummelte ihre Garderobennummer aus der Geldbörse und drückte sie ihm in die Hand. »Wir treffen uns beim Autohändler nebenan.« Sie vermutete Anna auf der Tanzfläche und drängte sich durch die Trinkenden und Tanzenden.

Voller Leidenschaft spielte Anna zu *Roxette* Luftgitarre, wie es Menschen taten, die keine Gitarre spielten.

»Wir müssen weg!«, brüllte Caro. »Die Enkelin von der Garage! Sie hat uns gefunden!«

»Nicht dein Ernst!« Sofort ließ Anna die Luftgitarre fallen und folgte Caro zum Ausgang.

August wartete mit seinem Rucksack und Caros Jacke in der Hand beim Autohändler.

»Hast du sie auch gesehen?«, fragte Anna.

»Njet.«

»Wer ist das?«

Caro hatte gar nicht gemerkt, dass ihr der Tamagotchi-Mann wie ein Küken hinterherwatschelte.

»Er hat mir Wasser gegeben. Wir haben uns unterhalten.«

»Ihr könnt euch bei mir verstecken.«

»Du hast ihm davon erzählt, so?«

»Ich behalts für mich. Ehrlich. Ich wohne in der Nähe.«

»Passt schon«, wehrte Anna ihn ab.

»Nützt ja nix«, sagte August zu ihm. »Adieu!«

Der Tamagotchi-Mann blieb wie angewurzelt stehen und schaute Caro fragend an.

»Die Sache ist für dich gelaufen, Raver Boy. Sie geht nicht mit dir heim!« Anna wandte sich an Caro, die ununterbrochen Kaubewegungen machte. »Du bist ja vollkommen drüber.«

»Ein bissl? Es ist so eingefahren und –«

»Da werde ich richtig neidisch, ich spüre gar nichts.«

»Was ist?«, mischte sich der Tamagotchi-Man ein und zog Caro an der Taille zu sich.

»He!«, protestierte sie und befreite sich aus seinem Griff. »Ich bin vergeben!«

»Ich hör mir dein Gelaber an und du lässt mich stehen, oder was?«

»Komm, wir gehen!«, sagte Anna.

»Ich sag der Tussi, die euch sucht, Bescheid und ruf die Bullen.«

Die drei tauschten kurz einen Blick aus und stürmten los.

Sieben Jahre zuvor

11. Februar

Sie haben mich rausgehauen. Ich hab eh gewusst, dass es ein Risiko ist, mich für das Konzert in Hildesheim krankschreiben zu lassen. Ich hab geglaubt, dass sie es im Geschäft nicht merken. Irgendwer hats auf Facebook mitgekriegt. Es ist unfair, dass in den Semesterferien nur Leute mit Kindern freikriegen. Die Abteilungsleiterin hat mich den Dienst normal arbeiten lassen und am Abend hat sie mich ins Büro diktiert und mir gesagt, dass sie mich kündigen muss. Der Chef wollte mich fristlos entlassen, aber sie hat sich für mich eingesetzt und ausgehandelt, dass die Kündigung einvernehmlich zum Monatsletzten erfolgt, wenn ich verspreche, keinen weiteren Dienst zu versäumen. Bis dahin darf ich nur in der Abteilung und im Lager eingesetzt werden, nicht an der Kassa. Ich wusste gar nicht, was ich sagen soll. Ich bin zwar nicht an dem Job gehangen, aber hab keine Lust, mir einen neuen zu suchen.

12. Februar

Wenn ich zurück zum AMS muss, dreh ich durch. Ich packs nicht, wenn sie mich wieder in unnötige Kurse stecken, in dem mir ein Ende-Fünfzigjähriger erklärt, dass Bewerbung per E-Mail die neue kreative Bewerbungsmethode ist. Außerdem zahlt das AMS das Geld erst um den 6. herum aus. Wie gestört ist das bitte? Ich muss meine Miete zum 1. zahlen und nicht erst zum 6.! Retti versteht nicht, dass ich deswegen so fertig bin. Sie sagt, mit der Band gehts eh steil bergauf. Für die letzten Gigs haben wir zum ersten Mal gescheite Gagen gekriegt und viel Merch-Umsatz gemacht. Das ist eh cool, aber reicht lange nicht zum Leben. Erst recht nicht für vier Leute. Sie hat angeboten, mir bei der Jobsuche zu helfen, aber erst mal will ich nichts von Stellenangeboten und Bewerbungen wissen.

13. Februar

Mehr Exzess! Wen interessiert das Spießertum? Sicherheit schmicherheit. Nix ist sicher außer der Tod. Ist der Brotjob hin, such ich mir halt einen Kuchenjob. Es gibt Wichtigeres im Leben. Zum Beispiel: Was ist gescheiter, die nächste Line schniefen oder als Bomberl schlucken? Ich finds so super, wie lang Retti ihren Lebensstil schon so durchzieht. Ohne sie hätte ich wahrscheinlich einen 9-to-5-Job, irgendeinen Langweiler als Freund und wär todunglücklich. Vielleicht wär ich noch mit Michi zusammen und hätte mich von ihm schwängern lassen. Grausige Vorstellung. Was ist so falsch daran, seiner Leidenschaft zu folgen? Ich lebe nur einmal! Und mit Maren sind wir auf dem besten Weg. Wir sind live besser als je zuvor und die zwei Albumkritiken waren euphorisch.

25. März

Nach acht Stunden an der Ticket-Hotline brummt mein Schädel. Ein Kollege hat gesagt, dass man sich dran gewöhnt. Ich glaub fast nicht, dass das stimmt. Wir tragen Headsets, damit wir die Hände zum Tippen freihaben. Ich versteh die Leute, die anrufen, voll schlecht und der Lärmpegel im Raum ist ein Wahnsinn. Zehn Leute, die alle telefonieren und Bestellungen aufnehmen. Hinzukommt dieses depperte Buchstabieralphabet, das mich komplett verwirrt. Anton, Berta, Cäsar, Nordpol. Wer hat sich das einfallen lassen? Ich muss bei jedem Wort überlegen, mit welchem Buchstaben es beginnt und die Leute reden so schnell, dass ich nicht nachkomme. Dafür haben wir eine positive Rückmeldung von einem Label aus Berlin gekriegt. Sie können sich eine Zusammenarbeit mit uns vorstellen und wollen nächste Woche mit uns videofonieren. Ich glaubs erst, wenn wir eine fixe Zusage oder einen unterschriebenen Vertrag haben.

3. April

Ich hab nur am Vormittag gearbeitet. Der Vorteil von Kurzdiensten ist, dass ich danach nicht so hinüber bin. Der Nachteil ist, dass ich mehr davon machen muss, um auf meine 25 Stunden zu kommen. Gegen

17 Uhr sind Maren und Tim für das *Skype*-Gespräch mit der Plattenfirma vorbeigekommen. Wir waren alle superaufgeregt. Wir haben meinen Laptop auf den Küchentisch gestellt und uns zu viert auf die Bank gequetscht. Sie wollen uns signen, uns Airplay im Radio und Auftritte im Fernsehen verschaffen und uns an eine Konzertagentur vermitteln, die das Booking übernimmt. Und das Beste: Wir sollen im Herbst ins Studio gehen und ein neues Album aufnehmen. Mit Adam Pongsinger! Wir haben uns bemüht, nicht zu excited rüberzukommen. Erst als das Gespräch beendet war, sind wir vor Freude rumgehüpft und haben angestoßen. Der Produzent ist ein voll hohes Viech im Musikbusiness. Wenn wir einen richtig guten Song schreiben, könnte das mit seiner Hilfe ein Hit werden.

13

»Ich kann nicht mehr.« Caro keuchte, blieb stehen, bückte sich und fummelte am Riemchen ihrer Pumps.

Anna und August stoppten ebenfalls. Er stützte sich mit seinen Händen auf den Oberschenkeln ab und rang nach Luft.

»Beeil dich!«, drängte Anna, obwohl sie selbst hechelte.

»Wieso. Kontaktiert. Der. Kerl. Die. Polypen. Und. Mischt. Sich. In. Unsere. Angelegenheiten?«, schnappatmete August.

»Unterschätze nie das Zerstörungspotenzial eines gekränkten Männeregos, so.«

»Ich hab gar nichts gemacht. Wir haben uns nett unterhalten.«

»Was genau hast du ihm gesagt?«

»Alles? Keine Ahnung. Kannst du mir helfen? Ich krieg das nicht auf.«

»Lass die Schuhe lieber an.«

»Ich kann nicht weiterlaufen, ich blute.« Frustriert ließ sie von den Riemchen ab.

»Ich ordere ein Automobil«, sagte August. »Wir müssen aus dem Territorium verschwinden.« Er öffnete die Uber-App auf seinem Handy und rief einen Wagen.

»Hast du ihm gesagt, in welcher Pension wir übernachten?«, fragte Anna.

»Nein? Keine Ahnung.«

»Seit wann bist du denn so straßendumm?«

»Straßenkrumm?«

»Dumm mit D. Das Gegenteil von street smart.«

»Was ist street smart?«

»Das sollte man eigentlich sein, wenn man in einer Stadt

wohnt. Vor allem als Frau. Dass man weiß, wie man einen Schlüssel zur Waffe umfunktioniert oder dass man seine Wertsachen nicht in die vordere Rucksacktasche steckt oder dass man nachts keine Kopfhörer benutzt, damit man hört, wenn sich jemand nähert. Street smart eben. Dass man keinen Fremden auf E zutextet und ihm sagt, dass man auf der Flucht ist und vor wem und weshalb!«

»Er war so nett.«

»Auf E sind alle Menschen nett! Muss ich dir das ernsthaft erklären?«

Neben ihnen auf der Straße hielt ein schwarzer Mercedes-Van mit verdunkelten Scheiben.

»Unser«, sagte August und ging zum Auto.

»In Serien wird man in so was gezerrt, wenn man sich mit der Mafia angelegt hat«, sagte Anna.

»Vielleicht haben wir das«, sagte Caro.

»Heißt das, wir landen zusammengeschnürt im See oder zerstückelt in Fässern?«

»Living on the edge.«

»Nützt ja nix.«

Statt zwielichtiger Gestalten empfingen sie saubere, gepflegte Sitze, ein freundlich grüßender Fahrer und der Wunderbaum-Duft grüner Apfel. August kletterte vorne auf den Beifahrersitz und verwickelte den Fahrer sofort in ein Gespräch. Er erkundigte sich nach dem Verlauf seiner Schicht, nach dem Befinden seiner Familie und nach seiner Zufriedenheit mit dem Job und Hamburg im Allgemeinen. Nach zehn Minuten erreichten sie die Pension. August blieb sitzen und beendete seine Unterhaltung, Anna und Caro humpelten vor.

Im Zimmer dokterte Caro erneut am Verschluss ihrer Pumps herum. Wenn sie sich auf einen Fleck konzentrierte, verdoppelte sich das Bild, was ihre Feinmotorik beeinträchtigte.

»Können wir nachlegen?«, fragte Anna, als August die Unterkunft betrat.

»Nach was gelüstet es dir?«

Sie überlegte laut: »E dauert zu lange, bis es wirkt. Falls es überhaupt wirkt. Vom letzten hab ich kaum was gespürt. MDMA wäre gescheiter, aber ... Wie wärs mit Koks?«

»Nobel.« Er kramte in seiner Bauchtasche, zog ein durchsichtiges, mit ›K‹ markiertes Baggie hervor und leerte etwas von dem weißen Pulver auf den Nachttisch. Er zerteilte den kleinen Haufen mit seiner Krankenversicherungskarte und schob das Koks hin und her, bis drei feine Lines entstanden.

Caro strampelte sich aus ihren Schuhen, schleuderte sie gegen den Trolley und rückte dann etwas näher zu Anna und August.

»Du hast genug!«, sagte Anna.

»Ich komm grad voll runter.«

»Du hast tellergroße Pupillen!«

»Blödsinn, ich hab braune Augen.«

»Et voilà«, sagte August und reichte Anna ein Metallröhrchen.

»Ich will auch!«

»Dann komm her, Perle.«

Mit einem Satz war Caro beim Nachttisch, nahm das Röhrchen und versuchte sich zu fokussieren. Die Lines sprangen hoch und runter, aus zwei wurden vier. Wo sollte sie da ansetzen? Beim dritten Versuch brannte es in ihrer Nase.

»Ich hab ganz vergessen, wie weh das tut. Und wie gut.« Sie drückte ihre Nasenflügel mit Daumen und Zeigefinger zu, damit sie nicht nieste.

August kratzte mit der Karte zusammen, was Caro übrig gelassen hatte und schnupfte es. Anschließend sank er mit ausgebreiteten Armen auf die harte Matratze.

»Bist du sicher, dass du dem Raver Boy nicht gesagt hast, in welchem Hotel wir absteigen?«, fragte Anna und schritt auf und ab.

»Keine Ahnung. Ich hab ihm alles Mögliche erzählt.«

»Aber du bist sicher, dass das die Frau von der Garage war?«

»Ganz sicher!«

»Gehen wir mal vom Worst Case aus: Was ist, wenn Raver Boy ihr wirklich gesagt hat, wo sie uns findet?«

»Ich bin sowieso geliefert. Sie kennt meinen Namen.«

»Der alte Mann kennt alle unsere Namen, wir haben uns vorgestellt, so.«

»Die merkt er sich nicht alle. Aber von mir hat die Enkelin ein Foto!«

»Stimmt, das Selfie! Damit können sie deine biometrischen Daten auslesen.«

»Die können von uns allen die GPS-Daten auslesen!«

»Macht nicht die Pferde heiß«, sagte August.

Er stützte sich mit den Unterarmen ins Sitzen hoch und klopfte links und rechts von sich aufs Bett. Die Frauen nahmen neben ihm Platz. Eine Weile saßen sie stumm nebeneinander wie Vögel auf der Hochspannungsleitung und starrten an die beige Wand mit dem großen gerahmten Foto des Hamburger Hafens.

»Hört ihr das?«, fragte Caro.

»Njet.«

»Dieses Schaben. Als ob ...« Sie stand auf und lauschte. »Da! Schon wieder.« Vorsichtig presste sie ihr Ohr gegen die Eingangstür.

»Was ist?« Anna erhob sich und ballte ihre Hände zu Fäusten.

»Pssst.« Caro griff nach der Klinke und riss die Tür mit einem Ruck nach innen. Dahinter lag der menschenleere Flur. »Ich hab geglaubt, jemand versucht das Schloss zu knacken.«

»Das müssen die gar nicht. Die sagen bei der Rezeption Bescheid und kriegen den Generalschlüssel, so.«

Anna stellte sich steif neben den Fensterrahmen, schob sacht den dunkelblauen Vorhang beiseite und bewegte ihren Kopf, um hinauszusehen.

»Ist da jemand?«, fragte Caro.

»Der Innenhof. Zwei Mülltonnen, ein kaputter Minibarkühlschrank, ein vertrockneter Baum.«

Caro gesellte sich dazu. Der tagblaue Himmel strahlte über dem Nachbarhaus.

»Achtung!« Anna ging in Deckung und zog Caro mit.

»Da war wer. Am Fenster gegenüber!«

»Hat er uns gesehen?«

»Ich weiß nicht. Wir sind total ungeschützt. Die können jeden Moment reinstürmen. Wir haben vom Club fünf Minuten her gebraucht. Das ist zu nah.«

August schüttete weißes Pulver auf den Nachttisch und machte sechs Lines.

»Ist das so gescheit?«, fragte Caro.

»Konsumieren statt konfiszieren.« Er schniefte nacheinander zwei Lines.

»Auch wieder wahr«, sagte Anna, robbte zu ihm und nahm ebenfalls zwei. »Du auch?«

Caro kaute an ihren Nägeln und hatte Schwierigkeiten klar zu denken. Eine Line würde ihr helfen. Sie krabbelte dazu und schnupfte eine. »Was ist das?«

»Wieder Coke«, sagte August.

»Angenehm.« Sie dippte ihren Finger in das restliche weiße Pulver und rieb es sich aufs Zahnfleisch. »Wir müssen die Straße überwachen, der Hof nützt uns nix.«

»Das heißt ›Nützt ja nix‹«, sagte Anna. »Die Gangfenster gehen zur Straße.«

»Ich geh nachschauen.«

»Das ist zu riskant!«

»Ich hab uns in die Situation gebracht und ich hol uns da wieder raus. Meine Identität kennen sie eh.«

»Passt. Ich pass auf.«

Die zwei Frauen schlichen zur Tür.

»Okay!«, gab Caro das Zeichen.

Anna öffnete die Tür. Caro spähte in den leeren Gang, tippelte vor zum Fenster und lugte hinaus.

»Das Auto steht da!«

»Das, mit dem wir gekommen sind?«

»Ja! Es steigt einer aus. Mist!« Caro versteckte sich hinter der Häkelgardine. Sie duckte sich. »Der Typ aus dem Club!«

»Raver Boy? Bist du sicher?«

Unten ging die Tür zu Pension auf. Stimmen drangen hoch in den ersten Stock.

»Da kommt jemand!«, rief Anna.

Caro kroch auf allen vieren zurück und Anna schleuderte die Tür zu. Sie lehnten sich rücklings dagegen, zogen die Beine ran und bedeuteten einander ruhig zu sein. August verschanzte sich notdürftig hinterm Bett. Die Stimmen kamen näher. Es handelte sich um mindestens zwei Männer und eine Frau, die laut miteinander redeten und lachten.

Schweißperlen sammelten sich auf Caros Stirn, sie spannte alle Muskeln an und wünschte mit all ihrer Kraft, dass sie verschwanden.

Tatsächlich wurden die Stimmen leiser. Sie entfernten sich.

»Sind sie weg?«, flüsterte Caro, nachdem es wieder still war. Sie verharrten für weitere drei Minuten an ihren Positionen, ehe sie sich um den Nachttisch versammelten und weitere Lines nachlegten.

»Wir müssen weg!«, sagte Anna.

»Der Typ weiß, dass wir aus Wien sind.«

»Unser Zug geht erst halb 11, so. Bis dahin haben sie Polizeistreifen zum Bahnhof und Busbahnhof geschickt.«

»Du hast recht. Alternative?«

»Ein Safe House«, sagte August.

»Kennst du eins?«, fragte Caro. »Wo soll das sein? Wie kommen wir dorthin? Und wie lange müssen wir dortbleiben?«

»Wir müssen erst mal sicherstellen, dass niemand reinkommt.« Anna nahm einen Stuhl und hakte ihn unter der Türklinke ein, wie Caro es aus Filmen kannte.

»Liverpool«, sagte Caro und wunderte sich selbst über diesen Vorschlag. »Rettis letzter Wille! Wir sind die Einzigen, die davon wissen. Ihr glaubt doch an Zeichen. Rettis Wille ist das Zeichen, nicht der Eisbär.«

»Wir verfügen über Aschereste«, sagte August.

»Aber nicht über Geld«, sagte Anna.

»Wie teuer wäre ein Aeroplan nach –«

»Ich fliege nicht!«, sagten Anna und Caro wie aus einem Mund.

»Der Hafen!« Caro zeigte auf das Foto an der Wand. »Der ist gleich ums Eck und Liverpool ist eine Hafenstadt!«

»Falls Fährverkehr existiert –«

»Das kostet ein Vermögen«, fiel Anna August ins Wort. »Ich warte auf ausständige Rechnungen von den letzten Aufträgen und die Beerdigung.«

»Ich schau mal nach Last-Minute-Angeboten.« Caro entsperrte ihr Handy und versuchte Google zu starten. Wie im Traum sprangen die Buchstaben wild durcheinander und weigerten sich, entziffert zu werden. »Ich seh nichts. Könnt ihr schauen?«

»Du bist darin Experte«, sagte Anna zu August. »Du hast uns die günstigen Bahntickets verschafft.«

Er tippte ›Fähre Hamburg-Liverpool‹ in die Suchleiste seines Handys und klickte sich durch die Ergebnisse.

Caro verspürte Bewegungsdrang. Sie tänzelte herum und schaukelte zum Takt ihres Herzschlags hin und her. Gerne hätte sie Musik gehört, aber sie mussten alle unnötigen Geräusche vermeiden.

Anna zuckte unkontrolliert mit den Beinen, kratzte sich mit den Nägeln über die Wange, schob sich anschließend den Mittelfinger zwischen die Zähne und biss darauf herum.

»Ich hör Schritte«, flüsterte sie.

Alle stoppten ihre Bewegungen, als würden sie *Feuer, Wasser, Sturm und Eis* spielen und Anna hätte ›Eis‹ gerufen. Tatsächlich polterten Menschen den Gang entlang. Jede Sekunde würde die Polizei die Tür einrammen und Caro mitnehmen.

»Ich kann nicht lügen«, wimmerte Caro. »Ich knicke sofort

ein, wenn sie mich befragen. Retti hat mir eingebläut, jede Aussage zu verweigern und kein Wort zu sagen, falls sie mich mal mit Drogen erwischen. Nicht mal meinen Namen. Das hätte ich nie geschafft. Ich gestehe sofort, selbst Morde, die ich nicht begangen habe. Ich war so nervös, als die nach Rettis Tod bei mir aufgekreuzt sind.«

»Niemand gesteht irgendwas, so! August, wie weit bist du mit der Fähre?«

»Von Hamburg nach Liverpool. Sechs Tage, historische Häfen. Über Seetag, Portsmouth, Fowey, Waterford. Startet in zwei Wochen.«

»Mist!«

»Zweite Option: mit der Ark Queen Alexandra über Seetag nach Southampton und von dort weiter mit der Eisenbahn. Startet Sonntag achtzehn Uhr.«

»Heute?«

»Jo. Check-in elf Uhr.«

»Halbe Stunde später als der Zug.«

»Auf einem Schiff rechnen sie nicht mit uns«, sagte Anna.

»Auf einer Arche. Das ist ein Zeichen.«

»Buch das!«, sagte Caro. »Ich zahl!«

Sie fischte ihre Kreditkarte aus der Innentasche ihres Koffers und warf sie August zu.

»Du weißt gar nicht, wie viel es kostet«, sagte Anna.

»Wurscht. Meine Sicherheit ist mir das wert.«

»Ich benötige eure Reisedokumente.«

Die zwei Frauen reichten ihm ihre Pässe und beobachteten ihn bei der Eingabe. Zum Abschluss tippte er Caros Kreditkartendaten ein und schickte die Buchung ab.

»Fini«, sagte er.

»Halleluja«, freute sich Caro.

»Das müssen wir feiern.« Anna kniete sich erwartungsvoll vor den Nachttisch.

August legte nach.

»Ich bin so neidisch, dass das E bei dir so eingefahren ist«, sagte Anna zu Caro.

»Das ist Stunden her und vom Koks spür ich wenig.«

»Du hast gesagt, es ist angenehm.«

»Ja, angenehm, aber nicht sonderlich stark.«

Anna zog eine fette Line und reichte das Röhrchen weiter. »Früher hatte ich auf E oder M das Gefühl, wie Dorothy den Vorhang zur Welt zu lüften und Zusammenhänge zu verstehen. Wie oft ich fremde Frauen umarmt habe, weil ich mich ihnen so verbunden fühlte und dachte, ich könnte ihre Emotionen spüren. Jetzt kitzelt es und das wars. Ich sehe den Eingang zum Paradies, aber kann nicht durchgehen. Die Drogen haben mit mir Schluss gemacht.«

Caro umarmte Anna.

»Ich muss Unmengen nehmen, damit irgendwas passiert, so.«

»Und spürst du was?«, fragte Caro.

»Nein.«

13. August

Das erste Treffen mit Adam Pongsinger war sehr aufregend. Sein Studio im 2. Bezirk ist klein und runtergerockt, aber nicht ungemütlich. Im Aufnahmeraum hängen drei Goldene Schallplatten. In der Küche stapeln sich Pizzakartons, und Maren hat gesagt, man darf am Klo nicht so genau hinschauen, weils ziemlich grausig ist und an der Decke voll viele Spinnweben hängen. Wenn man bedenkt, wer da schon aufgenommen hat. Das stellt man sich glamouröser vor. Wir haben ihm unsere neuen Songs vorgespielt. Zwei fand er gut, zwei verbesserungswürdig und bei einem Song hat ihm die Gesangsmelodie gefallen, aber die Basslinie und das Gitarrenriff nicht. Die anderen vier sollen wir laut ihm weghauen. Dabei ist *No Plan B* mein Lieblingssong von den Neuen. Ich finds hart, dass ein Außenstehender in unseren Songs rumpfuscht. Retti sagt, dafür ist ein Produzent da und die Arbeit mit ihm wird uns auf die nächste Stufe heben. Allein wegen seines Namens. Wir halten ihn in den nächsten Wochen auf dem Laufenden und schicken ihm regelmäßig neues Material, damit im November alle Songs aufnahmebereit sind, wenn wir ins Studio gehen.

15. November

Der erste Studiotag war relativ unspektakulär. Vor allem Aufbau und Einstellen. Tims Schlagzeug wird zuerst aufgenommen. Retti hat mitgeredet, Maren und ich haben uns im Hintergrund gehalten. Pongsi schüchtert mich ein. Man merkt, dass er professioneller arbeitet, als wir das gewohnt sind. Er hat von allem klare Vorstellungen. Auch wie eine Band am besten funktioniert. Er hat uns einen halbstündigen Vortrag gehalten, wie wichtig es ist, dass jede Band einen Leader hat, die oder der die Vision hat und die Richtung vorgibt. In der Regel ist das der Frontmann oder die Frontfrau. Er hats nicht direkt ausgesprochen, aber impliziert, dass er in unserem Fall Retti meint. Für uns war immer klar, dass wir basisdemokratisch funktionieren wie die *Beatles* am Anfang. Gut, am Ende hatten John und Paul eine Spur mehr zu sagen, aber George und Ringo waren genauso wichtig. Als George bei den *Let It Be*-Aufnahmen ausgestiegen ist, sind ihm alle nachgerannt und haben ihn zurückgeholt. Zu Hause hab ich Retti darauf angesprochen. Sie ist eh unserer Meinung, aber wollte Pongsi nicht gleich am ersten Tag widersprechen.

18. November

Studioaufnahmen sind voll fad, wenn man selbst nichts zu tun hat. Ich mach Fotos für Social Media und filme ein bissl. Hauptsächlich lese ich am Handy. Ich hab geglaubt, dass es für die Moral der Band und die Gruppendynamik gescheit ist, wenn wir alle so oft wie möglich dabei sind. Mittlerweile zweifle ich dran. Ich hab eh nur ein paar Tage frei gekriegt. Den ganzen Monat auf dem unbequemen Sofa sitzen, tät ich nicht aushalten. Ich freu mich fast, dass ich morgen und übermorgen hackeln muss. Nach einem Tag telefonieren dröhnt mir zwar der Schädel, aber wenigstens seh und hör ich was anderes als Tims Schlagzeug. Nichtsdestotrotz zahlt sichs voll aus, mit Pongsi zu arbeiten. Die Drums klingen jetzt schon besser als auf den vorigen zwei Alben und das ohne Effekte oder Editing. Das kommt noch. Nach Tim bin ich dran. Ich bin gespannt, welche Sounds Pongsi aus meiner Pink Lucy rausholt. Er hat anklingen lassen, dass er mit den Basslinien nicht ganz happy ist und rumexperimentieren will.

25. November

Meine Fingerkuppen bringen mich um! Als ich als Kind mit Bass spielen angefangen hab und als Retti und ich die Band gegründet haben, taten sie auch weh, weil die Hornhaut gefehlt hat, aber nicht so. Wir mussten am Nachmittag eine zweite Pause einlegen, weil ich die Saiten vollgeblutet hab. Ich fühl mich wie eine Amateurin. Pongsis Ansprüche sind enorm hoch, sagt er auch selbst. Es ist in Ordnung gepusht zu werden, nur teilweise schlägt er Sachen vor, die mit meinen Händen fast unmöglich sind. Nach ein paar Durchgängen gehts eh, aber mir fällts schwer, in time zu bleiben. Wir werden einiges zusammenstückeln und hinschieben müssen. Ich bin von den neuen Bassläufen nicht überzeugt. Komplizierter ist nicht automatisch besser. Ich spüre die Ungeduld der anderen. Wir kommen zu langsam voran und können uns mehr Studiozeit nicht leisten. Wir haben für die Aufnahme vier Wochen, zwei zahlen wir selbst und zwei die Plattenfirma in Form eines Vorschusses. Ich glaube nicht, dass die uns mehr geben würden.

27. November

Ich hab im Studio fast zum Plärren angefangen. Ich habs nicht zusammengebracht. Retti hat gesagt, ich soll für eine Stunde spazieren gehen, derweil sie mit Pongsi weiterarbeitet. Das hat wenig gebracht. Danach war ich trotzdem voll verkrampft. Wenigstens haben sie einstweilen was weitergebracht. Wir haben beschlossen, nach dem morgigen Ruhetag mit Maren weiterzumachen und Gitarre zu den Songs aufzunehmen, für die wir Drums und Bass fertig haben. Danach spiel ich den Rest ein. Ich glaube, das ist gescheiter so. Am Abend hat mir Retti erzählt, dass Pongsi sie in meiner Abwesenheit gefragt hat, ob sie mal über ein Soloalbum nachgedacht hat. Angeblich kann er sich vorstellen, mit ihr allein zusammenzuarbeiten. Sie hat ihm gesagt, dass es sie nur mit uns gibt und sie uns nicht im Stich lässt. Was denkt der sich überhaupt, mit so was mitten im Aufnahmeprozess daherzukommen?

Sechs Jahre zuvor

15. Jänner

Die vom Label sind voll begeistert von den neuen Bandfotos. Die Fotografin ist Gold wert. Wir sind superhappy mit den Fotos. Auf denen gefall sogar ich mir! Wir sehen wie eine große, erfolgreiche Band aus. Als hätte sie nicht uns, sondern unser Potential fotografiert. Die vom Label wollen, dass das Oben-ohne-Foto von Retti das Cover wird. Sie schaut auf ihre Brüste runter, die von Hair Extensions verdeckt werden. Man sieht also eh nichts. Obwohl das Bild ein Wahnsinn ist, sind wir unsicher, ob das eine gute Idee ist. Auf den ersten Mixes ist Rettis Stimme so weit im Vordergrund, dass Tim gewitzelt hat, dass wir wie *Loretta Love & The Heebie-Jeebies* klingen und nicht wie eine Band. Und dann sie allein aufs Cover? Dafür haben wir durchgesetzt, dass Anna die Grafik übernimmt. Die vom Label haben eine Fanzine-Optik fürs Cover vorgeschlagen, was überhaupt nicht zur Musik passt. Damit assoziiert man Punk oder Riot Grrrl. Wir geben Anna mal das Foto von Retti und lassen sie machen. Wenn ein cooles Cover entsteht, nehmen wir es, ansonsten lassen wir uns eine Alternative einfallen.

31. Jänner

Anna ist ein Genie. Unpackbar, was sie aus dem Foto von Retti rausgeholt hat. Sie hats erst in schwarz-weiß umgewandelt und anschließend Abschnitte mit Hand nachkoloriert. Zusammen mit Bandname und Titel schauts total surreal aus, richtig psychedelisch. Die Frau könnte irgendwer sein, es muss nicht zwangsläufig Retti sein. Sie strahlt so eine zerbrechliche Stärke aus und hat fast was Mütterliches. Es erinnert ganz entfernt an *Let Love In* von *Nick Cave & The Bad Seeds*. Aber ist nicht so düster. Wenn ich die CD im Laden sehen würde, tät ich sofort hingreifen. Schade, dass es nicht auf Platte erscheint, groß käme es super rüber. Das ist dem Label vorerst zu teuer. Sie haben uns versprochen, dass das nächste auf LP erscheint, wenn sich das Jetzige gut verkauft. Ich hab beschlossen, mir einen neuen Job zu suchen. Ich hab genug vom Callcenter. Die permanenten Kopfschmerzen und der Gesprächsoverload treiben mich in den Wahnsinn.

14

Caro blinzelte in die Dunkelheit. Ihre Wimpern klebten aneinander, ein Zeichen dafür, dass sie geschminkt eingeschlafen war. In ihrem Arm spürte sie etwas Flauschiges mit feuchten Speichelflecken. Sie tastete ihre Umgebung ab und fand ihr Handy neben sich auf der Matratze. Das Display blendete sie. 20:34 Uhr. Sie war erst vor zweieinhalb Stunden ins Bett gegangen, aber ihr kam es vor, als wäre eine Nacht vergangen und ein neuer Tag angebrochen. Sie leuchtete nach der Nachttischlampe und schaltete sie ein. Orange-schummriges Licht offenbarte ein winziges, zweckmäßig eingerichtetes, fensterloses Zimmer. Nein, nicht Zimmer: Schiffskabine! Fuhren sie? Falls ja, merkte sie nichts davon. Wie einen Kokon wickelte sie die Bettdecke um sich und drückte ihr Gesicht in den Plüsch des Walrosses. Sie musste träumen! Unmöglich konnte sie mit der Ark Queen Alexandra nach England unterwegs sein! Allerdings erinnerte sie sich für einen Traum zu klar.

Sie erinnerte sich an die Buchung der Fahrt. Ihre Idee! Ans Speed, das sie vor dem Verlassen der Pension schnieften, um sich fitter und wacher zu fühlen. Ans Einchecken im Hafenterminal inmitten tausender Pensionistinnen und Pensionisten, die sie begafften, als wären sie Exponate moderner Kunst. Sie erinnerte sich, wie sie an Bord durch die endlosen gleichförmigen Gänge auf der Suche nach ihrer Kabine irrten und wie sie feststellten, dass sie sich zu dritt eine Innenkabine mit einem Doppelbett teilen mussten. Sie erinnerte sich an die Beschwerde beim unterbezahlten philippinischen Personal und deren höfliches Erklären, dass es sich um die einzig verfügbare Kabine handelte. Das Buchungssystem hätte ihre Reservierung nicht akzeptieren dürfen.

Man ließ ihnen die Wahl, die Kabine zu nehmen oder wieder von Bord zu gehen. Sie blieben. Anna und August öffneten die Flasche Entschuldigungschampagner, zogen sich weitere Lines rein und beschlossen, die Arche zu erkunden. Caro hingegen hatte sich der Müdigkeit ergeben und war mit der Hoffnung eingeschlummert, erst vor der britischen Küste wieder aufzuwachen.

Jetzt lag sie hier, zweieinhalb Stunden später und erinnerte sich an alles, außer wie das Walross in ihren Arm gekommen war und wann sie in den vergangenen vierundzwanzig Stunden ihren Verstand verloren und Paranoia gefunden hatte. Warum hatte sie gedacht, dass sie verfolgt wurden? Und von wem überhaupt? Ein kleiner Einbruch rechtfertigte niemals den unterstellten Verfolgungsaufwand. So paranoid kannte sie sich gar nicht, außer …

Das Koks!

Natürlich! Das halbe Ecstasy hatte ihren Puls erhöht, ihre Pupillen erweitert und sie in Alarmbereitschaft versetzt und das Kokain hatte anschließend die Glücksgefühle gekapert und ihre Vorstellungskraft gegen sie verwendet. Vor neun Jahren war es schon mal passiert. Im Kokswahnstrudel nahmen sie und Retti die halbe Wohnung auseinander und suchten nach Wanzen. Seitdem hatte sie kein Kokain angerührt. Bis gestern. Oder heute?

Erneut checkte sie ihr Handy: 20:44 Uhr. Die Zahlen setzten eine Kettenreaktion in Caros Gehirnwindungen in Gang, Zahnrädchen griffen ineinander, aber drehten sich zu langsam. Erst als Davids Name auf ihrem Display aufpoppte, machte es Klick: der Zug!

»Wo bist du?«, fragte David, als sie sich aus ihrem Kokon schälte. »Ich steh ganz vorne bei der Treppe. Siehst du mich? Ich winke.«

»Ich war nicht im Zug.«

»Was? Hast du ihn verpasst?«

Caros Kiefer schmerzte. Ihre Zunge zappelte wie ein verdorrter Blutegel in der ausgetrockneten Mundhöhle. Sie war zu erschöpft für kreative Ausreden.

»Ich bin auf einem Schiff. Lange Geschichte. Erzähl ich dir, wenn ich nach Hause komme, das –«

»Hast du ›Schiff‹ gesagt? Ich versteh dich kaum.«

»Ja, Schiff. Ich komme morgen oder übermorgen heim, ich weiß nicht genau, wie lange wir unterwegs sind.«

»Wo fährst du denn hin? Gehts dir gut?«

»Nach England. Ich melde mich wieder sobald –«

»Hallo? Caro? Hörst du mich?«

»Ja, ich hör dich. Ich hab gesagt, ich meld–«

»Hallo? Hallo-ooh?«

Caro legte auf. Die Internetverbindung ihres Handys funktionierte nicht und das Bord-WLAN verlangte ein Passwort. Also sendete sie eine Entschuldigungs-SMS an David, in der sie ihre Liebe beteuerte, und legte das Handy zur Seite. Sie hätte ihm Bescheid sagen sollen! Er war extra zum Bahnhof gefahren und lief dort rum, wie ein ausgesetzter Welpe auf der Autobahnraststätte. Das hatte er nicht verdient. Nach allem, was er in den letzten Tagen wegen ihr durchgemacht hatte. Sie würde ihm genauestens Bericht erstatten, inklusive aller Einzelheiten, was ihren Konsum betraf. Sie würde einen Exkurs über die Wirkung und unerwünschte Nebenwirkung der verschiedenen Substanzen einbauen. Selbst dann war fraglich, ob er je nachvollziehen könnte, was sie momentan tat. Wie auch, wenn sie es selbst nicht verstand?

Wie konnte sie so dumm sein? Bei der ersten Gelegenheit warf sie Jahre der Abstinenz einfach weg? Sie hatte nicht mal überredet werden müssen! Und wofür? Eine lustige Nacht mit Anna und August? Das war es niemals wert!

Sie zog ihre Beine zur Embryohaltung heran und rollte sich zusammen. Sie wollte schreien. Sie wollte einschlafen und nie wieder aufwachen. Schlaf lag außer Reichweite, nachdem sie das Müdigkeitsmonster vorerst mit einem tiefen Nickerchen gezähmt hatte. Die letzte Line Speed lag Stunden zurück, würde ihren koffeinentwöhnten Körper aber noch eine Weile beschäftigen. Sie weilte im Rauschlimbo irgendwo zwischen drauf sein und runterkommen. Sie horchte in sich hinein. Da war nichts außer einem schwarzen Loch im Zentrum ihrer Zellgalaxie. Atmete sie tief oder flach? Schnell oder langsam? Sie spürte es nicht. Was, wenn sie es nie wieder spüren würde? Das wäre das Ende ihrer Yoga-Ausbildung. Zusätzlich zum Ende ihrer Beziehung. Und zum Ende ihrer beruflichen Karriere. Donnerstag sollte sie ihre Beförderung antreten. Was, wenn David ihr das mit den Drogen so übel nahm, dass er es im Büro rumerzählte?

Sie schlug die Bettdecke zur Seite und setzte sich auf. Denken hatte sie in diese missliche Lage gebracht, sie konnte also nicht erwarten, sich mit Denken aus ihr zu befreien. Es galt vernünftig zu handeln und das Vernünftigste nach so einer Nacht bestand darin, Wasser zu trinken und reichlich zu essen, selbst wenn Appetit und Hungergefühl betäubt waren. Um Essen und Trinken aufzutreiben, müsste sie die Kabine verlassen.

Sie sah an sich runter. Nach wie vor trug sie das enge dunkelviolette Kleid und eine durchsichtige Strumpfhose, die am linken Knie ein Loch aufwies. Sie roch nach einem Mix aus Tanz-, Angst-, Drogen- und Schlafschweiß. Parfüm und Deo hatten längst versagt. Von wegen Achtundvierzig-Stunden-Schutz! Sie kramte ihr Tagebuch hervor, kritzelte schnell den Eintrag für den gestrigen Tag hinein und ging ins Bad.

Handtücher mit Schiffsemblem, verschnörkelte Warm-Kaltwasserregler und schön drapierte Minifläschchen mit hochwertigem Duschgel, Bodylotion und Shampoo gaukelten Luxus vor, täuschten aber nicht über das Käfiggefühl hinweg, das sich von der Kabine im Bad fortsetzte. Im Bad fand sich ebenfalls alles in Zweierausführung. Sie müssten um zusätzliche Handtücher bitten.

Ihr Kreislauf rebellierte gegen das heiße Wasser. Ihr fehlte Energie. Sie trocknete sich ab, putzte sich die Zähne und zog ihre letzte frische Kleidung an: saubere Unterwäsche und Socken, schwarze Skinny-Jeans und mauvefarbene Satinbluse mit kurzen Puffärmeln und Stehkragen. Sie steckte sich die Schlüsselkarte samt Papierkärtchen, auf dem die Kabinennummer vermerkt war, in die Hosentasche und verließ die Kabine.

Der Gang mit der geschmacklosen Auslegware schwankte. Oder schwankte sie? Sie hielt sich rechts am Handlauf fest. Links reihten sich die Käfigkabinen aneinander, nur eine kleine goldene Zahl unterschieden sie voneinander. Auf dem Orientierungsplan neben den Aufzügen verortete ein roter ›You are here‹-Punkt sie im mittleren rechten Teil von Deck 4. Das ›King's Restaurant‹ war auf Deck 2 eingezeichnet. Sie quetschte sich in einen vollgefüllten Aufzug und fuhr zwei Stockwerke nach unten. Selbst mit geschlossenen Augen hätte sie am muffigen Geruch erkannt, dass sie sich den Lift mit der Altersklasse 75 plus teilte. Mit einem Ping sprang die Aufzugstür auf. Eine Frau rammte Caro ihren Ellenbogen in die Rippen, drängte sich an ihr vorbei und verschaffte sich dadurch einen Vorsprung. Wie Geier stürzte sich die Aufzugsgruppe auf die professionell lächelnde Frau in roter Uniform, die hinter einem Holzpult die Stellung hielt. Caro beobachtete das Treiben aus der Entfernung.

Wenn das Schiff wirklich eine Arche ist, sind auf Deck 2 die Vogelmenschen untergebracht, dachte sie. Aufgeplustert schlugen sie um sich, bis sich eine Hackordnung herauskristallisierte. Ein Hahnenmann mit rotem Doppelkinn krähte der Empfangsdame seine Kabinennummer zu, die sie mit einer Füllfeder von der Liste strich, ehe eine weitere professionell lächelnde Frau in Uniform die Doppelschwingtür zum King's Restaurant öffnete. Die Hennenfrau mit rotem Hut hakte sich bei ihrem Hahnenmann ein und stolzierte mit ihm hinein. Caro erhaschte einen kurzen Eindruck des Restaurants mit seiner großen Prunktreppe im Siebzigerjahre-Braun. Vogelmenschenpaare umschwärmten die weiß überzogenen Rundtische und pickten in der Luft nach ihren Sitznachbarn, mit denen sie sich zufällig zusammengewürfelt wiederfanden. Sie waren in ihr feinstes Federkleid gehüllt, das von ihrem Verfall ablenken sollte. Caro wartete das Wellensittichpaar und die Laufentenmenschen ab und erst als der

Felsenpinguinmann mit den buschigen Augenbrauen seine Eulenfrau im Rollstuhl, von der Caro geschworen hätte, dass sie ihren Kopf um einhundertachtzig Grad drehen konnte, ins Restaurant geschoben hatte, näherte sie sich zaghaft der Mitarbeiterin hinter dem Pult.

»Willkommen im King's Restaurant, wie lautet Ihre Kabinennummer?«

»Gibts dadrin Milchbrötchen? Oder Schokocroissants? Oder Joghurt mit Banane?« Caro zählte die Lebensmittel auf, von denen sie wusste, dass sie nach einer Partynacht mit schmerzhaftem Kiefer gut runterflutschten.

»Im King's Restaurant wird ein sechsgängiges Menü serviert. Versuchen Sie es beim Buffet auf Deck 7.«

Deck 7 klang hervorragend. Deck 7 klang weit weg von Deck 2. Auf dem Weg zum Aufzug flatterte ihr die nächste Vogelschar entgegen.

Auf Deck 4 stieg ein Froschpärchen mit weit auseinanderstehenden Glupschaugen in den Lift dazu, auf Deck 5 eine Schaffrau mit dichten weißen Wolllöckchen und ein gebückter Pferdemann mit langem Gesicht, der einen Rollator schob. Unter ihnen fühlte sich Caro wohler, sie entsprachen eher der Publikumsschicht, der sie sich zuordnete.

Auf Deck 7 dominierten Weiß- und Grautöne die Innenausstattung. Panoramafenster säumten die Seiten. Am Horizont tunkte die Sonne ins Meer und das Außendeck schimmerte in rosarotem Licht. Das kitschige Schauspiel erinnerte Caro an den Punkt auf mehrtägigen Partys, an dem man, während es dämmerte, das Gefühl dafür verlor, ob die Sonne gerade auf- oder unterging.

Sie folgte einem Igelpaar mit whiskyglasdicken Brillengläsern und runden Bäuchen zum Buffet. Alle Arten von Tiermenschen schlichen bedächtig zwischen Marmortresen umher. Hinter einigen werkelten Köchinnen und Köche, auf anderen dampfte es aus beheizten Edelstahl-Speisewärmern. In einer großen Pfanne zischten Steaks, ein Kellner klapperte mit dem Besteckwagen, eine Corgifrau mokierte sich über die spärliche Teeauswahl, die aus zehn verschiedenen Sorten bestand, und ein Doggenmann sabberte in den Raum, dass es zu wenig Fensterplätze gab. Der escherwürfelige Teppich verstärkte das flaue Gefühl in Caros Magen. Sie nahm sich ein Fläschchen Multivitaminsaft und einen Teller, mit dem sie das nächstgelegene vegetarische Essen ansteuerte: Spaghetti all'arrabbiata. Sie füllte sich eine Portion auf, setzte sich in einer Nische an einen freien Tisch und begann zu essen.

Am Nachbartisch stolzklagte eine Hamsterfrau mit Plusterbäckchen ihrer Biberbegleitung, dass sie heute noch nichts gegessen habe. Caro hasste diese Aussage! Sie drückte einen roten Knopf in ihr. Am liebsten wäre sie aufgesprungen, hätte die Hamsterfrau gerüttelt und eine Erklärung gefordert, was sie mit dieser Information bezweckte. Wollte sie Anerkennung? Mitleid? Absolution für Fast Food nach 18 Uhr? Nur Volltrottel interessierten sich dafür, was, wann und wie viel ihre Mitmenschen aßen. Allen anderen war es herzlich egal. Am liebsten hätte Caro der Hamsterfrau ›Schön deppert!‹ entgegengeschrien. Sich selbst Energie vorzuenthalten war nichts, womit man sich brüsten sollte! Sie blieb sitzen und schwieg genauso wie der Bibermann mit dem spitzen Gesicht und den hervorstehenden Schneidezähnen.

Caro bemühte sich, die Gespräche auszublenden und sich auf ihr Essen zu konzentrieren. Bewusst musste sie darauf achten, was sie sich da in den Mund schob, denn ihre chemisch verätzten Geschmacksrezeptoren meldeten das Aroma von Pappe.

Wieso hatte sie nicht Nein gesagt? Sie dachte an Nancy Reagan und ihre *Just Say No*-Kampagne. Reaktionäre Nancy Reagan! Wie weit kam man im Leben mit Nein als Grundeinstellung? Caro sehnte sich nach Abenteuer. Danach, am Anfang der Nacht nicht zu wissen, wo sie enden würde. In den letzten Jahren hatte sie diesen Aspekt ihrer Persönlichkeit in einen Käfig in die hinterste Ecke ihres Unbewusstseins gesperrt und der verfluchte Alkohol hatte den Schlüssel gezückt und ihn rausgelassen. Ihr junges Ich gab ihr ein High Five, ihr aktuelles Ich schlug ihr kräftig gegen die Stirn.

Caro räumte ihr Geschirr auf einen Tablettwagen und tauschte die leere Saftflasche gegen eine volle Wasserflasche. Wann trafen sie morgen in England ein? Und wo genau? August hatte einen Zwischenstopp vorgelesen. Könnte sie dort das Schiff verlassen? Sie fragte eine weißuniformierte Restaurantmitarbeiterin nach den Reisedetails. Die erklärte ihr den Weg zum Informationsschalter.

Caro ging durch die beige Lounge, die ein Rudel Savannenmenschen bevölkerte. Die Savannenmenschen trugen großflächige Tiermuster auf wertvollen Materialien und verzogen bei jeder Bewegung schmerzverzerrt ihr Gesicht. Herzkranke Löwenmenschen, schwerhörige Zebramenschen und Nilpferdmenschen mit Bandscheibenvorfällen vegetierten in übergroßen Ohrensesseln vor sich hin, als hätte jemand sie abgeladen und sich noch nicht entschieden, ob er sie jemals wieder einsammeln würde. Das Alter hatte den Savannenmenschen derart zugesetzt, dass sie die körperliche Stärke verloren hatten, ihre Privilegien notfalls mit Gewalt durchzusetzen. Fauchen war ihr letztes verfügbares Mittel, um auf sich aufmerksam zu machen. Optisch hoben sie sich kaum vom herumstehenden Mobiliar ab. Die einzige Person, die herausstach, war Anna.

Im Bildschirmschonermodus kauerte sie auf einem Sessel und starrte ins Nichts. Caro fand, dass sie aussah wie ein gerupfter Koala, dessen Eukalyptusbaum abgefackelt war und der auf Rettung wartend neben der Schnellstraße hockte.

»Hey. Alles okay?« Caro kniete sich zu ihr runter.

Anna zwinkerte zwei Mal, bis sie realisierte, wer da ihr Blickfeld störte. Als sie Caro erkannte, warf sie ihre Arme um Caro und drückte sie fest an sich. »So schön, dich zu sehen.«

»Was ist denn passiert? Wo ist August?« Caro nahm neben ihr Platz.

»Ich war kurz pinkeln und als ich zurückkam, war er weg.

Ich hab ihn überall gesucht. Ich wusste nicht, wo ich bin, so. Und ich hab kein Handy mit.«

»Warum bist du nicht in die Kabine gekommen?«

»Er hat die Karte.«

»Warum hast du nicht geklopft?«

»Ich weiß die Nummer nicht. Ich weiß nicht mal welches Stockwerk.«

»Seit wann sitzt du hier?«

»Die Sonne war da ganz oben.«

»Und dir hat keiner geholfen?«

»Da war eine Frau, die wollte, dass ich die feinen Herrschaften nicht störe. Sie hat mir den Sessel gegeben.«

»Mehr hat sie nicht getan?«

»Ich weiß nicht.«

»Hast du was gegessen?«

»Kein Hunger.«

»Trink wenigstens was.« Caro gab ihr die Wasserflasche und Anna leerte sie in einem Zug. »Gehen wir?«

»In drei Monaten wäre Retti vierzig geworden.«

Caro sackte zurück in den Sessel. »Stimmt.«

»Sie hatte so viele Pläne für die Party. Sie wollte ein Lokal mieten mit Band, und Dragqueens sollten auftreten. Sie wollte Bowle, die mit MDMA versetzt ist, wobei ich nicht weiß, ob sie das wirklich durchgezogen hätte.«

»Seitdem ich sie kenne, redet sie davon, dass sie das gerne mal hätte.«

»Vierzig! So jung kippt man nicht auf der Straße um und ist …« Anna hielt das Wort zurück. »Bisher war so viel zu tun, ich bin gar nicht zum Trauern gekommen. Bestattung, Beisetzung planen, Zimmer ausräumen … Wie kann sie so plötzlich weg sein? Ohne Vorwarnung! Für August und mich allein ist die Miete zu teuer. Ein Monat kriegen wir überbrückt, dann muss jemand einziehen. Wie soll ich ertragen, dass so schnell jemand Neues einzieht? Und wer? Die meisten, die eine WG suchen, sind

Kinder. Ich hab keine Lust, alle Selbstfindungsphasen von vorne mitzumachen. Und sag ich, was mit Retti passiert ist? Oder sag ich, dass wir uns gestritten haben und sie deswegen ausgezogen ist? Aber wir haben uns nicht gestritten! Im Gegenteil. Wir haben uns super verstanden. Vor allem seitdem sie vom Gas runtergegangen ist und ihren Fokus weniger aufs Feiern und mehr auf die Musik gelegt hat. Wir haben jeden Sonntag zusammen Tatort geschaut, so.«

»Ihr? Nein!«

»Ernsthaft. Meistens haben wir uns drüber lustig gemacht, weil die Fälle so mies sind. Ich weiß, dass ihr Differenzen hattet, aber für mich war sie die beste Mitbewohnerin, die ich mir vorstellen konnte. Sie gehörte zu meiner Familie. Und statt Sachen für die Beerdigung zu klären, sitze ich auf dieser Fähre fest! Ich muss Blumen bestellen, ein Foto für den Bestatter raussuchen und die Band hat mir ihren Bandrider geschickt, den ich ans Lokal weiterleiten soll. Ich weiß nicht mal, was das ist, so.«

»Meinst du den Stage Rider? Da stehen alle technischen Spezifikationen drin, die die Band benötigt. Wie viele Kanäle zum Abmischen, Bühnenaufbau, Anschlüsse, Scheinwerfer und so.«

»Ich schaff das nicht. Mir ist das zu viel.«

Auch Caro war im Moment alles zu viel. Der Pianist, der nun dudelnde Klaviermusik in den Flügel klopfte, die Vorbeigehenden, die ihre Hälse wie bluthungrige Hyänen reckten und ihr Magen, in dem sich die Spaghetti wie lebendige Aale wanden.

»Es tut so weh. Ich weiß nicht, wie –«

Caro nahm ihre Hände. »Schau mich an.« Sie versuchte die Vorherrschaft über die Situation zu gewinnen. »Schau mich an!«, wiederholte sie überzeugter und Anna folgte. »Wo im Körper spürst du die Trauer?«

»Ist das so ein Yoga-Achtsamkeits-Unsinn?«

»Ist doch wurscht, was das ist. Gefühle sitzen an bestimmten Körperstellen. Also, wo spürst du die Trauer? Im Bauch? In der Brust? In den Händen?«

»Überall.«

»Überall gleich stark? Oder ist sie irgendwo am stärksten? Nur die Trauer, nicht der Kater, nicht die Überforderung.«

»Im Herzen, so. – Im ganzen Brustbereich«, fügte Anna hinzu.

»Gut, dein Herz und deine Brust sind relativ klein.«

»C passt zu mir.«

»Nicht deine Körbchengröße, sondern in Relation. Trauer ist ein riesiges Gefühl und dein Brustkorb mit all den Knochen und Rippen, die ihn umschließen, ist verhältnismäßig klein dafür. Dein Herz ist nur faustgroß. Versuch mal, das Gefühl in den ganzen Körper zu leiten, auf deine Haut.«

»Meine Haut?«

»Die Haut ist unser flächengrößtes Organ. Atme tief ein und beim Ausatmen stell dir vor, wie die Trauer deine gesamte Hautoberfläche überzieht.«

»Ich wusste, dass das so ein Eso-Unsinn wird.«

»Versuchs halt. Wie kann man so resistent gegenüber allem sein, das helfen könnte?«

»Eine meiner besten Freundinnen ist gestorben, so! Ich will trauern! Ich muss trauern!«

»Ja eh, aber statt mit deinem Herzen und Brustkorb, trauere lieber mit deinem gesamten Körper.«

»Mit meiner Haut«, sagte Anna verächtlich.

»Es geht nicht darum, das Gefühl wegzuschieben, sondern es zu verteilen und damit handhabbarer zu machen. Damit es nicht überwältigt.«

Anna stöhnte und atmete hörbar ein.

»Stell dir vor, wie die Trauer von deinem Herzen und Brustkorb auf die Hautoberfläche fließt. Hoch bis zum Scheitel, deine Arme entlang bis in die Fingerspitzen. Über deinen gesamten Rücken, deinen Bauch, deine Hüften. Über deine Oberschenkel und Knie, deine Schienbeine und Waden bis runter zum großen und kleinen Zeh.«

Annas Gesichtsmuskeln entspannten sich. Der Tränensturzbach trocknete zu vereinzelten Tropfen, ihre Atmung verlangsamte sich und sie richtete sich auf.

»Stell dir vor, die Trauer dringt zwischen jede Hautfalte und in jede Zelle ein.« Caros Hals wurde trocken. Sie räusperte sich. Je länger sie sprach, umso schwerer fiel es ihr. In ihrer Kehle schwoll ein Kloß an, der gegen ihre Stimmbänder drückte. Er wanderte hinter ihre Augen und machte sich in ihrem gesamten Schädel breit. »Die Trauer ... ähm.« Wieder räusperte sie sich. Sie verlor den Faden. »Ich meine, also ...« Nässe sammelte sich auf ihren Wangen. War die Sprinkleranlage des Schiffs angegangen?

»Was ist los?«, fragte Anna.

»Ich weiß nicht. Ich fühl mich so ...« Caro suchte nach Worten. Das Gefühl war zu neu, zu fremd, um in Form gegossen und mitgeteilt zu werden. Sie betrachtete ihre Umgebung. Der Raum wirkte verändert. Er hatte sich mit weiteren Savannenmenschen gefüllt, aber das war es nicht. Ein Schleier hatte sich über die Lounge gelegt, der Licht und Töne dämpfte. Und bewegten sich die anderen Passagiere tatsächlich in Slow Motion? »Retti ist tot«, platzte es aus ihr hinaus.

»Ja.«

»Sie ist tot!« Caros Tränenschleusen öffneten sich, als hätte Annas Trauer auf sie abgefärbt. Zum ersten Mal wurde sie sich der Ausmaße von Rettis Tod gewahr. »Wir können uns nie mehr aussprechen.«

Ein klappriges Gnumenschenpärchen tatterte auf die festgeschraubten Sessel gegenüber von Anna und Caro zu.

»Tut mir leid, die sind besetzt«, sagte Anna.

»Für wen denn? Ich sehe kein Reservierungsschild, das –«, setzte der Gnumann an.

»Meine Ehefrau ist gestorben!«, schrie Caro. »Da kann man ja wohl Diskretion erwarten!«

Ohne eine Erwiderung zitterten die Gnumenschen davon. Anna kicherte in sich hinein.

»Ist doch wahr!« Caro wischte sich die Tränen weg.

»Nützt ja nix.«

»Niemand sollte mit neununddreißig sterben!« Caro hatte nicht geplant, sich mit Retti zu versöhnen, aber die Endgültigkeit dieser Unmöglichkeit versetzte ihr einen Schlag in den ohnehin ramponierten Magen. Wenn eine von ihnen die Scheidung eingereicht hätte, hätten sie zwangsweise voneinander gehört.

»Ich dachte schon, du bist wie Meursault«, sagte Anna.

»Wer?«

»Aus *Der Fremde* von Camus? Dem ist auch alles egal, so.«

»Also hast du mir vorgeworfen, nicht zu trauern? Darum gehts in dem Buch, oder?«

»Ein bisschen.«

Caro spürte, wie ihr Rotz aus der Nase rann, und klopfte ihre Hosentaschen auf ein Taschentuch ab.

»Meins ist benützt.« Anna zog eins hervor.

Ohne zu zögern griff Caro danach und schnäuzte hinein.

»Gehen wir?«, fragte Anna.

»Ja, dann können sich die Savannenmenschen weiter ausbreiten.«

»Wer?«

»Ich hab angefangen, die Leute in Tierrassen einzuteilen. Immerhin befinden wir uns auf einer Arche.«

»Was sind wir für Tiere?«

»Als ich dich gefunden hab, hast du mich an einen zerzausten Koala erinnert, jetzt bist du wieder du. Ich würde sagen …« Caro überlegte. »Ein punkiges Alpaka.«

»Alpakas sind süß, so. Du bist eine französische Katze.«

»Warum?«

»Wegen dieser Amélie-Frisur und du hast so feine Gesichtszüge. Stell dir vor, wie du als Katze auf dem Eiffelturm herumstreifen würdest.«

»Für eine Französin bin ich zu wenig petite.«

»Schwachsinn.« Anna erhob sich.

Caro legte ihre Hände auf die Sessellehnen, drückte sich hoch, rutschte ab, wollte sich abfangen, griff aber ins Leere. Mit voller Wucht knallte sie auf den Po. Ein Stechen schoss in ihr Steißbein. Es kam ihr vor, als hätte die Welt ohne sie einen Schritt zur Seite gemacht, als wäre sie ein paar Zentimeter verrückt.

Mit Schwung half Anna ihr hoch. »Du siehst blass aus.«

Caro überprüfte die Nummer auf dem Kabinenkärtchen. »Wir müssen zu Deck 4.«

Das Schiff wirkte, als hätte man ein schickes Hotel in einer billigen Shoppingmall einquartiert. Sie passierten den Wellnessbereich im Stil eines griechischen Tempels, die Bar im Stil eines englischen Pubs und Geschäfte mit dem klassischen Flughafensortiment aus Schmuck und Kleidung. Sie warteten vor dem Lift und jedes Mal, wenn sich die Aufzugstür öffnete, offenbarten sich Menschenmassentierhaltungszustände, sodass sie schließlich die Treppe wählten. Sie kamen an weiteren Kabinendecks vorbei und sahen, dass sich der Kinderspielplatz in unmittelbarer Sichtweite von der Casinoecke befand. Wie praktisch. Auf Deck 4 verlor Caro die Orientierung. Als sie endlich in den richtigen Gang einbogen, vibrierte der Boden.

»Sind das die Schiffsmaschinen?«, fragte Anna. »Wie soll man da schlafen?«

Die Vibration verwandelte sich in ein gleichmäßiges Wummern, zu dem hohes Fiepen hinzukam.

»Techno«, sagte Caro.

»Drum 'n' Bass«, sagte Anna.

Caro ahnte, woher der Lärm kam und wer dafür verantwortlich war. Dann erreichten sie die Lärmquelle. Es dröhnte und krachte so laut, dass Caro ihre Gedanken nicht verstand. Pro forma glich sie die Kabinennummer mit der Nummer auf dem Papierkärtchen ab.

Caro gab Anna die Schlüsselkarte. »Er ist dein Freund.«

Anna steckte die Karte in den Schlitz, das Lämpchen über dem Griff sprang auf Grün, sie drückte die Klinke runter.

Eine Grasrauch-Lawine kam ihnen entgegen und begrub sie unter sich. Die Frauen husteten und wedelten mit den Händen. Die Rauchschwaden verteilten sich im Gang und gaben die Sicht auf August frei, der sein nacktes Hinterteil in die Luft streckte und seinen Kopf zwischen den gespreizten Schenkeln einer jungen Frau auf und ab bewegte. Sie lag rücklings auf dem Bett, bog sich nach hinten durch, hatte die Augen zu und den Mund offen. Der rote High-Heel-Lack-Plateau-Stiefel diente ihr als Nackenstütze und zwischen ihrem Zeige- und Mittelfinger klemmte ein brennender Joint, von dem Asche auf den Teppich rieselte.

Anna schaltete die Bluetooth-Box auf dem Tisch aus und riss den roten High-Heel-Lack-Plateau-Stiefel an sich.

»Bist du bescheuert?«, brüllte sie August an.

Er hob den Kopf, auf seinem Mund glitzerte ein schneckenschleimähnlicher Film. »Ahoi«, sagte er. »Das ist Maggie.«

»Hi there«, säuselte Maggie bekifft.

»These are my followers«, sagte er zu ihr. »Maggie ist die Tochter des Captains.«

»Und ist Maggie volljährig?«

»Womöglich.«

»Arrgh!« Anna warf ihnen die Decke zu, die auf dem Boden lag.

Caro verharrte in Schockstarre. Augusts haarloser Oberkörper sah aus wie Bernd das Brot. Das Sirenenheulen hielt an, obwohl die Musik aus war. Bevor sich Caro darüber wundern konnte, stürmten zwei Männer in neongelben Warnwesten heran, schoben sie beiseite und eilten in die Kabine.

»Fire?«, fragte der Warnwestenmann mit Feuerlöscher in der Hand.

»Njet«, sagte August. »Wrong alarm.«

»Miss?« Er deutete auf den Joint in Maggies Hand.

»Oh, want a hit?« Sie hielt ihm den Ofen hin.

»Put it out! Now!«, sagte der Warnwestenmann ohne Feuerlöscher.

Maggie führte den Joint wieder zum Mund, da nahm Anna ihn ihr ab und spülte ihn im Klo runter.

»Kannst du mir mal erklären, was das soll?«, fragte sie August.

»Wir vergnügen uns.«

Der Warnwestenmann mit Feuerlöscher murmelte in sein Walkie-Talkie, dann wandte er sich wieder ihnen zu. »You have to come with us!«

»I'm Maggie Pedersen, the captain's daughter. You are working for my father.«

»You have to come with us! All of you!«, wiederholte der Warnwestenmann mit Feuerlöscher. »Get moving, otherwise we'll immediately inform the British police!«

»Okay, okay.« August hob seine Arme und demonstrierte seine Wehrlosigkeit.

Anna bedeutete den Warnwestenmännern mit ihr und Caro draußen zu warten, bis sich die zwei angezogen hatten. Die Warnwestenmänner bestanden darauf, dass die Tür ein Stück offenblieb.

Im Gang rotteten sich Tiermenschen zusammen, die mit ihren Smartphones die Szenerie festhielten.

»Ernsthaft?«, rief Anna. »Ist Ihr Leben so fad, dass Sie das filmen müssen?«

Der Warnwestenmann ohne Feuerlöscher versicherte der schaulustigen Menge, dass die Ordnung wiederhergestellt war und scheuchte sie in ihre Käfige zurück.

»Und genau solche Leute beschweren sich, dass die Jungen so viel am Handy hängen. Sind selbst um nichts besser. Lösen halt Sudoku, statt für TikTok rumzuhampeln, aber sobald es was zu sehen gibt, halten sie genauso drauf, so.«

Wieder murmelte der Warnwestenmann mit Feuerlöscher in sein Walkie-Talkie, woraufhin der Alarm verstummte. »Tragen Sie Pass bei sich?«, fragte er die Frauen.

»Wir haben damit nichts zu tun«, sagte Anna. »Wir sind genauso sauer wie Sie. Wir sind gerade erst dazugekommen.«

»Das ist Ihre Kabine, ja?«

»Ja, aber wir waren die ganze Zeit oben ... oben in ... da, wo der Flügel steht. Dafür gibts Zeugen. Im ... Welcher Stock noch mal?«, fragte sie Caro.

Caro war damit beschäftigt, die aufsteigende Übelkeit nach unten zu drücken, sonst ... Sie stürzte in die Kabine, an August und Maggie vorbei ins Bad und erbrach sich ins Klo. Kotze spritzte gegen Wand und Klodeckel.

»Schwanger?«, fragte ein Warnwestenmann.

»Ja klar, Frauen übergeben sich nur, wenn sie schwanger sind, so.«

Caro atmete tief durch.

»Sie bleiben bei schwangerer Freundin.« Ihm war Annas Sarkasmus offenbar komplett entgangen.

Nachdem nur noch Magensaft rausgekommen war und sich die Krämpfe lösten, drehte Caro den Kopf in Richtung Kabine.

August und Magie hatten sich fertig angezogen und sahen aus wie zwei begossene Affenpinscher. In Augusts Bart blitzte die Waschanleitung, die aus dem Ausschnitt seines falschrum angezogenen T-Shirts rausstand.

»Let's go«, sagte der Warnwestenmann ohne Feuerlöscher und zog August aus der Kabine. Der Warnwestenmann mit Feuerlöscher machte Maggie mit seiner Körpersprache klar, dass er sie im Griff hatte.

»Wir regeln das, Prinzessin. Maggie ist die Tochter des Captains«, sagte August.

»Was du nicht sagst«, sagte Anna.

14. Mai

Ich bin die schlechteste Freundin ever. Retti hat sich mit der Überraschung so viel Mühe gegeben. Sie hat heimlich Snacks und Getränke gekauft, sämtliche FreundInnen von mir eingeladen, sogar Studienkolleginnen, die ich ewig nicht gesehen hab. Und was mach ich? Ich sperr mich im Bad ein. An jedem anderen Tag hätte ich mich vielleicht gefreut, aber heute hab ich mich auf einen gemütlichen Abend mit Anna und Retti eingestellt. Ich dachte, wir schauen *Eiskalte Engel* und schwelgen in Erinnerungen an unsere Jugend. Die Party macht aus meinem 30er ein Riesending. Warum stört mich diese depperte Zahl so? Bisher hatte ich keine Probleme mit dem Älterwerden. Es läuft generell nicht so bei mir. Ich kassiere auf alle meine Bewerbungen Absagen. Wurscht. Damit befasse ich mich morgen wieder. Mal schauen, was an Drogen da ist. Wie ich Retti kenne, hat sie extra das gute Zeug aufgestellt. Ich reiß mich zusammen und wenn ich Glück hab, gehen die ersten um Mitternacht.

20. Mai

Bäääh! Ich bin so grantig, dass ich mir selbst auf die Nerven geh. Es ist eh nichts Neues, sondern sind die üblichen Partynachwirkungen. Diesmal kommts mir vor, als obs gar nicht besser wird. In der Arbeit bin ich zweimal ausgezuckt, nachdem mich Leute deppert angemacht haben. Was kann ich dafür, wenn sie mir das falsche Datum nennen und ich ihnen Tickets für genau das Datum checke? Außerdem kam wieder eine Absage. Die suchen Leute mit Erfahrung. Wie soll ich denn Erfahrung sammeln, wenn mich niemand anstellt? Ich hab geglaubt, es ist gescheiter, in dem Bereich was zu suchen, den ich studiert hab, aber das ist komplett sinnlos. Egal. Für mich passts eh, im Niedriglohnsektor zu arbeiten. Mich nervt, dass gesellschaftlich die Identität mit der Erwerbsarbeit verknüpft wird. Wenn ich sage, dass ich Musikerin bin, ist sofort die nächste Frage, ob ich davon leben kann. Ich hasse das! Was geht Fremde das an? Wer fragt die Bäckerin, ob sie davon leben kann?

25. Mai

Eine Vorab-Kritik ist online erschienen. Für unser Album, das übermorgen rauskommt. Sie regt mich so auf. Es ist kein kompletter Verriss, aber im gesamten Text sind so passiv-aggressive Spitzen drin: ›Anders als ihr Name vermuten lässt, geht Sängerin Loretta Love textlich nicht in die Offensive, sondern versteckt schlichte Weisheiten hinter blumiger Sprache.‹ Oder: ›Die offensichtliche *Beatles*-Affinität der Wiener Band lässt vermuten, dass sie Virtuosität anstreben. Leider landen der Herr und die drei Damen allzu oft in altbekannten Klängen, denen sie nichts Neues hinzuzufügen haben.‹ Oder: ›Die Musik plätschert über weite Teile dahin, ideale Hintergrundmusik für den Kaffeeklatsch mit Freundinnen.‹ Danke für gar nichts! Retti sagt, ich soll das nicht so persönlich nehmen. Das fällt mir schwer. Vor allem, wie das betont wird: ›Der Herr und die drei Damen.‹ Als wäre es was Negatives, dass wir einen Frauenüberschuss haben. Vielleicht nervt mich die Kritik so, weil ich selbst nicht zu 100 % zufrieden bin mit dem Album. Mir klingt das Ergebnis zu clean und kommerzig. Daran ist Pongsi schuld, nicht wir!

27. Mai

Am Vormittag hab ich gearbeitet und am frühen Nachmittag hatten wir kurzes Band-Meeting in einem Café bei der Taubstummengasse. Wir sind durchgegangen, was wir auf jeden Fall im Interview unterbringen wollen, wurscht was gefragt wird, weil es live gesendet wurde. Wir haben Maren darauf eingeschworen, unbedingt so zu tun, als wäre Pepper Sunshine ihr echter Name. Danach sind wir zusammen ins Funkhaus gegangen. Die FM4-Räumlichkeiten sind ganz cool. Das Studio war recht groß und die Moderatorin war voll nett. Leider hat man uns die Aufregung angehört. Davon abgesehen haben wir uns gut geschlagen. Ich finde, wir kamen charismatisch rüber. Retti sieht das wie immer kritischer. Sie hat geärgert, dass nach dem Interview nicht die Single gespielt wurde, sondern *P(r)each Less*. Das war bissl komisch, hat mich aber nicht weiter gestört. Angeblich kommt die Single eh in die Rotation, d. h. sie wird regelmäßig laufen. Außerdem sind zwei neue Kritiken erschienen, beide mittelmäßig. Retti hat einen Google Alert eingerichtet, sodass wir mitkriegen, wenn was über uns erscheint.

1. Juni

Ich hab den Arbeitsvertrag unterschrieben. Keine Ahnung, ob das so eine gute Idee ist. Drogerie ist zwar wieder Handel, aber anders. Ich probier das mal aus. Ich arbeite nur mehr 20 Stunden und das von Montag bis Mittwoch. Die Juni- und Juli-Konzerte sind Donnerstag bis Samstag, das geht sich easy aus. Die Konzertagentur sagt, dass sich eine Tour unter der Woche aktuell nicht lohnt, und wenn doch, muss ich mir halt wieder freinehmen. Zum ersten Mal muss ich richtige Arbeitskleidung tragen. Ich schau so deppert aus in dem T-Shirt. Gut, dass die Filiale im 15. Bezirk ist, da wohnt niemand, den ich kenne. Besser als im Callcenter zu bleiben. Durch den Stundenwegfall verdiene ich in Zukunft weniger, aber durch die Gage von den Gigs und den Merch-Verkauf kommt bissl was rein. Außerdem hab ich angefangen, Plasma zu spenden, was man bis zu 6-mal im Monat machen kann und jedes Mal 25 Euro bringt. Damit komm ich vorerst aus.

3. Juni

Was ist bitte mit den KritikerInnen los? Das gibts ja nicht! Zum ersten Mal erscheinen voll viele Rezensionen, aber alle sind mittelgut bis schlecht. Sie kritisieren, dass das Album zu poliert klingt und uns Ecken und Kanten fehlen. Ja eh, das ist genau das, was wir auch gesagt haben. Danke für nichts, Pongsi! In einer Kritik stand: ›Selbst die Top-Produktion von Adam Pongsinger schafft es nicht, aus *The Heebie-Jeebies* etwas Unverwechselbares rauszuholen. Nach Ausklingen des Albums hat man es sofort wieder vergessen.‹ Das Gegenteil ist der Fall: Er hat das Unverwechselbare aus uns rausproduziert! Die Kritiken loben Pongsis Produktion und kritisieren gleichzeitig, was die Produktion ausmacht.

Haben die keine Ohren? Oder trauen die sich nicht, ihn direkt anzugreifen? Angeblich müssen wir uns Sisyphus als glücklichen Menschen vorstellen, gilt das auch für MusikjournalistInnen und KritikerInnen? Sollen die sich mal selbst ins Studio stellen und sich beweisen. Trottel. Wie heißts in *Birdman?* ›A man becomes a critic when he cannot be an artist, the same way that a man becomes an informer when he cannot be a soldier.‹ Amen!

15

Caro tastete sich auf wackeligen Beinen zum Bett. »Ich glaub, ich bin seekrank.«

»Früher hast du beim Runterkommen auch oft gekotzt, so.«

»Ganz früher.«

Mit jedem Konsumjahr hatten Übelkeit und Wirkung linear zueinander abgenommen.

»Willst du links oder rechts schlafen?«, fragte Anna.

»Wurscht. Weißt du, wann wir ankommen? Und wo der Zwischenstopp ist? Können wir dort von Bord gehen?«

Anna zog die Informationsbroschüre aus dem Tischaufsteller und reichte sie Caro.

»Abfahrt Sonntag 18 Uhr. Montag Seetag.« Caro schaute auf das Bild, das das Schiff auf hoher See zeigte. »Mist. Seetag ist kein Ort. Seetag heißt, dass wir den Tag auf See verbringen.«

»Und wann kommen wir an?«

»Übermorgen. Dienstag 7:05 Uhr.«

»Wir sitzen zwei Tage fest?«

»Schaut so aus.«

»Und wo legen wir an?«

»In Southampton. Hier steht, das ist ›Das Hafentor zu London. Häufig Ausgangspunkt für Transatlantikkreuzfahrten‹.«

»London ist voll weit von Liverpool entfernt, so.«

»Wir wollten mit dem Zug weiterfahren. Wir waren so deppert.«

»Ich fahr nirgendwohin, ich muss nach Wien. Die Beerdigung ist am Freitag.«

»Ich muss auch heim. Donnerstag muss ich arbeiten. Glaubst du, dass sie August und Maggie wirklich der Polizei übergeben?«

»Die Tochter des Captains?«, fragte Anna. »Wenn das stimmt. Oder sie liefern August deswegen aus. Sie hat ausgeschaut wie sechzehn.«

»Sie hatte den Ofen in der Hand.«

»Den er mit seinem Gras gebaut hat. Er kann sich gut aus Situationen rausquatschen, wenns notwendig ist.«

»Zum Glück wars nur Gras.«

»Koks hätte keinen Feueralarm ausgelöst.«

»Stimmt. Das alles nur, weil die Enkelin aus der Garage im Club aufgetaucht ist. Glaubst du, dass sie uns dorthin gefolgt ist?«, fragte Caro.

»Wir hatten sie abgeschüttelt.«

»Ich glaub, es war Zufall. Sie konnte nach dem Einbruch nicht einschlafen und hat spontan beschlossen fortzugehen.«

»August würde sagen, dass es keine Zufälle gibt, so. Ich geh mal duschen.« Anna ließ die Badtür offen stehen.

»Findest du auch, dass sie Ähnlichkeit mit dieser VIVA-Moderatorin aus den Neunzigern hatte?«, rief Caro ihr nach. »Die mit den pinken Haaren! Weißt du, wie die hieß? Ernie von de irgendwas?«

»Enie van de Meiklokjes? Die aus der Garage hatte naturrote Haare, so. Haben wir nur zwei Handtücher?«

»Hä? Wie soll man denn von Natur aus so knallige Haare haben?«

Anna stieß einen spitzen Schrei aus. Dann herrschte Stille.

»Hast du dir wehgetan?«, fragte Caro.

In Unterwäsche schoss Anna zurück in die Kabine. »Sag mir nicht, dass die Frau im Club knallrote Haare hatte!«

»Also –«

»Das war die Falsche! Ich hab dich extra gefragt, ob du dir sicher bist! Die aus der Garage hatte naturrote Haare und Sommersprossen!« Anna nahm das Walross vom Boden und schleuderte es neben Caro gegen die Wand. Caro zuckte zusammen. »Wie bescheuert kann man sein? Der eine vögelt auf Rettis Asche und die andere versetzt uns unnötigerweise so in Panik, dass wir das Land verlassen!«

»Ich war mir sicher! Tut mir leid. Ich war komplett drüber. Hättest du mir nicht das E gegeben –«

»Du hast das doch nicht zum ersten Mal genommen.«

»Eh nicht, aber das letzte Mal ist Jahre her und –«

»Arrgh! Ich wollte Retti ihren letzten Wunsch erfüllen! Stattdessen muss ich für euch die Aufpasserin spielen.«

»Tut mir leid!«, wiederholte Caro. »Dafür hab ich die Schifffahrt bezahlt.«

»Mir wär lieber gewesen, du hättest es nicht getan. Dann wären wir irgendwann runtergekommen und wie geplant nach Hause gefahren!«

»Weißt du, wie viel die Tickets gekostet haben?«, fragte Caro kleinlaut.

»285 Euro.«

»Ach so, das geht ja.«

»Pro Person, so!«

»Bitte?«

»Ich hab mich gleich gewundert, dass du so großzügig bist.«

»Das sind ja ...« Caro überschlug die Summe. »Gut 850 Euro.«

»Jo.«

»Und für den Preis stecken sie uns in diese Sardinenbüchse?«

»Nützt ja nix. Aber wenn sie August über Nacht festhalten, haben wir die Kabine für uns.«

Caro legte sich aufs Bett und rollte auf ihre linke Seite. Hatte sie die Frau aus dem Club tatsächlich mit der Enkelin aus der Garage verwechselt? Sie vergegenwärtigte sich die Situationen, in denen sie die Frauen gesehen hatte. Doch die Müdigkeit überwältigte sie. Das Wasserrauschen der Dusche wirkte wie Einschlafnaturklänge. Ihr Geist formte Bilder eines Flusses und Wasserfalls, fügte Gesprächsfetzen der letzten Tage hinzu und braute einen Traumrealitätsbrei daraus, der in den Wachzustand suppte.

Sie atmete langsamer und lauter, ihre Glieder entspannten und ihre Beinmuskeln zuckten leicht. Neben dem Wasserfall klopfte ein Specht gegen einen Baumstamm. Da, erneut!

»Prinzessin! Perle!« Es klopfte noch einmal. »Sesam öffne dich.«

Der Filmstreifen von Caros Einschlafkino riss abrupt ab. Widerwillig kroch sie aus dem Bett und machte auf.

»Ahoi.« August grinste breit. Er hielt ein Knäuel Bettwäsche. »Ich überbringe exzellente Neuigkeiten.«

»Sie werfen uns von Bord?«

»Exzellente, nicht entsetzliche.«

»Wir kriegen eine zweite Kabine?«

»Pourquoi? Die ist cozy! Ich habe diese Ansammlung von Leintüchern im Korridor gefunden, daraus erschaffe ich mir eine Lagerstätte.« Er ließ das Bündel fallen und rückte Sessel und Stuhl beiseite. »Ein Präsent für dich!«

»Für mich?« Das einzige Geschenk, das Caro wollte, war Technologie, die sie nach Wien beamte.

»Ich habe dich vermittelt.«

»Als was?«

»Als Bassgitarristin.« Er schwenkte die Arme zur Seite und verbeugte sich wie ein Schauspieler am Ende eines Stückes.

Caro lachte auf. »Guter Schmäh.«

»Ich verzichte ausnahmsweise auf Vermittlungsprovision.«

»Wovon redest du?«

»Die Gruppierung benötigt dringend Aushilfe an der Bassgitarre. Sie musizieren ausschließlich –«

»Nein! Ich spiele in keiner Band!«

»Wo brennts?« Anna kam nackt in die Kabine und kramte in ihrer Reisetasche. Sie streifte ihren Snoopy-Pyjama über.

»Meine Wenigkeit hat Perle ein rentables Engagement vermittelt.«

»Zum Mitschreiben: Ich. Spiele. In. Keiner. Band.«

»Begutachte das Repertoire!« August holte er einen Zettel aus seiner Haremshose hervor.

Demonstrativ verschränkte Caro die Arme vor der Brust.

Anna nahm ihm den Zettel ab und faltete ihn auseinander. »*Beatles*.«

»Tada! Eine *Beatles*-Tribute-Gruppierung!« August machte eine Pause für Applaus. Als keiner kam, sagte er: »Der Bassgitarrist hat sich heute die Pfote gebrochen. Lucky you!«

»Wie kommst du darauf, dass ich da mitmache?«

»Sie entlöhnen.«

»Nein! Ich hab seit Jahren nicht gespielt. Ich besitze nicht mal mehr einen Bass.«

»Was ist mit Pink Lucy?«, fragte Anna.

»Verkauft.«

»Die hast du geliebt.«

»Nicht mehr.«

»Du hast vor Freude geweint, als du sie zum Geburtstag gekriegt hast.«

»Meine Prioritäten haben sich verändert und sie war einiges wert. Was nützt es, wenn sie verstaubt?«

»Der Bass wird gelegt«, sagte August.

»Du meinst gestellt«, sagte Caro.

»Bingo. Probenzeiten sind vermerkt.« Er gestikulierte zum Zettel in Annas Hand.

»Einzelprobe 9 Uhr, Bandprobe 12 Uhr, Aufbau und Soundcheck 17 Uhr, Konzert 20 Uhr«, las Anna.

»Nein!«

»Sie löhnen hundert Taler!«

»Und wenn sie fünfhundert zahlen würden, ich spiele auf keinen Fall.«

»S'il vous plaît, andernfalls muss die Gruppierung canceln.«

»Passiert den Besten.«

»Was springt für dich raus?«, fragte Anna.

»Niente.«

»Geh bitte, es hat einen Grund, dass du dich so dafür einsetzt. Hast du einen Deal gemacht?«

»Deal klingt, als gäbe es Verlierer. Bei diesem Arrangement gewinnen alle: Caro Freude und ich Freiheit.«

»Ich freu mich aber nicht!«

»Sie soll als Bassistin einspringen und dafür lassen sie dich in Frieden, so?«

»Bingo.«

»Ich springe nicht ein! Du kannst ja spielen.«

»S'il vous plaît.« August legte seine Handflächen flehend aneinander. »Das erspart weitere Ärgernisse.«

»Ich hab geglaubt, du bist Zauberer. Zaubere eine andere Lösung herbei.«

»Magier«, berichtigte August.

»Das schuldest du ihm.«

»Warum?«

»Du hast die Frauen verwechselt. Wegen dir sind wir hier.«

»Die Tickets waren sauteuer, ich hab genug geblutet.«

»Was ist so schlimm daran, ein paar *Beatles*-Songs zu spielen? Wer weiß, auf was für Ideen die sonst kommen? Sie könnten unsere gesamte Kabine durchsuchen und du weißt, was sie dann finden.«

»Bitte, ich kann nicht. Ich hab ewig nicht gespielt!«

»Du spielst Bass seitdem du fünf bist.«

»Sechs. Das war ein Ukulele-Bass. Meine erste Shortscale hab ich mit neun bekommen.«

»Potato Potahtoh. So schnell verlernt man das nicht. Außerdem sinds die *Beatles!* Das kannst du im Schlaf!«

»Wenns eine Coverband ist, erwarten die wahrscheinlich, dass der am Bass auch singt.«

»Du hast bei den *Heebie-Jeebies* auch gesungen.«

»Background, nicht McCartney!«

»Njet, kein Gesang«, sagte August. »Ausschließlich Bassgitarre.«

Caro gingen die Argumente aus.

»Versuchs halt. Wie kann man so resistent gegenüber allem sein, das helfen könnte?«

»Hör auf, mich zu zitieren!« Caro fühlte sich in die Enge getrieben. Keinesfalls wollte sie als Bassistin einspringen. Noch weniger wollte sie allerdings, dass die Warnwestenmänner ihre Kabine filzten und sie Schwierigkeiten mit den britischen Behörden bekamen.

»Wenn die merken, dass es gar nicht geht, sagen die von sich aus ab«, sagte Anna. »Und wer weiß, vielleicht machts dir ja Spaß.«

»Das glaube ich nicht.« Caro seufzte. »Unter einer Bedingung.«

»Jede!«, sagte August.

»Du duschst als Nächstes.«

Fünf Jahre zuvor

11. September

Ich bin fertig vom Wochenende. Man stellt sich das Leben als Musikerin so glamourös vor: Spaß beim Proben, fancy Studio, in dem Hits entstehen, die im Radio rauf- und runterlaufen, spannende Interviews und Konzerte vor Tausenden jubelnden Fans. In Wirklichkeit sitzt man den ganzen Tag im Auto, fährt in so eine hässliche Stadt wie Stuttgart, teilt sich dort zu viert ein Stockbettzimmer in einer Jugendherberge, verbringt den nächsten Tag im grindigen Backstagebereich ohne Fenster und ohne Schloss an der Klotür, gibt zwei 16-Jährigen ein Interview für die Schülerzeitung, muss sich sexistische Kommentare vom Haustechniker des Clubs anhören und bereut, dass man kein Geld für eine eigene Mischerin hat, die man mitnimmt. Alles für ein Konzert, bei dem sich der Lichttechniker an keine der Anweisungen hält, die man ihm extra aufgeschrieben hat, der Sound auf der Bühne eine Katastrophe ist und 36 Leute kommen, von denen anschließend fünf posten wie cool, aber schlecht besucht das Konzert war. Weil sie nicht verstehen, wie sehr das unserem Image schadet, wenn sie das veröffentlichen! Und zu guter Letzt fährt man zurück 12 statt 7 Stunden, weil man ewig im Stau steht.

12. September

Aktuell ist irgendwie der Wurm drin. Jeden Morgen wache ich mit leichten Kopfschmerzen auf und glaube, dass ich Fieber kriege. Aber es kommt nichts. Ich fühl mich schlecht, aber nicht schlecht genug, dass ich mich hinlegen oder krankschreiben lassen muss. Langsam wünsche ich mir, krank zu werden. Eine Woche ausgeknockt im Bett, fernschauen, Tee trinken, Suppe essen und im Zuge dessen gleich ein paar Kilo verlieren. Wäre mir lieber als dieser Schwebezustand. In der Arbeit hat eine neue Kollegin angefangen, die voll lieb ist. Eine Biologiestudentin.

Als ich ihr gesagt hab, dass ich Teilzeit arbeite, hat sie mich gefragt, was ich denn studiere. Schau ich wirklich wie eine Studentin aus? Dass ich hauptberuflich Musikerin bin, behalte ich in der Drogerie für mich. Sonst wollen gleich alle wissen, wie die Band heißt und was für Musik wir machen, und ich hab keine Lust, dass meine Kolleginnen auf Fotos sehen, wie ich halb nackt auf der Bühne stehe.

1. Oktober

So kanns nicht weitergehen! Es muss sich was ändern. Meine Existenz fühlt sich schwer an und ich empfinde überhaupt keine Freude. Retti sagt, ich soll mich nicht gehenlassen und das Klischee der 30er-Krise bedienen. Bin ich in einer Krise? Ich glaube, ich muss mich mal wieder gescheit verlieben. Draußen wirds ungemütlich und dunkel, da hätte ich gerne wen für länger als eine Nacht. Gleichzeitig hab ich keine Lust, neue Leute kennenzulernen. Immer dieses Erklären von sich selbst. Es wär super, wenn ich einen Ordner hätte, in dem alle wichtigen Infos über mich stehen. The good, the bad and the funny. Und den gebe ich jedem, der vielversprechend wirkt. Ich kenne Paare, die behaupten, dass sie von Anfang an das Gefühl hatten, sich schon lange zu kennen. Wie soll das gehen? Die Biologiestudentin hat mir Achtsamkeitsmeditation empfohlen, aber das ist die erste Stufe auf der Treppe zum Dankbarkeitstagebuch. So schlimm ists noch nicht.

3. Oktober

Ich hab mit Anna *Embrace – Du bist schön* angeschaut. Retti hatte ein Date. Ich glaube, der Film hätte ihr eh nicht gefallen. Ich fand ihn ganz nett. Anna hat ihn wesentlich kritischer gesehen, weil er so auf Schönheit fixiert ist und die Message verbreitet, dass alle Körper grundsätzlich schön sind. Anna hat gesagt, dass es nicht unsere Aufgabe ist, schön auszusehen, wir sind keine Models, die damit ihr Geld verdienen. Insofern sollte der Fokus darauf liegen, dass es komplett wurscht ist, wie man ausschaut, weils Wichtigeres im Leben gibt. Ja eh, das ist leicht gesagt, wenn man nicht auf der Bühne steht, Fotos von sich posten muss und von anderen beurteilt wird. Wobei, selbst wenn Anna auf der

Bühne stehen würde, wär ihr das egal. Ich kenne keine Frau, die so im Reinen mit sich selbst und ihrer Erscheinung ist. Body Issues sind ihr komplett fremd. Und was macht der Rest? Wir haben die gesellschaftlichen Standards von klein auf verinnerlicht und sind immer unzufrieden mit unserem Körper. Es ist schwer, das eigene Denken zu ändern.

4. Oktober

Motiviert durch den gestrigen Film, hab ich ein bisschen recherchiert und bin auf einen *TED-Talk* von *Lindsay Kite* gestoßen. Ich hab mich so wiedergefunden in dem was sie sagt. Am besten hat mir der Satz gefallen: ›My body is an instrument for my use, not an ornament for others to look at.‹ Das sollte ich mir wirklich zu Herzen nehmen! Retti ist reingekommen, während ichs angeschaut hab und hat sofort rumgelästert. Sie hat gesagt, dass Body Positivity was für Dicke ist, die auf Instagram ihre Cellulite posten wollen. So ein Blödsinn. Und außerdem, was weiß sie von Cellulite? Mal abgesehen davon geht es gar nicht um Body Positivity, sondern um Body Neutrality. Ich glaube, das wars, was Anna gestern gemeint hat. Voll schade, dass ich ausgerechnet mit den Frauen, mit denen ich zusammenwohne, nicht über dieses Thema reden kann. Ich hab mir das Buch *More Than A Body. Your Body Is an Instrument, Not an Ornament* von Lindsay Kite und ihrer Zwillingsschwester bestellt. Es trägt meinen Lieblingssatz im Titel!

26. Oktober

Ich hab bis mittags geschlafen. Normal wach ich früh auf, wenn ich auswärts schlafe, aber das Bett ist so bequem und ich hab das Gästezimmer für mich alleine. Der Gig gestern war echt cool, obwohl wir Vorband waren. Als wir angefangen haben, waren recht wenig Leute da, die sehr verteilt herumstanden. Mit jedem Song kamen mehr, und am Ende sind sie richtig abgegangen. Retti und ich haben uns danach beim Partymachen zurückgehalten, weil wir heute ins *Berghain* wollen. Wir schlafen bei einer Bekannten von ihr und bleiben ein paar Tage in Berlin. Mädelstrip, der meine Stimmung heben soll. Tim und Maren haben in einer Pension übernachtet und fahren heute wieder heim. Sie nehmen unser Zeug mit nach Wien retour und wir kommen Mittwoch mit dem Bus nach. Ich war ein paar Mal in Berlin, aber ohne Sightseeing. Ich will das Brandenburger Tor sehen, Retti will shoppen. Erst mal richten wir uns fürs Fortgehen her. Ich hoffe, dass sie uns ins *Berghain* reinlassen.

28. Oktober

Ich hab die Lösung für alle meine Probleme gefunden: Ananas! Oder genauer: Ananasfarm. Wir sind an einem Geschäft mit weirdem Dekozeug vorbeigekommen und im Schaufenster saß eine Plüsch-Ananas. Sie hat mich mit ihren großen weißen Ananasaugen angeschaut und mit einem breiten Grinsen angelächelt, und da wusste ich: Das ist es! Wenn alle Stricke reißen, packe ich meine Sachen und wandere auf eine Ananasfarm aus! Dort lebe ich ein simples, glückliches Leben als Ananasfarmerin, sitze in der Sonne und schau den Ananassen beim Wachsen zu. Weit weg von allem Oberflächlichen wie Fame oder Erfolg. Wer will Fame, wenn er auf einer Ananasfarm arbeitet? Der Gedanke hat mich so aufgemuntert, dass wir noch mal zum Laden gegangen sind und Retti mir die Plüsch-Ananas gekauft hat. Ich hab sie Pamela, Kurzform Pam, genannt. Pam wird mich zukünftig daran erinnern, dass ich die Wahl habe, und falls wirklich nichts aus der Musikkarriere wird, wartet die Ananasfarm auf mich. Yes!

16

Kurz vor 7 Uhr endete Caros Nacht. Vergeblich probierte sie alle möglichen Schlafsutra-Stellungen, um wieder einzuschlafen. Sie stierte so lange in die Schwärze, bis sie Umrisse ihrer Umgebung freigab. August keuchte unregelmäßig in seinem Bettlakennest auf dem Boden, Anna röchelte gleichmäßig neben ihr. Wieso hatte Caro zugestimmt, als Bassistin einzuspringen? Sie hätte überzeugter für sich eintreten sollen! Wieso sollte sie August aus der Grube helfen, die er sich selbst geschaufelt hatte? Er könnte als Ersatzprogramm jonglieren! Sie hatte seit Jahren keine Musik gemacht. Für wie leicht hielt er das eigentlich? Gerade *Beatles!* Das waren komplizierte Sachen. Teilweise. Im Detail. Sie würde es schaffen, die richtigen Akkorde zu greifen und sich drüber zu retten, aber eine Glanzleistung sähe anders aus. Erwartete das die Band? Welche Ansprüche stellte sie an sich selbst? Die beste *Beatles*-Coverband der Welt zu sein oder alte Herrschaften zum Mitklatschen zu animieren? Stammten sie aus England wahrscheinlich erstes, kämen sie aus Deutschland …

Caro rückte so nah an Anna heran, bis sie ihren Nachtatem schmeckte und angelte sich den Informationszettel vom Nachttisch. Sie schaltete die Handytaschenlampe ein und zählte die Songs auf der Setlist. Einundvierzig! Unmöglich lernte sie einundvierzig Songs an einem Tag! Selbst in ihrer aktiven Zeit als Musikerin hätte sie maximal die Hälfte geschafft. Sie blies die Aktion ab. Sofort! Sie musste August aufwecken und ihm ihren Entschluss mitteilen! Auf der Stelle!

Sie blieb liegen.

Es war so schön, wenn er den Mund hielt. Ihn zu wecken, wäre masochistisch. Und wozu? Es würde sie zutexten, bis sie das Alphabet vergaß und Anna würde dazu auf der Mitleidsklaviatur spielen und alle schwarzen Schuldtasten drücken. Sie würde das direkt mit der Band klären, klarstellen, dass August falsche Versprechungen gemacht hatte. Zur Not würde sie ihre Unfähigkeit beweisen, indem sie sich absichtlich ungeschickt anstellte. Ja, so würde sie es tun!

Überraschenderweise fehlten auf der Setlist ausgelutschte Songs wie *Let It Be*, *Yesterday*, *All You Need Is Love* und *Ob-La-Di, Ob-La-Da*, dabei kannte diese Mitsinggaranten selbst der letzte Tintenfischmensch. Dafür standen *I Am The Walrus* und *Strawberry Fields Forever* drauf und mit *Rain*, *Glass Onion* und *It's All Too Much* vom Yellow Submarine Soundtrack auch Caros absolute Favoriten. Wer immer die Liste zusammengestellt hatte, kannte sich aus.

Caro stöpselte sich ihre kabellosen Kopfhörer in die Ohren und drehte den Handyplayer auf. Das *Beatles*-Gesamtwerk war offline auf ihrem Handy gespeichert. Als Erstes wählte sie *Glass Onion*. Bass und Schlagzeug spielten den Auftakt und Lennon krakeelte: »I told you about strawberry fields. You know the place where nothing is real.« Sie stellte sich vor, welche Akkorde ihre linken Finger zu greifen hatten und wie die Saiten mit rechts anzuschlagen waren. Diesen Song liebte sie, den würde sie hinkriegen, vorausgesetzt, sie beendeten ihn anders.

Im Grunde hatte es sich beim ersten Album von *The Heebie-Jeebies* um ein *Beatles*-Coveralbum gehandelt. Sie hatten die Rhythmen und Lyrics verändert, aber die Akkordfolgen waren eindeutig *Beatles*-Nummern zuzuordnen. Erst mit den späteren Alben war ihre Musik eigenständiger geworden.

Als Nächstes hörte sie *Strawberry Fields Forever*. Was für ein Meisterwerk. Lennon erzählte mit Märchenonkelstimme diese Geschichte, die sie zum ersten Mal richtig kapierte. Seitdem sie sich mit Retti überworfen hatte, hatte die Musik der *Beatles* einen schalen Beigeschmack entwickelt, ähnlich wie Essen, das man aß, wenn man krank war. Sie hatte sich emotional distanziert. *No one I think is in my tree.* Anna und August hatten sie in Hamburg vom Baum runtergeholt und mit ins Erdbeerfeld genommen. Dank ihnen kehrten die süßen Früchte der Vergangenheit in Caros Erinnerung zurück. Wie im Daumenkino sausten Bilder vor ihrem inneren Auge vorbei. Von Konzerten, Retti, Partys, Soundchecks, Freundinnen, Proben, Raststätten, Zwiebeln, Autopannen, Instrumenten, Tulpen, Fotoshootings, Plattencover, Bühnenoutfits, Walrössern, Schiffen ... Meer ... Musikbär ... Eiskabel ... Glasbläser ... Scherbentabak ...

Caro schreckte hoch. War sie eingenickt? Sie schaltete den Wecker aus, der in fünf Minuten losgehen würde. In einer halben Stunde traf sie sich mit einem Unbekannten zur Einzelprobe beziehungsweise zum Absagen. Sie entfernte die Stöpsel aus den Ohren, machte Licht, zog sich die Skinny-Jeans und Bluse von gestern über und erfrischte sich kurz.

»Benötigst du was zum Wachwerden?«, fragte August.

»Nein!« Sie war ein Mal schwach geworden. Ein kleiner Ausrutscher. Das würde nicht noch einmal passieren.

»Nimm unseren Gefährten als Glücksbringer mit.« Er streckte ihr das Walross wie Simba in der Anfangsszene von *König der Löwen* entgegen.

Caro ließ ihn in der Luft hängen. Sie brauchte kein Glück, sie hatte einen Plan. In wenigen Minuten wäre alles geklärt.

Infozettel, Handy, Schlüssel- und Papierkarte stopfte sie in ihre Hosentaschen und verabschiedete sich mit »Bis gleich« von August und der schlafenden Anna.

Auf Deck 7 türmte sich vertikal und horizontal das Frühstücksbuffet auf den Marmortresen. Caro füllte drei Minigläschen Joghurt in eine Schüssel, klatschte Obstsalat, Dinkel-Crunchy-Müsli, Kürbiskerne und Haselnüsse obendrauf und machte sich einen Kräutertee. Sie schlang das Essen runter, verbrannte sich die Zunge am heißen Tee und ließ ihn übrig. Dann räumte sie das Geschirr weg und nahm sich eine Flasche Multivitaminsaft mit, die ihr fast aus den schweißfeuchten Händen rutschte. Sie sprach sich selbst Mut zu, indem sie die Argumente durchging, mit denen sie sich gleich aus der Affäre ziehen würde.

Den *Starclub* auf Deck 3L erreichte sie fünf Minuten zu früh. Sie drückte die Klinke runter, aber der Club war geschlossen. Ein Angestellter in roter Uniform fragte, ob er ihr helfen könnte. Sie zeigte ihm den Zettel, woraufhin er ihr aufschloss.

Nicht übel, dachte Caro, als sie den zweistöckigen Club betrat. Er war wesentlich edler als die Kaschemmen, die sie gewohnt war. Retro Roboter-Science-Fiction-Optik traf auf Discolounge. Die komplette linke Seite inklusive Bar, DJ-Ecke und Bühnenhintergrund war mit glänzendem Aluminium überzogen, in das Monitore eingelassen waren. In der Mitte der Tanzfläche stand eine große, schwarz-gelb-gestreifte Säule und rechts davon Aluminiumtische mit schwarzen und weißen Ledersesseln. Vom oberen Stockwerk sah man durch eine Glasbrüstung, was das niedere Volk unten trieb und mit welchen Moves es sich blamierte. Tanzparkett, Teppich und Plafond zierten unzählige Sterne. Caro ging vor zur Bühne. Mit einer Leuchtmarkierung war sie von der Tanzfläche abgetrennt, knapp zwanzig Zentimeter hoch und definitiv zu klein für vier Personen samt Instrumenten.

Ein kleiner Mann mit bandagierter linker Hand kam herein. Das musste der verletzte Bassist sein. Ein dunkler Typ mit schwarz-grauen schulterlangen Locken und kugelrundem Bauch. Caro fand, dass er aussah wie ein Schlagersänger, der am Ende seiner Karriere angelangt war und nichts mehr beweisen wollte. Paul McCartney sah er genauso ähnlich wie Caro.

»¡Hola Becky Blackbird. Soy Juan Pablo.«

Na toll, August hatte sie unter ihrem alten Künstlernamen vorgestellt.

»Hello.« Caro schüttelte ihm die Hand.

Er redete auf Spanisch auf sie ein und sie verstand kein Wort. Seiner Euphorie nach zu urteilen, freute er sich, sie zu sehen.

»Sorry, but do you speak English?«, fragte sie, als er Luft holte.

»Si si un poco.«

Ihr einstudiertes Absagenkartenhaus krachte in sich zusammen. Sie musste ihre Argumente in simplere Worte kleiden.

»I'm sorry, but I can't play. August overstated my abilities.«

»Si si, play.«

Er holte einen länglichen, schmalen Koffer aus der DJ-Ecke, legte ihn vor Caro hin, öffnete die Metallverschlüsse und kippte den Deckel nach hinten. »Play«, wiederholte er.

»Ein Höfner 500/1. Der *Beatles*-Bass ...« Caro kniete sich zum Case. Zärtlich strich sie über den braunen Korpus. »I had one just like this, once. In pink.«

Angeleiert von Retti hatte ihr gesamter Freundes- und Bekanntenkreis zusammengelegt und Caro zum fünfundzwanzigsten Geburtstag einen pinken Höfner 500/1 geschenkt. Damals, als viele daran geglaubt hatten, dass aus *The Heebie-Jeebies* große Stars werden würden. Obwohl sie sich von Pink Lucy losgesagt hatte, versetzte ihr dieser ähnliche Bass einen Stich ins Herz.

»May I?«

»Si si!«

Als handelte es sich um ein Neugeborenes, stützte Caro den Hals und hob das Instrument aus dem Koffer. Es lag vertraut und fremd in ihren Händen. Im Gegensatz zu anderen Bässen war der Korpus des Höfner 500/1 klein und nicht wie eine E-Gitarre, sondern wie eine Violine geformt. Sie setzte sich im Schneidersitz hin, legte das Baby auf ihrem rechten Oberschenkel ab und stimmte ihn. Juan entnahm dem Koffer die Notenblätter zu *Hey Jude* und breitete sie vor Caro aus. Der Song verfolgte sie. August hätte es als ein Zeichen gedeutet. Juan hockte sich vor sie hin, wartete, bis sie mit Stimmen fertig war, zeigte auf die erste Notenzeile und klopfte den Rhythmus. Caro wippte ein paar Takte mit.

»Play«, sagte Juan.

»It's still the piano.«

»Muy bueno.«

Sie begann zu spielen, was vor ihr auf dem Blatt stand. Ihren Fingern fehlte die Hornhaut, sie bewegten sich zu steif und langsam. Ein paarmal rutschte sie ab, entschuldigte sich, kriegte den Anschluss wieder und spielte weiter. Vers für Vers arbeitete sie sich bis zum Ende des Songs. Das erste ›better‹ formte sie tonlos mit den Lippen, das zweite hauchte sie leise, das dritte sang sie, das letzte schrie sie inbrünstig und leitete zu »na na na nananana, nannana, hey Juan‹ über. »Sorry, I got caught up in it.«

»Muy bueno«, lachte er.

»No no, it's bad. I'm rusted!« Es machte ihr tatsächlich Spaß, aber das war genug. Sie bettete den Bass zurück in den Koffer. »Sorry, but I can't play.«

»Si, play.«

»No, I can't!« Sie überkreuzte abwehrend ihre Hände in der Luft.

»No play, we no pay.«

»Was kann ich dafür, dass ihr kein Geld kriegt, wenn ihr nicht auftretet?«, sagte zu sich selbst. »I can't learn fortyone songs. That's too much!«

Juan sah sie verständnislos an.

Sie tippte auf die Setlist. »Too many songs.«

»Songs si. Este es nuestro repertorio.«

»Repertorio?«, wiederholte Caro. »You mean your whole repertoire? You don't play all of that?« Sie gestikulierte wie bei Scharade.

»No, no. Play quince.«

»What is quince?«

Er zeigte ihr seine rechte Hand und schloss sie dreimal zu einer Faust zusammen. »Quince!«

»Fünfzehn? Do you mean fifteen? One five?«

»Si, quince.«

»Ach so!« Sie lachte. Sie würden nur fünfzehn der einundvierzig Songs spielen. Sie hatten August das gesamte Repertoire mitgegeben, damit Caro die Songs auswählte, die sie konnte.

»Now I understand.«

»Play?«, fragte er flehend.

Wahrscheinlich versorgten die Bandmitglieder mit dem Auftritt ihre Familien und hatten keine finanzielle Absicherung für den Krankheitsfall. Caro empfand Mitgefühl für Juan und wollte ihm helfen. Was war das Schlimmste, das passieren konnte? Dass sie sich blamierte? Das schaffte sie auch ohne Bühne. Außerdem würde sie als Becky Blackbird auftreten und ihr Alter Ego hatte einen richtigen Bühnenabschied verdient. Beim letzten Konzert mit *The Heebie-Jeebies* hatte sie nicht geahnt, dass es ihr letztes werden würde, was sie nachträglich bedauert hatte. Diesmal würde sie ihren Abschied zelebrieren. Caro schätzte, dass in den *Starclub* circa einhundertfünfzig Leute passten und sie bezweifelte, dass es voll werden würde. Und selbst wenn, einhundertfünfzig war eine überschaubare Anzahl.

»Okay«, willigte sie ein.

»Muchas gracias. Muchas gracias.« Juan deutete auf die Notenzeile. »Again.«

Sie nahm den Bass, wartete auf sein Klopfen und legte los.

20. Dezember

Letzte Nacht ist Rettis Vater gestorben. Eine Nachbarin hat sie in der Früh angerufen und es ihr erzählt, ihre Mutter war nicht in der Lage dazu. Retti ist zu mir ins Bett gekrochen und hat sich weinend an mich geklammert. So hab ich sie noch nie erlebt. Ich war total überfordert. Nach einer Stunde hab ich in der Arbeit angerufen und gesagt, dass ich aufgrund eines familiären Notfalls zu Hause bleiben muss und keine Ahnung hab, ob ich morgen kommen kann. Eventuell müsse ich verreisen. Retti war strikt dagegen, dass wir sofort nach Kärnten aufbrechen. Sie will abwarten, wann die Beerdigung ist und so kurz wie möglich unten bleiben. Ihre Mutter lässt sie bei der Planung eh nicht mitreden. Ich weiß, wie schlecht das Verhältnis zu ihrer Mutter ist, aber dass das so weit geht. Die Nachbarin konnte Retti nicht mal sagen, woran ihr Vater genau gestorben ist, nur dass er im Spital war. Wenn Retti davon gewusst hätte, hätte sie sich verabschieden können.

21. Dezember

Ich wäre lieber bei Retti geblieben, aber sie hat mir gesagt, dass ich arbeiten gehen soll. Dort waren alle superverständnisvoll, selbst als ich erzählt hab, was passiert ist. Das hat mich positiv überrascht. Sie ziehen mir den gestrigen Tag nicht mal vom Urlaub ab. Als ich am Nachmittag heimgekommen bin, lag Retti in derselben Embryohaltung im Bett wie in der Früh. Ich mach mir Sorgen um sie. Ausgerechnet so kurz vor Weihnachten. Sie liebt diese Zeit so sehr und in Zukunft denkt sie jedes Weihnachten an den Tod ihres Vaters. Sie hat noch immer nicht mit ihrer Mutter telefoniert. Ich hab ihr angeboten, für sie anzurufen. Das will sie keinesfalls. Anna und ich haben beschlossen, dass wir mit zur Beerdigung fahren. Und ich hab vorgeschlagen, dass wir uns für den 24. was Besonderes überlegen. Retti wird das Weihnachtsfest, das sie jedes Jahr gibt, nicht ausrichten können. Entweder wir machen zu dritt was oder ich nehme Retti mit ins Burgenland zu Mama und Wolfgang.

23. Dezember

Retti hat endlich mit ihrer Mutter geredet. Die Beerdigung ist am 27. Ihr Vater ist wohl an einer Lungenembolie gestorben. Er hat auf einmal schwer Luft bekommen und sie haben erst abgewartet. Ein Nachbar hat sie am nächsten Tag ins Spital gebracht, ihre Mutter hat keinen Führerschein. Dort ist er nach wenigen Stunden verstorben. Arg, dass das so schnell geht. Hätte er überlebt, wenn sie gleich gefahren wären? Retti ist einkaufen gegangen und hat alles fürs Weihnachtsfest besorgt. Hauptsächlich Alkohol, Snacks und vier Packungen Tiefkühlminipizzen. Sie ist fest entschlossen, das Fest wie geplant durchzuziehen. Wir haben zusammen einen Christbaum besorgt, dann haben wir in der Küche eine halbe Stunde den Topf für die Feuerzangenbowle gesucht. Ich bin gespannt, wie das Fest wird und was da für Menschen kommen. Retti sagt, es wird ein Potpourri aus einsamen Seelen. Bisher bin ich Heiligabend immer ins Burgenland gefahren.

24. Dezember

Es ist erst 20 Uhr und ich bin schon betrunken. Nicht ungut, eher, als wäre das der wahre Zustand und der nüchterne die Ausnahme. Es ist so schön. Es ist auch traurig. Eine Grundmelancholie, die fast wieder schön ist. Die Leute, die gekommen sind, kenne ich alle nicht. Retti sieht die meisten nur zu Weihnachten. Zwei ältere Witwen sind dabei, so richtig feine Damen, die die Minipizzen mit Stofftaschentüchern angreifen. Sie stehen voll auf die Pizzen und haben gesagt, dass sie sich das ganze Jahr drauf freuen, weil sie sich das selbst nicht zubereiten würden. Ein zittriger alter Mann, dem wir zu dritt die Stiegen hochhelfen mussten und von dem Retti seit fünf Jahren glaubt, dass er zum letzten Mal mitfeiern kann. Ein junger, verwahrloster Typ mit verfilzten Haaren namens August. Es ist eigentlich nicht lustig, aber ich hab mich trotzdem abgehaut, dass seine Eltern ihn nach einem Monat benannt haben. Die Stars sind die drei Dragqueens, die später auftreten und wir gehen alle mit. Meine erste Drag-Show. Haben wir was zum Wachbleiben? Die Feuerzangenbowle hat mich müde gemacht.

25. Dezember

Ich hab ein Blackout von mehreren Stunden. Mir wurde gesagt, dass ich durchgehend wach war. Das Letzte, woran ich mich erinnere, ist, dass ich mit Retti was am Klo gezogen hab. Ich bin wieder zu mir gekommen, als mich jemand auf der Afterhour fragt, was ich trinken will. Ich habe ›weißer Spritzer‹ gesagt und er hat ›du kriegst ein Wasser‹ geantwortet. Angeblich waren wir dazwischen in einem anderen Lokal, daran erinnere ich mich nicht. Ich schlafe bei Retti im Bett, weil sie nicht allein sein will. Sie schlummert neben mir und ich spür Vollgas das Speed. Mein Herz rast und ich schwitze so arg. Es wird ewig dauern, bis ich einschlafen kann. Gut, dass die Beerdigung erst übermorgen ist. Die Vorstellung, mich morgen in den Zug zu setzen, ist grässlich. Das Weihnachtsfest war voll nett, aber irgendwie hat heuer was gefehlt. Normal ist mir Weihnachten egal, aber so ganz ohne Mama und Wolfgang wars komisch. Ich fands voll süß, dass Retti sich für die anderen so reingehängt hat und es ihr so wichtig war, das Fest zu machen.

27. Dezember

Wir kamen kurz nach 12 Uhr in St. Veit an. Retti hatte drei kleine Jägermeister für die Zugfahrt mit. Anna und ich wollten nicht, weshalb sie alle drei getrunken hat. Rettis Mutter hat sie mit den Worten ›Wenigstens zum unter die Erd'n bringen, hättest dir was Gescheites anziehen können‹, begrüßt. Retti hat unter ihrem lila Mantel eh ein schlichtes schwarzes Kleid getragen. Die Zeremonie war sehr katholisch. Der Pfaff hat so getan, als wär der Tod das Beste, was einem passieren kann. Retti hat ein paarmal bitter aufgelacht. Nach der Beisetzung hat uns ihr Onkel zum Leichenschmaus ins Wirtshaus mitgenommen. Ihre Mutter nannte sie bei ihrem Geburtsnamen und verwendete die falschen Pronomen. Es war furchtbar. Retti hat ziemlich viel getrunken und ist irgendwann nicht vom Klogang zurückgekommen. Wir haben sie am Grab ihres Vaters gefunden. Zu betrunken, um zu stehen.

28. Dezember

Wir haben bei Rettis Onkel übernachtet. Gestern hat er nett gewirkt, heute hat er seine Schwester (Rettis Mutter) in Schutz genommen und sie verteidigt. Er hat gesagt, dass sie es wegen Retti so schwer im Ort hatte und wir verstehen müssen, dass es hart ist, erst einen Sohn zu verlieren und jetzt ihren Ehemann. So ein Blödsinn. Wie sie mit ihrer Tochter umgeht, ist total inakzeptabel! Er hat uns zum Bahnhof gebracht und wir waren froh, das Nest hinter uns zu lassen. Auf der Fahrt mussten wir Retti schwören, dass wir nicht zulassen, dass sie jemals so begraben wird. Rechtlich ist ihre Mutter ihre nächste Angehörige und wäre im Fall der Fälle zuständig. Ich hab gefragt, ob man das nicht ändern kann. Anna hat gesagt, dass man dazu zum Notar muss, was voll teuer ist. Deswegen hab ich vorgeschlagen, Retti zu heiraten. Retti findet, dass das nicht geht, weil wir keinen Sex haben. Was hat das damit zu tun? Ich will nicht wissen, wie viel Prozent aller Ehen sexlos sind. Wir leben eh wie verheiratet und warum sollen wir das System nicht zu unseren Gunsten nutzen?

Vier Jahre zuvor

4. Jänner

Gegenüber von der Drogerie ist ein Freiraum, in dem Kinderfeste, Tanz-Workshops und Pilates angeboten werden. Dort wird ab sofort jeden Mittwoch Yoga für Angestellte angeboten. Bisher hab ich Yoga gemieden, aber meinem Rücken wird das helfen und es verhindert, dass ich wegen meines Neujahrsvorsatzes wie ein Germteig aufgehe. Seit vier Tagen rauchfrei! Drei Tage länger, als Retti mir zugetraut hat. Ich hab eine Liste mit Argumenten gemacht, die fürs Heiraten sprechen und bin draufgekommen, dass es auch für mich Vorteile hätte. Auf der Zugfahrt wars ein Schmäh, aber je intensiver ich mich damit befasse, desto sinnvoller finde ichs. Selbst wenn ich mich mal wieder verliebe und eine Beziehung führe, glaub ich nicht, dass ich mich einem Mann jemals so verbunden fühle wie Retti.

Argumente, die fürs Heiraten sprechen

- Wir wären abgesichert, falls einer von uns was passiert (Witwenpension).
- Die jeweils andere würde alle Informationen im Spital erhalten und dürfte Entscheidungen treffen.
- Wenn sich Retti vom AMS abmeldet, kann sie sich bei mir mit krankenversichern lassen.
- Falls eine von uns stirbt, würde die jeweils andere alle Musikrechte und Tantiemen erben.
- Retti kann meinen Nachnamen annehmen (falls sie nicht mehr wie ihre Mutter heißen will).
- Falls eine von uns mit Drogen erwischt wird, hätte die andere vor Gericht das Recht, die Aussage zu verweigern.
- Lustige Mottoparty.

- Wir leben eh wie ein Ehepaar zusammen und lieben uns als Freundinnen.
- Die jeweils andere kann ein christliches Begräbnis verhindern.
- Ehen, die auf Freundschaften basieren halten statistisch länger.

17

An der *Starclub*-Tür war ein Plakat befestigt worden, während Caro drinnen mit den vier Argentiniern geprobt hatte. Es zeigte das verschwommene Schwarz-Weiß-Foto eines Theatersaals und darüber prangte in roten Buchstaben:

Die letzte Reise von Kapitän Pedersen.
Ein besonderer Abend zu seinen Ehren
mit Let it Beatles
(Special Guest: Becky Blackbird)
und weiteren Überraschungen
Beginn 20 Uhr
Royal Court Theater

Neben dem Text lächelten Caros vorübergehende Bandkollegen von einem kleinen Foto, auf dem alle zehn Jahre jünger und zehn Kilo leichter waren. Darunter stand die englische Übersetzung. Wer hatte so schnell Plakate mit ihrem Namen gedruckt und aufgehängt? Und warum *Royal Court Theater?* Caro war von einem kleinen Konzert im *Starclub* ausgegangen, stattdessen sollte sie vor versammelter Schiffsbesatzungsriege im großen Saal auftreten? Sich selbst zu blamieren war eine Sache, aber sie wollte der Band keine Schande bereiten, die sie in den letzten Stunden richtig liebgewonnen hatte und die unglaublich tight spielte. In ihrem Magen schlüpften Tausende Nervositätsspinnen, die die Lampenfieberschmetterlinge auffraßen und ein Stechen verursachten.

»Da biste ja.« Ein alter Mann im abgetragenen Tweed-Anzug wankte auf Caro zu. »Mensch, was machste denn für Sachen?«

Sein unsicherer Gang, sein faltendurchfurchtes Gesicht und

seine mit Pigmentflecken bedeckte Glatze sprachen von einem Alter jenseits der achtzig. Er griff nach Caros Unterarm.

»Wir müssen nach Hause!«

»Was soll das?« Caro hielt gegen sein Ziehen. »Lassen Sie mich los!«

»Mach nicht so'n Terz, Biene. Mutter macht extra Eierkuchen für dich. Die isste doch so gern.«

»Ich bin nicht Ihre Biene!« Sie versuchte, seinen überraschend starken Griff zu lösen und geriet ins Rangeln.

»Mach nicht so'ne Zicken.« Er zerrte fester.

Caro setzte ihre volle Kraft ein und schubste den alten Mann grob von sich. Durch die Wucht lösten sich endlich seine Finger und er taumelte rückwärts.

In dem Moment bogen Anna und August um die Ecke. Anna reagierte geistesgegenwärtig, eilte zu dem Mann, stützte ihn und federte damit seinen Sturz ab. Sanft glitt er an Annas Beinen zu Boden.

»Haben Sie sich wehgetan?«

Der Mann war zu verdattert und schwieg. Anna und August halfen ihm wieder auf die Beine.

»Er hat mich angegriffen. Am Arm. Er hat sich richtig an mir festgekrallt!«

»Das ist der Dank. Jahrelang rackert man sich ab für seine Kinder und sie schieben einen ins Heim ab. Mutter macht extra Eierkuchen für Biene.«

»Mutter?«, fragte Anna. »Ihre Frau? Wo ist die denn?«

»In der Küche.«

»Und Biene ist Ihre Tochter?«

»Na klar. Ich bin ganz richtig im Kopf, das kannste mir glauben.«

»Das glaube ich Ihnen. Mein Name ist Anna. Wollen wir uns mal dahinten hinsetzen?« Sie ging mit ihm zu einer der freien Sesselgruppen beim Fenster und half ihm sich zu setzen. August folgte.

Caro hielt Abstand. Zu aufgewühlt war sie von der Grenzüberschreitung, und begriff nicht, warum sich Anna um den Mann kümmerte und nicht um sie. Immerhin war sie das Opfer.

»Darf ich mal in Ihrer Jacke schauen, ob da eine Nachricht von Ihrer Frau drin ist?« Mit schnellen Handgriffen tastete Anna die Jackett- und Hosentaschen ab.

»Was machst du da?«, fragte Caro.

»Ich suche ein Namensschild oder eine Kontaktkarte mit Telefonnummern. Ich finde nichts.« Anna wandte sich wieder direkt an den Herrn. »Wie heißen Sie denn? Wissen Sie das?«

»Klar weiß ich, wie ich heiße.« Er überlegte. »Norbert.«

»Bitte such jemanden vom Personal, wir müssen eine Durchsage machen«, sagte Anna zu August.

»Das mache ich!« Caro wollte der Situation entkommen.

»Biene, wo willste hin? Wir müssen zu Muttern.« Der alte Mann wirbelte herum.

»Keine Sorge, sie bleibt!«, sagte Anna so nachdrücklich, dass Caro blieb und August sich auf die Suche begab.

»Alles in Ordnung.« Anna nahm seine lederne Hand und streichelte sie liebevoll. »Wissen Sie, wo Sie sind, Norbert?«

»Im Einkaufszentrum. Biene ist in ein Geschäft rein.«

»Sie kommt gleich wieder. Wie heißt denn Ihre Frau, Norbert?«

»Irmi.«

»Und sind Biene und Irmi zusammen unterwegs?«

»Irmi ist tot. Sie hat sich immer 'ne Kreuzfahrt gewünscht. Das hätte ihr gefallen.«

Caro schluckte. Auch Norbert hatte jemanden verloren und nun verlor er sich selbst.

»Und gefällt Ihnen die Fahrt mit dem Schiff?« Anna hielt das Gespräch am Laufen.

»Das Bett ist bequem, aber Irmi kocht besser. Die Portionen sind zu klein.«

»Stimmt!«

»Nehmen wir eins von diesen Getränken?«

»Welches denn?«

»Na dieses große. Wie heißt das noch gleich? Das du immer trinkst?«

»Bier?«

»Richtig.«

»Darauf hätte ich auch Lust. Und dazu ein Stück Kuchen.«

»Mensch, das ist eine Idee.«

»Papa!« Eine etwa fünfzigjährige Frau kam herbeigelaufen. »Henning, er sitzt hier drüben«, rief sie einem gleichaltrigen Mann zu. »Wo warst du denn?« Sie tätschelte Norbert und überprüfte, ob er heil war.

»Ich warte auf dich«, sagte er.

»Hallo, ich bin Anna. Das ist Caro.«

»Sabine Schäfer. Das ist mein Mann Henning.«

Hennings Handschlag hinterließ einen feuchten Abdruck. Die Schäfers waren groß, schlank, braun gegerbt, adrett gekleidet und hatten Sonnenbrillen im Haar. Caro fand, dass sie aussahen, als besäßen sie eine Mitgliedschaft in einem noblen Fitnesscenter mit Saunawelt und Poollandschaft.

»Wir haben uns kurz umgedreht und schon war er weg«, sagte Sabine. »Ich bin so erleichtert, dass nichts passiert ist. Man rechnet ja gleich mit dem Schlimmsten.«

»Wir wollten Sie ausrufen lassen, ein Freund von uns informiert gerade das Personal.«

»Das ist sehr nett von Ihnen.« Sie bückte sich zu Norbert. »Du kannst dich glücklich schätzen, dass du zwei so aufmerksame junge Damen gefunden hast.«

»Sie sind ganz nett, aber nicht auf zack. Meine Bestellung kommt nicht ran.«

»Tut mir leid, er –«

»Schon okay. Meine Oma hatte Demenz. Ich weiß, wie das ist.«

Ach deswegen weiß Anna, was zu tun ist, dachte Caro.

August kam mit einer uniformierten Frau im Schlepptau zurück. Caro deutete auf Sabine und Henning, woraufhin August nickte und die Uniformierte wieder fortschickte.

»Ich verabschiede mich jetzt«, sagte Anna. »Ihr Vater hat übrigens den Wunsch nach Bier und Kuchen geäußert.«

»Seit wann trinkst du denn Bier? Das magst du doch sonst nicht.«

»Bier, Wasser, alles dasselbe.«

»Wir würden uns gerne erkenntlich zeigen«, sagte Sabine.

»Nicht nötig. Wir haben gerne geholfen. Auf wiedersehen, Norbert.« Anna gab ihm die Hand.

»Wieso denn Norbert? So heißt dein bester Freund, Papa. Hast du deinen eigenen Namen vergessen?«

Henning legte tröstend seinen Arm um Sabine.

»Ciao«, sagte Anna. Caro und August nickten. Dann verließen sie Nicht-Norbert und seine Angehörigen.

Caro schämte sich, dass sie so brutal mit dem desorientierten Mann umgegangen war. Was wäre passiert, wenn Anna und August etwas später gekommen wären? Wie hätte sie denn wissen sollen, dass er demenzkrank war?

»Was macht ihr überhaupt hier?«

»Wir wollten sehen, wie die Proben laufen, so.«

»Meine Finger tun weh.« Blutunterlaufene Blasen überzogen Caros linke Fingerkuppen. »In vierzig Minuten sind Aufbau und Soundcheck. Bis dahin muss ich mich umziehen und essen.«

»War Maggie präsent?«, fragte August.

»Nein. Wieso sollte sie?«

»Sie hat die Gruppierung organisiert. Als Geschenk für den Captain. Maggie ist die Tochter des Captains.« Anna und Caro verdrehten die Augen. »Er ist großer *Beatles*-Aficionado.«

»Ich hab auf dem Plakat gesehen, dass der Abend zu seinen Ehren ausgerichtet wird.«

»Die hängen überall. Special Guest: Becky Blackbird.« Anna sprach Caros Künstlernamen aus, als reihte sie die Silben zum ersten Mal aneinander. »Reservierst du uns Plätze? Sind auf eintausend limitiert.«

»Eintausend?«

»Ich zitiere …« Anna räusperte sich. »›Mit fast eintausend Sitzplätzen und hochmoderner Ausstattung lassen die Shows Sie fast vergessen, dass Sie sich auf einem Ozeandampfer befinden.‹ So stehts in der Broschüre.«

»Mist. Ich hab geglaubt, es kommen maximal hundertfünfzig.«

»Nützt ja nix!«, sagte August.

»Nützt ja nix. Ich reserviere euch Plätze weit weg von Maggie. Du sollst dich von ihr fernhalten.«

»Ja ernsthaft«, sagte Anna. »Wenn Caro so lieb ist, dich rauszuhauen, ist es das Mindeste, dass du unter dem Radar bleibst.«

»Jaja, capisco.«

12. Jänner

Ich hab wieder zum Rauchen angefangen. Es war so klar. Dachte, ich schaffs, das Rauchen aufs Fortgehen zu beschränken. Jetzt ists wieder täglich. Wenns bei fünf bis zehn pro Tag bleiben würde. Beim Partymachen verrauche ich eineinhalb bis zwei Packerl. Beim Yoga hab ich gemerkt, wie unsportlich ich bin. Ich bin die Einzige, die röchelt wie eine alte Frau und wenn ich mich vorbeuge, komm ich mit meinen Fingerspitzen kaum bis zu den Zehen runter. Die Biologiestudentin kann ihre gesamte Handfläche auf der Matte ablegen! So kanns nicht weitergehen. Kein Wunder, ich bewege mich nur beim Proben und auf der Bühne. Das ist zu wenig. Meine Bühnenperformance würde davon profitieren, wenn ich in Form wäre. Ich werde jede Woche zum Yoga gehen.

29. Februar

Vor dem Staat gelte ich als verheiratet. Bizarr. Es hat sich nichts geändert. Wir heißen beide wie vorher, weil Retti den Namen ihres Vaters behalten wollte. Wir sind zu zweit zum Standesamt gegangen, gleich ums Eck. Obwohl wir gesagt haben, dass wir kein großes Ding draus machen, hat sich Retti voll aufgestylt. Der Schlitz ihres silbernen engen Glitzerkleids ging den ganzen Oberschenkel hoch und in ihren High Heels war sie einen Kopf größer als ich. Ich hatte zu meinem dunkelroten Cocktailkleid auch hohe Schuhe an. Vor dem Standesamt hat sie mir einen zarten goldenen Ananasring geschenkt. Ich hatte ein schlechtes Gewissen, weil ich keinen Ring für sie hatte. Der Standesbeamte hat das volle Programm durchgezogen, inklusive Goethe-Zitate. Aus irgendeinem Grund hat er die Pudelzucht erwähnt, die er und seine Frau haben. Bizarr. Wäre das meine echte Hochzeit gewesen, hätte ich das voll unangebracht gefunden. Ich will Retti als Schmäh einen Pudel-Ring besorgen. Danach hatten wir Bandprobe. Maren und Tim haben voll abgefeiert, dass wir das durchgezogen haben. Erst recht an diesem Datum.

6. März

Die Plattenfirma hat uns rausgehaut. Wir haben ihnen drei von den neuen Songs geschickt und geschrieben, dass wir das nächste Album gerne selbst produzieren wollen und sie haben zurückgeschrieben, dass sie zukünftig andere Wege einschlagen und uns weiterhin viel Glück wünschen. Retti hatte so was schon vermutet, weil sie auf die letzten Mails so einsilbig geantwortet haben. Dachte nicht, dass sie so schnell aufgeben. Gut, das letzte Album hat ihnen ein Minus von 3.000 Euro gebracht, aber das wäre mit dem nächsten wieder reingekommen. Das ist normale Aufbauarbeit, die man in KünstlerInnen investieren muss. Seit dem letzten Album vor zwei Jahren haben wir uns weiterentwickelt. Außerdem hätte das Album ohne Pongsi ganz anders geklungen. Es nervt mich so. Erst groß reden von wegen Fernsehauftritte und Festivals, dann passiert genau nichts davon und wir kriegen nicht mal eine zweite Chance. Tim glaubt, dass es auch an unserem Alter liegt. Wir sind keine junge Band mehr und hinken hinterher, was Instagram, Snapchat und den ganzen Blödsinn betrifft.

25. April

Das gibts nicht! Die Konzertagentur hat uns rausgehaut. Was schief gehen kann, kippt irgendwann um. Bravo. Ich glaub, langsam wirds wirklich Zeit für die Ananasfarm. Retti sagt, ich soll nicht so negativ sein. Ich bin realistisch. Außerdem sagt ausgerechnet sie das, die jedes Mal deppert lacht, wenn ich meine Yogamatte ausrolle und die Tante auf YouTube sagt, ich soll ein Lächeln nach innen schicken. Ist es denn zu viel verlangt, zu erwarten, dass unsere Arbeit langsam Früchte trägt? Es muss ja keine Stadiontour sein, den Traum hab ich begraben. Aber es wäre schön, wenn nicht jedes Album ein Finanzierungskampf wäre und mehr Leute zu Konzerten kämen. Wenn wir genug Geld verdienen würden, damit wir uns eine größere Wohnung leisten können, in der ich zwei Räume für mich hätte. Ein Wohn- und Schlafzimmer wie andere in meinem Alter. Ehemalige StudienkollegInnen haben Jobs, in denen sie ein vernünftiges Gehalt kriegen. Ich hackel mit akademischem Titel in der Drogerie und spiele in einer Band, die vom Durchbruch fantasiert.

26. April

Die Bandprobe war eine absolute Katastrophe. Ich konnte mich null konzentrieren, hab danebengegriffen und vergessen, wie der neue Song geht. Ich frag mich langsam, was das Ganze bringt. Draußen ist Frühling und wir hocken im stinkigen Keller und üben Songs, die keine Sau hören will. Diese ganzen depperten Erfolgsstorys verzerren unsere Realität. Weil wir nur von Leuten hören, die es geschafft haben. Nie von Leuten, die bloß die zweite Geige spielen. Von Balletttänzerinnen, die nie Solos tanzen, sondern den dritten Schwan von rechts im Hintergrund. Von Fußballern, die in der Regionalliga bleiben und auf der Bank aufs Einwechseln warten. Es muss Millionen Menschen geben, deren Traum sich trotz harter Arbeit nie erfüllt. Die alles auf Rot setzen und dann kommt Schwarz. Warum hört man diese Geschichten nicht? Ich hab mich immer gegen einen Plan B gewehrt, aber das heißt nicht, dass Plan A zwangsläufig aufgeht. Ab wann sieht man ein, dass man es versucht und verloren hat?

1. Mai

Retti wollte gestern Party machen, aber ich hab grad keine Lust. Die Drogen gaukeln mir was vor, was nicht da ist. Wenn ich drauf bin, glaub ich, dass wir es bald schaffen. Dass das nächste Album in die Charts kommt, wir den *Amadeus* gewinnen und große Locations füllen. Wenn ich runterkomm, seh ich zwei armselige Peter-Pan-Verschnitte dahocken, die sich an ihren Jugendtraum klammern und nicht checken, dass sie erwachsen werden müssen. Ich bin spontan zu Mama und Wolfgang gefahren. Mama hat gleich gemerkt, dass was nicht passt. Bisher hab ich immer so getan, als ginge es kontinuierlich aufwärts. Ich hab mir meinen Lebensstil selbst ausgesucht, deswegen will ich nicht jammern. Diesmal kam mir das wie eine Lüge vor und ich hab anklingen lassen, was los ist. Mama hat vorgeschlagen, dass ich mal mit Wolfgang wegen eines Jobs rede. Er hat viele Kontakte und könnte mir weiterhelfen. Das fühlt sich der Band gegenüber wie Betrug an. Sie hat mir außerdem empfohlen, mal mit wem Außenstehenden zu reden. Sie geht regelmäßig zur Supervision. Vielleicht probier ich das mal.

28. Mai

Wer bin ich, wenn ich keine Musikerin bin? Seit Kurzem spinnen meine Ohren ständig, und ich merk, dass ich sie schonen sollte. Die anderen wollen schnell mit dem Songwriting vorankommen. Als würde irgendwer auf ein Album von uns warten. Ich weiß, dass ich bis an mein Lebensende Musik machen will, aber gibt es auch noch andere Dinge, die mir taugen könnten? Ich hab mit Wolfgang telefoniert und ihn gefragt, ob er eine Idee hat, was jobmäßig zu mir passen könnte. Er hat gesagt, dass er drüber nachdenkt. Er selbst hat mit 30 komplett die Branche gewechselt und eine neue Ausbildung gemacht, als er schon mit Mama zusammen war. Das hatte ich gar nicht am Schirm. Es war ein hilfreiches Gespräch. Danach hab ich Mama nach der Nummer von ihrer Supervisionsfrau gefragt. Ich muss was tun, damit sich was ändert.

17. Juni

Ich bin für eine Kollegin eingesprungen, die krank ist. Es geht grad so ein Magen-Darm-Virus rum. Direkt danach bin ich zur Supervisionsfrau gefahren, die ausgebildete Psychotherapeutin ist. Gut, dass mich die von Mama an eine aus Wien verwiesen hat. Es wäre weird, zur selben wie Mama zu gehen. Sie schaut aus wie die Schauspielerin von *Zwei bei Kallwass*. Sie hat mich nach meinen Zielen befragt und was ich mir vom Besuch bei ihr erwarte. Ich hab sofort zum Plärren angefangen. Es ist voll aus mir rausgeflossen und ich hab erzählt, was mich grad beschäftigt. Eigentlich wollte ich mit ihr über Wolfgangs Vorschlag reden, in dieser Unternehmensberatungsfirma als Sekretärin anzufangen. Dazu sind wir nur kurz am Ende gekommen. Ich hab ihr meine moralischen Bedenken diesbezüglich erzählt. Aber bei einem Sekretärinnenposten muss ich ja keine Kündigungen aussprechen. Es schadet nicht, mal eine Bewerbung hinzuschicken.

2. Juli

Hab ich den Job gekriegt, weil Wolfgang den Chef kennt oder weil ich die HR-Chefin wirklich überzeugt hab? Wurscht, Hauptsache, ich hab ihn. Ich zweifle noch, ob dieser Job der richtige für mich ist. Unternehmensberatung klingt halt sehr nach Optimierung auf Kosten der Mitarbeitenden und bisschen shady. Mal abwarten. Das Callcenter war bisher mein einziger Bürojob und das war im Vergleich ziemlich casual. Im neuen Job tragen die Männer alle Hemden und Anzughosen und die Frauen Blusen, Röcke oder Kleider. Naughty office taugt mir prinzipiell. Retti hat gesagt, dass sie mit mir shoppen geht. Ich brauch ein paar Office Basics und Schuhe. Ich kann mir vorstellen, dass ich den Style rocke. Retti hat Angst, dass die Band zu kurz kommt, aber ich hab ihr versprochen, dass das nicht passiert. Sobald es meinen Ohren besser geht, proben wir wieder häufiger. Morgen schau ich mir ein Yoga-Studio an, denn Yoga von der Drogerie aus fällt jetzt weg. Ich will unbedingt dranbleiben. Die Monatskarte sollte ich mir vom neuen Gehalt leisten können.

15. August

Ich war wieder bei Frau Kallwass und wir haben das Arbeitsthema abgeschlossen. Es gibt andere offene Themen und sie hat mir angeboten, eine Therapie bei ihr zu beginnen, damit wir auch darüber reden. Bisher hab ich keinen Grund dafür gesehen, in der Vergangenheit zu wühlen. Mittlerweile kann ich mir vorstellen, dass das sinnvoll ist. Sie hat gesagt, dass ich mir von meiner Hausärztin eine Überweisung holen kann, damit ich weniger zahle. Mama hat beim letzten Besuch angeboten, die Hälfte der Kosten zu übernehmen. Ich glaube, Retti wird ziemlich grantig sein, wenn ich ihr davon erzähle. Sie ist so anti Psychotherapie eingestellt. Ich versteh eh, dass sie schlechte Erfahrungen gemacht hat, aber das kann sie nicht auf alle Menschen ummünzen. Ich muss mir selbst ein Bild machen.

18

Caro saß hinter der Bühne auf der Sofakante, wippte mit den Füßen und zupfte ihr dunkelviolettes Kleid in Form. Auf der Bühne hielt der Maschineningenieur des Schiffs seit einer halben Stunde eine humorvoll gedachte Laudatio auf den Kapitän und lachte als Einziger über seine Witze. Ihm entging, dass er kein neuaufgehender Stern am Stand-up-Himmel war, egal durch wie viele Netflix-Specials er sich hatte ermutigen lassen. Die Tiermenschen im Publikum scharrten mit den Hufen, blähten ihre Nüstern und machten sich fluchtbereit.

Backstage wartete die Band in schicken schwarzen Anzügen auf ihren Einsatz. Selbst Juan hatte sich herausgeputzt und beschwor seine bandagierte Hand, dass sie bis zum Auftritt spontan heilen möge. Er trank einen Schluck aus seinem silbernen Flachmann und reichte ihn an Caro weiter.

»For good luck.«

Caro warf ihren Entschluss, vor dem Konzert nüchtern zu bleiben, zu ihrer Aufregung auf die Waagschale. Die Waage entschied zugunsten des Alkohols.

»Gracias.« Sie führte den kalten Edelstahl an ihre Lippen. »Wäh! What is that?« Eine Mischung aus Cola und Hustensaft?

»Fernet«, sagte Alejandro, der Sänger.

Caro fand, dass er mit seinen stachelschweingrau melierten dichten Borstenhaaren und dem goldenen Kettchen wie ein Formel-1-Manager aussah.

»With Coke?«

»Always.«

»Drink more«, riet Juan.

»No thanks, not for me.«

Sie gab den Flachmann an Pepe weiter, den zweiten Gitarristen, der ihn dankend annahm. Aufgrund seiner verspiegelten Sonnenbrille war es unmöglich, Gedanken in seinen Augen abzulesen.

Caro fühlte, wie das Koffein in ihr Blut schoss, Kohlen in ihren Herzofen schaufelte und es damit anheizte. Immer hibbeliger wurde sie und ihre Psyche verdunkelte sich.

»Es nuestro turno«, sagte Benicio, der Schlagzeuger. Sein Stiernacken ging direkt in kindskopfgroße Oberarme über. Er war so mit Muskeln bepackt, dass sie seinen Bewegungsspielraum merklich einschränkten. Er hatte den Punch von zehn Ringos, was auf Kosten der Spielraffinesse ging.

Die Band und Caro versammelten sich vor dem Bühnenaufgang. Caro atmete tief durch und stellte sich vor, wie sie mit der Ausatmung die Aufregung auf ihre Hautoberfläche leitete. Sinnlos! Was für ein nutzloser Tipp! Das Kribbeln hatte jeden Millimeter von ihr in Besitz genommen, ließ ihre Lider flattern, ihre Hände zittern und ihre Beine schwach werden. War das Lampenfieber früher auch so groß gewesen? Mit vier Fremden Songs zu covern, die man erst vor wenigen Stunden gelernt hatte, war eine andere Sache, als Songs mit der eigenen Band zu performen, die man selbst geschrieben hatte.

»¡sonreír!«, sagte Juan zu Caro. Er setzte Daumen und Zeigefinger an seine Mundwinkel und schob sie nach oben.

»Lächeln, ja. Du hast leicht reden, du musst ja nicht da raus.« Absichtlich sagte sie es auf Deutsch. Sie wollte nicht verstanden werden. Sie wollte weg. Weit weg.

Alejandro, der Sänger, Mateo, der Gitarrist, und Pepe, der zweite Gitarrist, hüpften die drei Stufen rauf auf die Bühne und tänzelten vor den Vorhang, wo vorfreudiger Applaus sie empfing. Benicio, der Schlagzeuger, gab Caro einen liebevollen Schubs, damit sie sich vorwärtsbewegte.

Die Scheinwerfer blendeten sie so stark, dass sie ihre Augen abschirmen musste, um ihren Platz hinten rechts neben dem

Schlagzeug zu finden. Zum ersten Mal seit den Musikschulauftritten als Kind spielte sie im Sitzen und mit Notenständer vor sich. Retti hatte darauf bestanden, dass Bass und Gitarre so weit unten wie möglich hingen. Das erschwerte das Spielen, sah aber cooler aus. ›Der Rock'n'Roll ist kein Rollstuhl‹, pflegte sie zu sagen.

Retti dreht sich im Grab um, wenn sie mich so sieht, dachte Caro. Aber noch hatte sie kein Grab.

»Becky!«, kreischte Anna wie ein Teeniefan bei der Autogrammstunde im Einkaufszentrum.

Richtig, sie stand nicht als Caro mit Versagensängsten auf der Bühne, sondern als Rockstar Becky Blackbird! Sie musste ihre innere Rampensau channeln. Genau für diesen Zuspruch hatte sie Anna und August Plätze in ihrer Nähe reserviert. Gleich neben Juan, der schnell zu seinem Sitz huschte.

Alejandro vergewisserte sich, dass alle so weit waren, trat ans Mikrofon und hauchte mit spanischem Akzent: »Here we go.«

Mateo, der Gitarrist, stimmte *Here Comes The Sun* an. Nach wenigen Takten setzte Alejandro ein, der deutlich kehliger und älter klang als John Lennon. Benicio, Pepe und Becky begannen zu spielen. Becky heftete ihren Blick an die Noten, als fürchtete sie, dass sie von der Zeile hüpfen und mit ihren Fähnchen davonsegeln könnten. Sie kräuselte unwillkürlich ihre Stirn. Nach drei Minuten beendete sie den ersten Song fehlerfrei. Noch vierzehn.

Mit *Rain* folgte der erste Wackelkandidat. Beim Refrain griff sie gehörig daneben. »Mist«, fluchte sie leise. Sie biss die Zähne zusammen. Fehler waren nicht so dramatisch, solange sie weiterspielte und die Nerven behielt.

Bei *Help!* löste sie sich vorsichtig von den Noten. Dieser Song hatte bei der Probe am besten funktioniert. Tatsächlich entzündete sich der Funke und sprang von der Band auf die Zuschauenden über. Mateo, der Gitarrist, übernahm McCartneys Zweitstimme. Becky spürte, dass der Rost von ihren Fingern abplatzte wie die Schienen von Forrest Gumps Beinen. Sie spielte sich frei.

Trotz spanischem Einschlag und außergewöhnlicher Setliste feierte das Publikum die Show und klatschte enthusiastisch an den falschen Stellen mit. Der Band fiel es zunehmend schwer, den Takt zu halten, Dynamik ersetzte Genauigkeit. Becky stand von ihrem Hocker auf. Rock'n'Roll Attitüde übernahm die Kontrolle über ihre Bewegungen und entschädigte für Fehler. Sie spielte schlampiger, aber bot dafür eine Show. ›Perfektion ist die Mutter der Langeweile‹, war ein weiterer von Rettis Sprüchen. Becky dachte im Laufe des Konzerts immer öfter an sie.

Two of Us erwischte sie wie ein kalter Platzregen. Bei der Probe war sie zu sehr mit ihrem Part beschäftigt gewesen. Jetzt flog der Text wie ein Pfeil in ihr Herz und sprengte es entzwei. Ihre wurde bewusst, dass zum ersten Mal seit fünfzehn Jahren neben Becky Blackbird keine Loretta Love auf der Bühne stand und nie wieder stehen würde.

»You and I have memories longer than the road that stretches out ahead«, sang Alejandro.

Die Tränen auf ihrem Gesicht tarnten sich als Schweiß, der in feinen Rinnsalen an ihr runterlief. Sie hatte verhindert, dass es *Get Back* ins Set schaffte, weil sie jenen emotionalen Ausbruch befürchtet hatte, den sie nun bei *Two of Us* durchlebte. »We're on our way home. We're on our way home. We're going home.« Tonlos formte sie die Worte mit.

»Ich bring dich nach Hause!«, versprach sie sich und Retti. Wo immer das sein würde.

Einzelne Momente zogen sich elendig in die Länge und dann verflogen vier Songs, ohne dass sie es bewusst mitbekam. Noch drei Songs.

Bei *Penny Lane* dachte Caro an die erste *The Heebie-Jeebies*-Tour. Ein lautes Pfeifen erklang. War das wieder ein Alarm? Nein, für einen Alarm war das Geräusch zu gleichförmig. Alejandro wechselte hinters Keyboard und kündigte den vorletzten Titel an. Unterdessen kontrollierte Becky ihre Kabel und suchte nach dem Ursprung. Die anderen vier schienen nichts zu bemerken. Es lag an ihrem Monitor – oder an ihren Ohren. Sie drehte sich mit dem Rücken zum Publikum und steckte sich kontrollierend die Zeigefinger in die Ohren. Es pfiff links und fühlte sich außerdem so an, als hätte ihr jemand ein Wattestäbchen tief in den Gehörgang gerammt.

Hey Jude veränderte mittendrin seinen Klang. Das Pfeifen stoppte. Sie wünschte es sich unverzüglich zurück. Etwas stimmte ganz und gar nicht. Dieses unbestimmte Gefühl war wesentlich schlimmer als das Geräusch.

Für den letzten Song betraten drei Blechbläser die Bühne. Freunde des Kapitäns, mit denen er in Aarhus zusammen in einer Hobbyjazzband spielte und die ihn auf seiner Abschlussfahrt überraschten.

»No!«, rief der Kapitän von seinem Ehrenplatz in der ersten Reihe aus. »Hvad laver du her?«

»Surprise«, sagte Alejandro.

Becky sah sich hilfesuchend um. Warum fiel niemandem auf, dass mit ihr was nicht stimmte? Warum nahm ihr keiner den Bass aus der Hand und brachte sie weg?

Benicio, der Schlagzeuger, zählte ein und sie begannen *Hello, Goodbye* als großes Finale zu spielen. Becky verharrte regungslos. Das wars! Oh Gott, sie hörte nichts auf ihrem linken Ohr! Sie schüttelte den Kopf, um den Ohren Starthilfe zu leihen. Nichts. Wieso hatte sie sich überreden lassen aufzutreten? Warum hatte sie sich vollkommen der Musik hingegeben und sich für unverwundbar gehalten? Sie hätte wissen müssen, dass so was passiert!

Nach der Hälfte des Songs lehnte sie den Bass gegen den Hocker und stolperte von der Bühne. Backstage krachte Caro gegen Cases und riss den Kleiderständer um. Sie musste weg! Aber wohin? Und wie? Ihre Schuhe waren zu hoch, der Untergrund zu wackelig. Sie hangelte sich zum rettenden Sofa und hielt sich darauf fest wie Rose auf der *Titanic*-Tür.

Anna kam dazu. »Was ist los?«

»Ich hör nichts.«

»Wie, du hörst nichts?«

»Links ist taub.«

»Du hörst nichts?«

»Sag ich doch! Bist du schwerhörig?«, schrie Caro.

»Bis zum letzten Song war alles okay, so. Du hast super gespielt.«

Die Band beendete den Song, Beifall brandete auf und Zugabe-Rufe ertönten. »Ich muss weg. Bitte, ich halte nicht aus, wenn alle nach hinten kommen.«

»Hast du eine Schlüsselkarte für die Kabine?«

»In meiner Tasche.«

Anna fischte Caros Tasche unter dem Kleiderberg hervor, der durch den umgerissenen Ständer entstanden war. Ein langer Gang führte vom Backstageraum einmal rund ums Theater. Vorsichtig stützte Anna Caro. Alles schwankte.

»Hast du was getrunken? Dein Gleichgewichtssinn ist total gestört.«

»Einen Schluck argentinische Hölle.«

»Klingt reizvoll.«

In der Kabine legte sich Caro aufs Bett. Das Adrenalin rauschte in ihren Adern. Vielleicht käme ihr Hörvermögen zurück, wenn die Aufregung nachließ? Was, wenn es nie wieder zurückkehrte?

Anna tigerte in der Kabine auf und ab. Dann blätterte sie die Informationsbroschüre durch.

»Leihst du mir deine Kreditkarte?«, fragte Anna.

»Wozu?«

»Ich will das Internetpaket aktivieren. Kostet 15 Euro pro Tag. Damit ich googeln kann, was zu tun ist, so.«

»Da landet man immer bei Krebs und ist todkrank. Ich muss mich etwas erholen. Wahrscheinlich gehts von allein wieder weg, wie letztes Mal.«

»Du hattest das schon mal?«

»Deswegen hat mich Retti aus der Band geschmissen. Oder bin ich ausgestiegen, je nachdem wen du fragst. Wären meine Ohren in Ordnung gewesen, hätte ich niemals aufgehört. Erst recht nicht so kurz vor der Tour.«

»Hä? Warum weiß ich davon nichts?«

»Retti wusste es. Ich hab geglaubt, du weißt es auch!«

»War das gleiche Ohr betroffen?«

»Nein, beide. Damals konnte ich hören, aber es hat unpackbar laut und schmerzhaft gefiept.«

»Wenn es dir so schlecht ging, sollte ich mich daran erinnern.«

»Mir ging es schon die zwei Jahre davor schlecht! Was glaubst du, warum ich in Therapie war?«

»Viele sind in Therapie. Ich dachte, du probierst das mal aus.«

»Für siebenundneunzig Euro die Stunde? Ich war hinüber und hab professionelle Hilfe benötigt. Retti hat gar nichts davon gehalten.«

»Sie war ein gebrandmarktes Kind.«

»Ihre Lösung wären Schwammerl gewesen. Microdosing. Sie meinte, das würde Depressionen heilen.«

»Ernsthaft? Hat sie jemals daran gedacht, dass Depressionen eine Folge von Drogenkonsum sein können?«

»Deswegen wollte ich ganz damit aufhören! Rettis Lösung für Probleme waren: mehr Drogen.«

»Tut mir leid, dass ich nicht mitbekommen habe, wie dreckig es dir ging. Ich war so mit mir selbst und der Arbeit beschäftigt.« Anna setzte sich zu ihr aufs Bett. »Also hast du die Band gar nicht freiwillig verlassen?«

»Nein! Hätte ich nie! Ich hab Retti um eine Pause gebeten. Davon wollte sie nichts wissen. Entweder in or out. Ich musste mich danach komplett neu erfinden. Wer bin ich ohne Bass spielen? Wer wärst du, wenn dir morgen die Hand amputiert wird und du nicht mehr als Grafikerin arbeiten könntest?«

»Piratin. Ich würde mir einen Hook über den Stumpf ziehen und los gehts, so.«

»Daran hab ich auch gedacht, aber mir fehlt der Papagei und Augenklappe steht mir nicht.«

»Wusstest du, dass Piraten eine Augenklappe tragen, damit sie was sehen, wenn sie unter Deck gehen? Das bedeckte Auge ist dann an die Dunkelheit gewöhnt. Hat mir August mal erzählt. Ist beim Kämpfen ein großer Vorteil.«

»Ich bin Pazifistin.«

»Unpraktisch für die Piratenkarriere.«

Caro lachte.

»Wie gehts dem Ohr jetzt?«

»Unverändert.«

»Im Flyer steht, dass es an Bord eine Arztpraxis gibt.«

»Die hat sicher geschlossen.«

»Na und? August kennt die Tochter des Captains. Für irgendwas muss das gut sein.« Anna schnappte sich die Schlüsselkarte und ließ Caro allein.

Wenige Minuten zuvor hatte Caro auf der Bühne die *Beatles* gerockt, jetzt lag sie erschöpft da, fühlte sich traurig und stolz zugleich. Sie drohte auf ihr altes Gedankenkarussell aufzuspringen und Runden zu drehen. Also raffte sie sich auf und ging duschen. Für den Fall, dass Anna tatsächlich eine Ärztin oder einen Arzt auftrieb, wollte sie nicht in Schweiß getränkt sein.

Mit einem ganzen Tross kehrte Anna zurück. Die Schiffsärztin mit großer brauner Ledertasche in der Hand, August, Maggie, Juan, Alejandro, Benicio, Mateo, Pepe und Anna zwängten sich in die Käfigkabine wie Clowns in ein winziges Auto.

»¿Cómo estás?«, fragte Juan.

»Can you hear us?«, fragte Alejandro extra laut. Er überreichte Caro einen Bund weißer Nelken. So schlimm stand es um sie, dass man ihr Beerdigungsblumen schenkte?

»Genug mit den Besuch. Darf ich untersuchen bitte?« Die Schiffsärztin mit niederländischer Sprachfärbung wies die Besucher vor die Tür. Caro fand, dass die Schiffsärztin mit ihrer Brille und den Segelohren wie ein verschreckter Koboldmaki aussah.

Sie ließ sich Caros Krankengeschichte erzählen, maß den Blutdruck, hörte sie ab und untersuchte ihre Ohren. Das Trommelfell wies keinerlei Unregelmäßigkeiten auf. Wenigstens etwas.

»Hatten Sie Stress?«

»Das kann man wohl sagen.«

»Wie lange planen Sie Urlaub in England?«

»Gar nicht! Ich muss so schnell wie möglich nach Hause.«

»Ich könnte Cortison geben, aber besser Sie warten ab. Viel trinken, keine Stress und erholen. Wenn es nicht besser oder schlechter wird, lassen Sie sich Cortison geben. Als Tabletten oder Tropf.«

»Passt.«

»Und keine Flugzeug!«

»Wie komm ich dann nach Wien?«

»In dem Zustand fliegen ist schädlich für Ohren, wegen Druck.« Die Ärztin packte ihre Instrumente wieder in die Tasche.

Caro überlegte, welche Verkehrsmittel sie von der Insel wegbringen könnten. Zeppelin? Heißluftballon? Speedboat? Drehte die Ark Queen Alexandra um und fuhr sofort wieder nach Hamburg? Aber was nützte ihr Hamburg?

Anna und August durften als Einzige wieder eintreten.

»Was hat sie gesagt?«, fragte Anna.

»Ich darf nicht fliegen.«

»Ich fliege nicht!«, äffte August mit verstellter Stimme Caro und Anna nach.

Anna stieß ihn mit dem Ellenbogen in die Rippen. »Wir wollen halt die Umwelt schützen.«

»Kreuzfahrten demolieren ebenso das Ökosystem.«

»Wir sind auf einer Fähre, so.«

August zeigte auf die Überschrift der Infobroschüre: *Minikreuzfahrt: Hamburg – Southampton.*

»Helft mir lieber, Alternativen zu überlegen!«, sagte Caro. »Ich muss auf jeden Fall Donnerstag in Wien sein!«

»Gehen von Southampton Züge oder Busse nach Frankreich?«

»Fahren sie nicht in *Red mit den Bäumen* mit dem Bus von Wien nach England?«

»Du meinst *Erzähl es den Bäumen*. Das Buch hab ich dir mal empfohlen, so. Und stimmt, tun sie.«

»Was machen wir mit der Asche?« Caro dachte an ihr Versprechen, Retti nach Hause zu bringen.

»Liverpool ist zu weit weg, so.«

»Home of Big Ben?«, fragte August.

»Gibts in London einen besonderen *Beatles*-Ort?«

»Etliche! Das Dach des ehemaligen Apple Studios, auf dem sie ihr letztes Konzert gespielt haben, die Galerie, in der John Yoko kennengelernt hat …«

»Das würde ihr gefallen, so. Retti war immer pro Yoko.«

»Die Abbey Road Studios. Ja, das ist es! Der Zebrastreifen!«

»Ein Zebrastreifen?«

»Der Zebrastreifen! Das berühmte Albumcover, auf dem alle *Beatles* hintereinander über die Straße gehen. Kennt ihr sicher. Ist das bekannteste Bild von ihnen.«

»Von mir aus. Ist auch nicht schlechter als die Garage.«

»Was meinst du?«, fragte Caro August.

»Aye aye Captain!«

Drei Jahre zuvor

3. Jänner

Erste Therapiestunde im neuen Jahr. Wir haben darüber geredet, wie gut mir der Jahreswechsel tut. Es fühlt sich wie ein kleiner Neustart an. Der Tagebuchkalender und der Terminkalender sind schön leer. In diesen weißen Seiten stecken alle Möglichkeiten. Frau Kallwass hat gesagt, dass ich diesen Push nutzen soll. Ich hab das Gefühl, heuer hab ich endlich wieder Energie dafür, was Neues anzugehen. Keine Ahnung, was genau das sein wird. Retti sagt, dass das Einbildung ist und man jeden Tag was ändern kann, wurscht ob im Jänner oder August. Mir kommt vor, sie torpediert alles, was mich besser fühlen lässt. Sie hat über meinen Termin beim Ayurveda-Therapeuten abgelästert und über die Trauma-Release-Exercises, obwohl sie nicht mal gewusst hat, was das ist. Sie sagt, dass ich voll fad geworden bin. Ich hab nicht gesagt, dass ich nichts mehr nehme. Aber mir ist wichtig, darauf zu achten, was und wie viel ich mir zuführe. Nach dem Partymachen gehts mir wochenlang schlecht und das will ich nicht mehr.

21. Jänner

Am Abend fand im Yoga-Studio eine Sonderveranstaltung statt. Ein hawaiianisches Vergebungsritual: Ho'oponopono. Wir waren 20 Leute und sind eine Dreiviertelstunde durch den Raum gegangen und haben, »I'm so sorry. Please forgive me. I love you. Thank you«, mantriert. Wenn ich die Worte schreibe, fang ich wieder zum Plärren an. Am Anfang bin ich mir deppert vorgekommen. Nach circa zehn Minuten hab ich Bilder vor mir gesehen – von all den Exzessen und Hangovern der letzten Jahre. Ich hab das in so einer Ganzheit gespürt. Wie undankbar ich meinem Körper gegenüber gewesen bin. Ich hab so geplärrt, das hat so gutgetan. Danach gab ich mir das Versprechen: Das tue ich dir nicht länger an. Seitdem fühle ich mich ganz klar. Wie eine geputzte Fensterscheibe. Irgendwie schräg. Zu Hause hab ich Retti davon erzählt. Sie hats ›Hop on hop off‹-Ritual genannt und Busgeräusche gemacht. Warum red ich überhaupt mit ihr drüber?

12. Februar

Wow, what a day. Am Nachmittag hat mich die Chefin in ihr Büro gerufen. Ich dachte, dass es Beschwerden gab und sie mich raushaut, stattdessen hat sie mich gefragt, wie es mir geht, wie es mir in der Firma gefällt und was ich für Zukunftspläne hab. Erst wusste ich nicht, was ich sagen soll. Ich hab mich an das Thema Ehrlichkeit in der Therapie erinnert und ihr gesagt, dass ich grad aus einer schwierigen Phase komme und nicht genau weiß, wo es mich jobmäßig hinzieht. Sie hat meine Arbeit gelobt und mich gefragt, ob ich mir vorstellen könnte, als Junior Consultant bei ihnen anzufangen. Mein Magister in Sozialwissenschaften sei eine gute Basis und ich könnte drei Semester berufsbegleitend den Lehrgang zur akademischen Unternehmensberaterin, Trainerin und Coach machen. Die Firma tät mich unterstützen. Ich war komplett überfordert. Sie hat gesagt, ich solls mir überlegen. Ich müsste halt Vollzeit arbeiten und würde mehr verdienen. Je länger ichs sacken lasse, umso gehypter bin ich.

14. Februar

Meine Chefin hat sich voll gefreut. Ab April hackel ich Vollzeit, krieg aber meinen Urlaub für die Tour Ende Mai. Im Oktober beginnt der Lehrgang auf der Privatuni. Die Studieninhalte klingen total spannend. Bis dahin arbeite ich bei verschiedenen KollegInnen mit, die mir ihr praktisches Wissen weitergeben. Die Studiengebühren teilen wir uns. Meinen Anteil ziehen sie monatlich vom Gehalt ab. Im Gegenzug für ihren Anteil verpflichte ich mich, weitere fünf Jahre in der Firma zu bleiben. Falls ich abbreche oder durchfliege, muss ich ihren Anteil zurückzahlen. Das klingt fair. Ich hätte nicht gedacht, dass ich mal da lande, aber es fühlt sich richtig an. Wolfgang hat sich auch sehr gefreut, als ich ihn und Mama angerufen hab. Zum ersten Mal, seit ich bei ihnen ausgezogen bin, kriegt mein Leben Sicherheit und Stabilität und ich arbeite endlich in einem Bereich, für den ich mich nicht genieren muss.

10. März

Ich werde aus der WG ausziehen. Die Komischkeiten zwischen Retti und mir nehmen zu. Mir geht diese starke, fast telepathische Verbindung ab, die wir hatten. Inzwischen nerven wir uns permanent. Ich kann ihr nichts recht machen und umgekehrt find ichs lächerlich, wie sie sich aufführt. Es wird wohl niemals wieder so sein, wie es mal war. Wenn ich auszieh können wir versuchen, eine neue Freundschaft aufzubauen. Neu klingt so deppert, ich will ja nicht vergessen. Außerdem möchte ich mit 33 Jahren mal allein wohnen. Von daheim bin ich direkt mit Michi zusammengezogen und von ihm in die WG. Ich weiß gar nicht, wie es sich anfühlt, nur auf meine Bedürfnisse zu achten. Wenn man heimkommt und die Küche ist exakt so, wie man sie zurückgelassen hat. Anna wird das verstehen. Ich hab Angst vor Rettis Reaktion.

2. April

Nach der Arbeit hab ich den Mietvertrag unterschrieben. Am 30. bekomm ich den Schlüssel und am 1. Mai zieh ich um. Bis dahin muss ich Tausend Sachen klären: Wo krieg ich Umzugskisten her? Passt meine Matratze in Tims Auto? Vorher streichen oder später irgendwann? Blödsinn, wenn die Möbel drinstehen, mal ich nicht mehr aus. Wie komm ich ohne Auto zum Baumarkt? Warum sind die alle am Stadtrand? Umziehen ist sauteuer und mir fehlt allerhand Glumpert. Angefangen von Geschirr und Besteck über Esstisch und Badmöbel bis hin zu Lampen und Deko. Mama leiht mir die Kaution. Ich zahl sie eh so schnell wie möglich zurück. Retti hat sich etwas beruhigt. Vor allem seitdem klar ist, dass August mein Zimmer übernimmt. Ich glaubs erst, wenn er seinen Kautionsanteil und die erste Miete überwiesen hat. Retti und Anna scheinen sich wirklich zu freuen. Wie halten sie den aus? Ich tät nie mit so einem verpeilten Typen zusammenziehen.

21. April

Die Woche wars in der Arbeit superstressig. Ich bin gefühlt zu nichts anderem gekommen. Abends ein paar Stunden ausmisten, das wars. Unpackbar, was ich in den letzten Jahren angesammelt hab. Am Anfang hab ich mir schwergetan was wegzuhauen, aber irgendwann kippt das und man will alles loswerden. Ich freu mich so auf mein eigenes Reich. Dieses Wochenende muss ich außerdem dringend anfangen, die Songs für die Tour zu üben. Retti will insgesamt 30 verschiedene im Repertoire haben und jeden Tag was anderes spielen. Komplett unnötig als Vorband mit 45-Minuten-Set, aber sie lässt nicht mit sich reden. Die Ohrenschmerzen sind komplett weg, was wohl an der langen Pause lag. Ich hoffe, das bleibt so. Ich werd auf jeden Fall die neuen Ohrstöpsel tragen. Die Tour drück ich noch durch, ab Herbst müssen wir sowieso kürzertreten. Zumindest vorübergehend. Vollzeit hackeln, Studium und Band wird mir zu viel. Es sind eh nur drei Semester.

5. Mai

Bei der Probe ists komplett eskaliert. Ich hab mir die Woche extra alle Abende zum Proben freigehalten, obwohl ich in der neuen Wohnung zu tun hätte. Die ersten zwei Songs sind halbwegs gegangen. Beim dritten hab ich solche Schmerzen gekriegt, dass ich kurz rausgehen musste. Den Verkehr am Gürtel konnte ich kaum hören, so laut war das Fiepen. Ich hab die anderen gebeten, sich leiser zu drehen, aber Retti war genervt und meinte, ich übertreibe. Glaubt sie, dass mir die Schmerzen taugen? Zusammenreißen ging nicht. Wie soll ich so live spielen? Ich will nicht dauerhaft Schäden davontragen. Retti ist ausgezuckt, hat mit Kabeln nach mir geschossen und mir vorgeworfen, dass ich absichtlich ihre Karriere ruiniere. Sie hat geschrien, dass ich ohne sie gar nichts wäre und ich die Band jahrelang mit meinem schlechten Spielen runtergezogen hab. Pongsi hätte ihr geraten, mich rauszuhauen. Das ist UNSERE Band. Meine genauso wie ihre. Maren und Tim haben sich komplett rausgehalten. Feiglinge!

14. Mai

Weiterhin kein Wort von Retti. Sie hat mir nicht mal zum Geburtstag gratuliert. Wenn sie glaubt, dass ich den ersten Schritt mache, täuscht sie sich. Sie hat alle E-Mail- und Social-Media-Passwörter der Band geändert, sodass ich keinen Zugriff auf die Konten habe. Wie im Kindergarten. Was glaubt sie, was ich mache? Rachepostings absetzen? Sie hält mich für die Böse, dabei hab ich die Schmerzen, muss wieder zu ÄrztInnen laufen und kann mir anhören, dass das psychisch bedingt ist. Psyche my ass. Ich bräuchte die Unterstützung meiner Freundin! Ich war immer für sie da, ich hab sie sogar geheiratet! Jetzt funktioniere ich ein Mal nicht und sie lässt mich sofort fallen. Anna und Maren haben mir ein paar Nachrichten geschickt. Ich will gar nicht hören, was Rettis Minions zu sagen haben. Sie nehmen sie eh in Schutz. Entweder reden wir direkt oder gar nicht.

18. Mai

Heute war Tourstart in München. Ohne mich. Ich wurde aus der Band gehaut. Auf Instagram und Facebook wurde ich als Bassistin gelöscht. Entweder sie haben einen Substitute für mich gefunden oder Maren übernimmt den Bass und sie spielen mit einer Gitarre. Ich bin froh, dass Wien nicht auf dem Tour-Plan steht. Ich hab kurz überlegt, meinen Urlaub zu streichen und arbeiten zu gehen. Stattdessen wandle ich die Woche in eine Me-Woche um und erledige die letzten Arbeiten in der Wohnung. Es fehlen Rollos und der Schuhschrank muss zusammengebaut werden. Ich war beim Yoga, morgen geh ich in die Morgenmeditationseinheit und übermorgen hab ich wieder einen Termin beim Ayurveda-Therapeuten. Außerdem entdecke ich kochen und backen für mich. Retti hats gehasst, wenn es in der WG nach Essen gerochen hat. Ich hab ganz vergessen, wie lecker Selbstgemachtes schmeckt. Ich bin zufällig auf das Konzept von Intuitive Eating gestoßen. Da isst man das, worauf man Lust hat, so lange, bis man satt ist. Klingt simpel, aber fällt mir voll schwer. Darüber will ich mehr erfahren.

20. Mai

Mir war überhaupt nicht bewusst, wie viele Ernährungsregeln meinen Alltag bestimmen: kein Essen nach 18 Uhr. Falls Brot und Nudeln, dann in der Vollkornvariante. Joghurt und Milch zucker- und fettreduziert. Nüsse und Avocado sind zu fettig und damit tabu. Süßigkeiten gibts in Ausnahmefällen und in kleinen Einheiten. Salat mit Essig-Öl-Dressing gilt als vollwertiges Mittagessen. Und dieser Austausch von Lebensmitteln, um Kalorien zu sparen: Soletti statt Chips, Müsliriegel statt Schokolade, Soft Cake mit Orangengelee statt Schokokekse, Fruchtsorbet statt Schokoeis. Ich fürchte mich total davor, mir zu erlauben, das zu essen, worauf ich wirklich Lust hab, weil ich nicht zunehmen will. Bisher hab ich ungesundes Essen schnell runtergeschlungen, weil ich so ein schlechtes Gewissen hatte. Ohne Genuss. Oft hat das zu einem Fressflash geführt, weil der Tag essenstechnisch eh ruiniert war. Wie fühlt sich Sättigung überhaupt an?

21. Mai

Sauber halten ist weniger Arbeit als Putzen. In der neuen Wohnung ists schön sauber und ich mach jeden Tag mein Bett. Und ich hab aufgehört zu rauchen. Dadurch, dass ichs gleich von vornherein in der Wohnung gelassen hab, wurde es gar nicht erst zur Gewohnheit. Wahnsinn, wie viel sich in den letzten Wochen getan hat. Das mit der Band belastet mich zwar, aber auf anderen Ebenen ist viel weitergegangen. Mir wird bewusst, was für ein falsches Körperideal ich hatte. Ich hab mich jeden Tag mit Retti verglichen, die total untergewichtig ist und keine Hüften hat. Wenn ich Fotos von damals seh, wundere ich mich, wie dünn ich war, obwohl ich mich beim Entstehen der Fotos fett gefühlt hab. Langsam finde ich zu mir selbst, auch wenn ich mich manchmal allein fühle. Für nächste Woche hab ich mich mit Kolleginnen zum Mädelsabend verabredet. Frau Kallwass hat mir die Aufgabe erteilt, bewusst auf andere zuzugehen und neue Freundschaften zu knüpfen.

19

Auf der Aussichtsplattform von Deck 11 tummelten sich früh am Morgen viele Passagiere. Sie hatten wasserabweisende Funktionskleidung über ihre Tierformen gestreift und reckten ihre Hälse in Erwartung an das Einlaufen des Schiffs in den Hafen. Anna, August und Caro standen an der Reling, Taschen, Trolley und Yogamatte zu ihren Füßen. Graue Wolken verdunkelten den Himmel und drohten mit Niederschlag. Caro zerrte den Reißverschluss ihrer Kunstlederjacke bis hoch zum Kinn. Sie wünschte sich eine Mütze oder ein Halstuch. Beim Packen hatte sie nicht mit der Durchquerung von Nordsee und Ärmelkanal gerechnet. Schwindel und Gleichgewichtsstörungen waren in der Nacht verschwunden, aber ihr linkes Ohr blieb taub.

Anna rauchte ihre Zigarette fertig und trat den glühenden Stumpf aus, der sofort davon wehte. Unter ihrer Jeansjacke fummelte sie die Kapuze ihres babyblauen Hoodies hervor, setzte sie auf und schnürte sie zu. Caro fand, dass sie wie Kenny aus South Park aussah. August trug eine Fleecejacke über seinem warmen Flickenhemd. Seine langen Haare zappelten im Wind wie Oktopusarme, ein paar verfingen sich im Bart. Er hatte die Nacht nicht bei Anna und Caro in der Kabine geschlafen, sondern bei Maggie. Mutmaßlich auch mit. So genau wollte das Caro gar nicht wissen. Es zählte, dass er halbwegs pünktlich zur Räumung der Kabine erschienen war.

Die südenglische Küste zog vorbei. An einigen Stellen tropfte sie wie auslaufende Flüssigkeit ins Meer, an anderen stürzte sie steil hinab. Caro kramte ihr Handy hervor. Endlich hatte sie wieder Empfang. Ihr Display füllten Notifications und zahlreiche Nachrichten von David. Eine SMS informierte sie darüber, dass ihre österreichweiten Freimengen in Großbritannien galten. Auf der FlixBus-Website tippte sie ihre Reisedaten ein.

»Um 21 Uhr geht ein Bus von London, der übermorgen um 4:55 Uhr am Hauptbahnhof ankommt. Mit dem schaff ichs rechtzeitig ins Büro.«

»Wie viele Stunden sind das?«, fragte Anna.

»Dreißig Stunden, fünfundfünfzig Minuten. Kostet zweihundertneununddreißig Euro.«

»Du willst ernsthaft nach dreißig Stunden Busfahrt in die Arbeit gehen?«

»Wenns sein muss.«

»Und Aeroplan?«, fragte August.

Caro gab die Daten in eine Flugsuchmaschine ein. »Der günstigste Flug geht morgen 10:35 Uhr von Gatwick. Kostet einhundertneunundachtzig Euro.«

»Der Bus kostet fünfzig Euro mehr?«

»Jo.«

»Ich fliege«, sagte August.

»Bist du böse, wenn ich ausnahmsweise auch fliege?«, fragte Anna.

»Nein! Würde ich auch.«

»Buchst du das bitte für uns? Wir überweisen dir das Geld.«

Caro bezweifelte, dass sie jemals einen Cent davon wiedersehen würde, aber sie hatte als Einzige eine Kreditkarte und konnte die zwei schlecht in England stranden lassen. Also buchte sie die Flugtickets, überlegte jedoch bis zum letzten Schritt, den ärztlichen Rat in den Wind zu schießen und zu fliegen. Wie schädlich konnten zwei Stunden, fünfzehn Minuten in der Luft sein? Dann dachte sie an *I Am The Walrus* und all die anderen tollen Songs und wie tragisch es wäre, sie nie wieder mit Kopfhörern in Stereo zu hören.

»Wo schlafen wir? Am Flughafen?«, fragte Anna August.

»Ein nächtlicher Unterstand kommt sofort, Prinzessin!« Er zückte ebenfalls sein Telefon und drückte darauf herum.

Caro kaufte ihr Busticket. Wenn sie sich die einunddreißigstündige Fahrt vorstellte, kehrte der Schwindel zurück. Zwölfstündige Autofahrten war sie von früher gewohnt, aber einunddreißig waren eine andere Hausnummer.

Sie steckte das Handy und damit die Gedanken an die Fahrt weg und achtete lieber auf die schöne Landschaft.

Das Schiff drosselte seine Geschwindigkeit, fuhr an der Isle of Wight vorbei und gemächlich in die Bucht ein. Der Hafen von Southampton kam in Sichtweite.

»Das Nachtlager ist geklärt«, sagte August, ohne vom Telefon aufzusehen. »Eine Bekannte beherbergt uns. Wir können unsere Fracht bei ihr lagern, bevor wir zum Schutzweg aufbrechen.«

»Und wie kommen wir nach London?«, fragte Caro.

»Omnibus oder Lokomotive.« August packte sein Handy weg und rollte gegen den Wind kämpfend eine Zigarette.

Der Riesenkoloss visierte die kleine Anlegestelle an. Schiffsarbeiter warfen armdicke Taue an Land, die Hafenarbeiter am Ufer befestigten. Dann leerte sich die Aussichtsplattform.

»Kommst du Freitag zur Beerdigung?«, frage Anna.

Caro bewegte ihren Kopf sanft hin und her, damit die Argumente darin durcheinanderpurzelten. Bisher hatte sie es kategorisch ausgeschlossen, aber nachdem, was sie in den letzten Tagen gemeinsam erlebt hatten, kam es ihr wie ein passender Abschluss vor. »Vielleicht?«

»Ich würde mich sehr freuen und Retti hätte sich auch gefreut, so. Zumindest zur Beisetzung auf dem Zentralfriedhof. Du musst auch nicht Bass spielen! Versprochen! Und dass du mit deinem Ohr die Party danach auslässt, ist eh klar.«

»Apropos.« August holte einen zerknitterten Briefumschlag aus seiner Hose und reichte ihn Caro.

Vorsichtig löste sie die zugeklebte Lasche und entnahm zwei Fünfzigeuroscheine und ein Foto.

»Dein Salär.«

Anna schnappte sich das Foto, das beim gestrigen Konzert entstanden war. »Wie süß. Wer hat das gemacht?«

»Maggie.«

»Thanks for your help. You sacrificed your ear for great music«, las Anna die Rückseite vor. »Darunter haben alle unterschrieben.«

»Ich glaube nicht, dass ich das unterschreiben würde«, sagte Caro.

»Du schaust so glücklich aus.«

Tatsächlich strahlte Caro auf dem Bild von der Fußsohle bis zum Haaransatz. Sie entriss Anna den Schnappschuss und steckte ihn zusammen mit den hundert Euro in ihr Portemonnaie.

»Nützt ja nix.« Sie freute sich, ein Andenken an ihr letztes Konzert zu haben. Der Gedanke fühlte sich bittersüß an. Das Bassspielen hatte ihr viel Freude bereitet und das war zwangsweise vorbei. Für immer, dessen war sie sich sicher.

»Wenigstens hat mir der Gig fast die Hälfte der Rückfahrt finanziert.«

»Stets zu Diensten.« August überkreuzte seine Beine und verbeugte sich theatralisch.

»Nicht dein Ernst! Du kannst froh sein, dass Caro dir den Arsch gerettet hat, so.«

Eine Lautsprecherdurchsage rief dazu auf, sich zu den Ausgängen auf Deck 2 und 3 zu begeben. Anna nahm August die Zigarette aus dem Mund, machte selbst den letzten Zug und trat sie aus.

Dann schlossen sie sich dem Menschenstrom an, der sie nach unten schwemmte. Auf Deck 4 trafen sie die Schäfers und Nicht-Norbert wieder.

»Guten Tag«, begrüßte Anna Nicht-Norbert. »Wie gehts Ihnen?«

»Gut, gut«, antwortete er.

»War der Rest Ihrer Reise angenehm?«, fragte sie Sabine und Henning.

»Ja. Danke noch mal für gestern«, sagte Sabine.

»Was war'n gestern?«, fragte Nicht-Norbert.

»Sie haben uns bei etwas geholfen, Papa.«

»Jaja, ich weiß. Mit den Vorhängen.«

»Wir würden uns gerne irgendwie erkenntlich zeigen«, sagte Sabine zu Anna.

»Das ist nicht –«

»Reisen Sie in die Swinging City?«, fragte August.

»Nein, wir fahren nach London.«

»Mit welchem Vehikel?«

»Wir haben ein privates Shuttle gebucht und werden vom Terminal abgeholt«, sagte Henning.

»Gibt es darin Freiraum für drei?«

»Dass Sie mit uns mitfahren?«, fragte Sabine. »Ähm, ich weiß nicht.«

»Müssen wir mal schauen ... Ich ... ich kann mir nicht vorstellen, dass –«

»Klar ham wa was frei. Du fährst doch diesen Kombi.«

»Den fahr ich seit zwanzig Jahren nicht mehr, Papa.« Sabine lachte verlegen.

»Wir wären Ihnen sehr dankbar«, sagte Anna.

»Unsere Gefährtin benötigt dringend medizinische Versorgung.« August streichelte Caros Oberarm.

»Warum das denn?«, fragte Sabine.

»Ach, ein kleines Problem mit –«, setzte Caro an.

»Klein? Du bist halbseitig taub!« August sprach übertrieben laut. »Laut Doktorin Hörsturz«, sagte er leiser. »Sie benötigt absoluten Seelenfrieden. Eine Fahrt mit der Lokomotive führt zu chronischem Hörverlust.«

»Das tut mir sehr leid«, sagte Sabine. »Wir finden eine Lösung.«

»Danke.« Anna unterstrich Caros Bedürftigkeit, indem sie sie tätschelte.

Einerseits missbehagte es Caro, die Freundlichkeit dieser Menschen auszunutzen, andererseits wäre es mit Abstand die komfortabelste, schnellste und günstigste Möglichkeit nach London zu kommen.

Sie schoben sich durch die breiten Gänge bis in die prunkvolle Lobby auf Deck 3 und verließen das Schiff über die Passagierbrücke.

»Wo fliegen wir'n hin?«, fragte Nicht-Norbert.

»Wo würden Sie denn gerne mal hinfliegen, so?«

»In die Karibik.«

»Oh ja, das würde mich auch reizen.«

»Wir fliegen nirgendwohin, Papa. Wir kommen an.«

Im Terminal ordneten sie sich in die Schlange zur Einreise ein und wiesen ihre Pässe vor. Nicht-Norbert ging zum Fenster und betrachtete das Schiff.

»Papa, wir müssen die Koffer abholen.«

»Ich guck mir das hier an.«

»Nee, du kommst bitte mit!«

»Gehen Sie ruhig, wir bleiben bei ihm«, sagte Anna.

Sabine schaute von ihrem Vater zu Henning, der den Gepäckausgabeschalter ansteuerte. »Wir beeilen uns.«

»Das wär nix für mich«, sagte Nicht-Norbert.

»So eine Schifffahrt?«, fragte Anna. »Warum nicht?«

»Nee, dieses Rumgewackel muss nich sein. Und wer weiß, wie das Essen schmeckt. Irmi kocht besser.«

»Ich hab gehört, es soll schmecken, aber die Portionen sind zu klein.«

»Ich bleib lieber zu Hause.«

»Ist auch schön.«

»Richtig.«

»Unser Chauffeur«, sagte August und ging zum Mann im blauen Sakko, der ein iPad mit dem Namen *Schafer* in die Höhe hielt.

»Warte!«, rief Caro ihm nach. August ignorierte sie. »Wir sollten auf Henning und Sabine warten.«

»Er klärt das schon«, sagte Anna.

Nicht-Norbert wurde nervös. Er sah sich hektisch um wie jemand, der bemerkt hatte, dass sein Handy fehlte.

»Keine Sorge, Biene ist gleich wieder da«, sagte Anna zu ihm. »Sie holt schnell den Koffer.«

»Den kriegt se doch gar nicht gehoben, der ist zu schwer. Irmi schleppt so viel Krempel mit.«

»Sie schafft das schon.«

August kehrte zurück. »Erledigt. Gibt ausreichend Freiraum.«

»Wir sollten erst Sabine und Henning fragen, ob das für sie wirklich in Ordnung ist«, sagte Caro.

»Ach, Henning«, sagte Nicht-Norbert. »Der ist so'n Miesepeter.«

Sie konnten sich ein Grinsen nicht verkneifen.

Sabine und Henning kamen mit zwei großen Koffern zurück.

»Hast du fertig geshoppt?«, fragte Nicht-Norbert.

»Wir haben unsere Koffer geholt, Papa!«

»Das hat dein Kumpel auch gesagt, aber ich seh doch, dass du shoppen warst.«

»Meinst du die junge Frau, Papa? Das ist kein Mann.«

»Schon okay«, sagte Anna.

»Zum Transport bitte folgen.« August dirigierte die Kleingruppe zum Fahrer, der etwas abseitsstand.

Der Fahrer nahm Sabine den Koffer ab und ging zum dunkelgrauen kastigen Ford. Auf dem Parkplatz wuselte es. Menschen schrien sich an und beleidigten einander. Es ging zu wie beim Pensionistenäquivalent vom Altamont Free Concert. Der Fahrer lud die Koffer der Schäfers ein, Anna und Caro reichten ihm ihr Gepäck.

»All of you?«, fragte er August. »I told you, I have only five seats!«

»No problem.« August warf seinen Rucksack in den Kofferraum, kletterte hinterher und verwendete ihn als Sitzsack.

»No, no, no! The booking says three people.«

»It's an emergency. We have to get our friend to the hospital and these lovely people offered their help«, sagte Anna.

»Why hospital?«

»She's deaf.«

»Hast du was gesagt?« Diesmal spielte Caro mit.

»But the insurance ...«

»Don't worry. It's on me«, sagte August.

Nicht-Norbert stützte sich an der Innenseite des Autos ab und versuchte ebenfalls in den Kofferraum zu steigen.

»Das lässt du mal schön.« Sabine hielt ihn fest. »Du sitzt hier.« Sie öffnete die seitliche Schiebetür, half ihm hinein und schnallte ihn in der Mitte fest.

Der Fahrer wägte vermutlich ab, ob er Ärger mit der Polizei oder mit seinem Arbeitgeber riskieren sollte, falls sich die Herrschaften über ihn beschwerten.

»Au.« Caro griff sich ans linke Ohr.

»We really have to go«, sagte Anna. »It's urgent.«

August baute das Gepäck in Tetrismanier um sich herum, sodass nichts umfallen konnte und er es den Umständen entsprechend bequem hatte.

»Your responsibility!«, sagte der Fahrer. »And make yourself small, so nobody sees you.«

»Aye aye captain.«

Sie stiegen ein: Sabine und Henning hinten, Anna und Caro vorne links. Caro rutschte in die Mitte.

»We have to go to Sumatra Road, West Hampstead«, rief August.

Der Fahrer schnaufte, löschte die Hoteladresse der Schäfers aus dem Navi, gab die Sumatra Road ein, startete den Wagen und fuhr los. Sabine und Henning sagten kein Wort, aber Caro konnte sich vorstellen, dass sie nicht besonders amüsiert waren.

Es staute sich vom Hafen durch Southampton bis zur Autobahn. Die dunklen Wolken gaben den Regen frei und dicke Tropfen klatschten gegen die Fenster. Die Scheibenwischer quietschten über die Frontscheibe. Im Radio lief Indiemusik, die Caro als Gesprächseinstieg mit dem Fahrer nutzte. Er kannte sich super aus und war im Gegensatz zu Caro up to date was neue Rock- und Indiebands anbelangte.

»What's your favorite band?«, fragte der Fahrer Caro.

»*The Beatles.*«

»Do you know *Bambi Kino?*«

»Sure, it's a cinema in Hamburg, we –«

»No, the band.«

»There's a band called *Bambi Kino?*«

»Yeah, they're playing tonight.«

»Habt ihr das gehört?« Caro wandte sich an Anna und August. »Am Abend spielt eine Band namens *Bambi Kino!*«

»Seriously? Where?«, fragte Anna.

»At a pub in Piccadilly.«

»Ein Zeichen!«

»Da müssen wir hin, so.«

»I can't go. I have to get the bus«, sagte Caro.

»I thought you needed to go to the hospital?«

»Yes, first hospital, then take the bus home. I'm not allowed to fly, because of my ear.«

Nach zweieinhalb Stunden fuhren sie von Nord-Westen kommend nach London rein. Der Smog siebte die dicken Tropfen durch, sodass feiner Sprühregen übrig blieb. Das Gewerbegebiet, die grünen Felder, großen Supermärkte und kleinen Häuschen erinnerten an ein englisches Wiener Neustadt. Nichts wies darauf hin, dass wenige Kilometer sie von berühmten Sehenswürdigkeiten wie Buckingham Palace, Westminster Abbey und Big Ben trennten.

Sie bogen in ein Wohnviertel ein, in dem sich gleichförmige Reihenhäuser an der Straße auffädelten: roter Backstein, weiße Fenster, Erker mit Spitzdach und Alibivorgarten.

»Number?«, fragte der Fahrer.

»66«, sagte August.

Er hielt vor einer Kurve. »I don't see no hospital.«

Anna und Caro nuschelten schnell ein Danke und eine Verabschiedung und hüpften aus dem Auto. August warf ihr Gepäck auf die Straße, sprang hinterher und klopfte zweimal mit der flachen Hand gegen das Heck, als Zeichen, dass der Fahrer losfahren konnte.

August ging vorneweg auf das Haus mit der Nummer 66 zu, das einzig weiß gestrichene in der Straße. Caro rechnete damit, dass eine englische Augustversion sie empfangen würde. Etwas lässiger und durchgestylter, definitiv eingeraucht und komplett verpeilt. Wer sonst quartierte an einem Dienstagvormittag spontan Gäste bei sich ein?

Eine Mitte Sechzigjährige öffnete ihnen.

»Hallo Bruder«, begrüßte sie August und umarmte ihn.

»Ahoi Schwester. Das sind meine Gefährtinnen Anna und Caro.«

»Ich bin Eva. Kommt rein, kommt rein, ihr werdet ganz nass.«

Die drei betraten hinter ihr den schmalen Flur. Links führte eine Treppe steil nach oben, rechts versperrte eine Tür den Blick in einen weiteren Raum.

War das tatsächlich Augusts Schwester? Vom Alter her wäre Mutter eher hingekommen. Und warum hatte er sie vorhin als Bekannte bezeichnet?

Eva trug ein fliederfarbenes, langes Sackkleid mit weißen und schwarzen Strichen, die sich um ihre rundlich-weiblichen Konturen wanden, die darunter lediglich zu erahnen waren. Ihre weiß-blonden Haare waren zu einer schicken Kurzhaarfrisur geschnitten und ihre wachen, dezent geschminkten Augen leuchteten hinter einer roten Ray-Ban-Brille. Caro fand, dass sie wie eine Hebamme aussah, die selbst in brenzligen Situationen Ruhe bewahrte. Sie wirkte so sympathisch, dass es unheimlich war.

»Ich mach uns Tee. Die erste Gewohnheit, die man annimmt, wenn man nach England zieht.« Eva verschwand im Raum am Ende des Flurs.

Anna, August und Caro zogen ihre Schuhe aus und betraten das kleine gemütliche Wohnzimmer, das über einen Durchgang mit der Küche verbunden war.

»Nehmt Platz, nehmt Platz«, sagte Eva.

»Seit wann residierst du hier?«, fragte August, der sich in den Durchgang stellte. Anna und Caro setzten sich auf das cremefarbene Dreiersofa.

»In dem Haus? Erst seit zwei Jahren. Die Gegend ist sonst sehr teuer. John kannte jemanden, der es uns günstig vermittelt hat.«

»Und seit wann in England?«

»Sechs Jahre? Sieben? Seitdem ich in Rente bin. John wollte immer wieder zurück und dann hat sichs ergeben. Kennst du ihn eigentlich?«

»Namentlich. Er hat uns letztes Jahr beim Österreich-Treffen beehrt, da war ich verhindert.«

»Ich war leider krank und musste absagen. Hatte schon das Flugticket.«

Für Caro klang das Gespräch nicht geschwisterlich vertraut, sondern als lernten sie sich erst kennen. Sie schaute sich um. Das Haus wirkte beengter, als man von außen gedacht hätte. Das spannendste Möbelstück war in der Ecke aufgebaut: ein quadratisches Tischchen mit roter Samttischdecke. Darauf lagen seltsame Gegenstände: Figürchen unterschiedlicher Größe, ein Räuchergefäß samt Kohle, ein goldener Kelch, zwei lange knochenartige Teile und ein silberner achtstrahliger Sternenanhänger, der sie an den Aufnäher auf Augusts Armyrucksack erinnerte.

Eva kam mit Tablett zum Couchtisch.

»Gefällt dir der Altar?«, fragte sie Caro, die ertappt zusammenzuckte. »Habt ihr auch mit Magie zu tun?«

»Njet«, antwortete August für sie.

Caro staunte, mit welcher Selbstverständlichkeit Eva das Wort ›Magie‹ in den Mund nahm. Glaubte sie etwa daran? Dass so jemand wie August davon fantasierte war eine Sache, aber Eva wirkte vollkommen normal. Nicht mal sonderlich esoterisch.

»Du kannst dir die Paraphernalien gerne angucken«, sagte Eva. »Die Kali-Statue habe ich letzte Woche im Treadwells gekauft.«

Caro lächelte höflich und rührte sich nicht. Sie fürchtete, dass sich die langen Teile tatsächlich als Knochen herausstellen könnten.

»Nehmt euch, nehmt euch.«

Eva und August setzten sich in die Korbsessel. Anna verteilte die Tassen und schenkte allen Schwarztee ein. Caro trank normalerweise keinen Schwarztee, aber wollte nicht unhöflich wirken.

Der Small Talk plätscherte so dahin, streifte die kulturellen Unterschiede von Deutschen, Österreichern und Briten, das britische Wetter und landete bei ihrer unvorhergesehenen Reise nach London. August erzählte nichts von Rettis Asche, dafür alle Details ihres Drogenkonsums und der Paranoia. Caro rutschte auf ihrem Platz hin und her. Musste er das hinausposaunen? Anna äußerte hin und wieder Zustimmungslaute, davon abgesehen überließ sie August die Redebühne. Er berichtete von Caros Hörsturz. Hätte er nicht einfach behaupten können, dass Caro aus Umweltschutzgründen den Bus bevorzugte? Stimmte ja sogar. Prinzipiell.

»Ich hab was für dich«, sagte Eva zu Caro.

Sie holte ein Stück Alufolie aus der Küche und ging damit zum Altar-Tischchen in der Ecke. Unter dem Samttuch zog sie eine verzierte Holzschachtel hervor. Sie entnahm ihr eine Tafel Cadbury Milchschokolade, riss die Verpackung auf, brach zwei Rippen ab und wickelte sie in Alufolie ein.

»Die wird dir helfen. Ist mit Heilungsenergie geladen.«

Caro bedankte sich artig und hielt es für Schwachsinn. Von wegen Heilungsenergie. Das war handelsübliche Schokolade! Sie war nicht mal mit Heilkräutern umwickelt oder in Ziegenblut getränkt.

»Wollen wir langsam los?«, fragte Caro.

»Von mir aus.« Anna stand auf.

»Ich bring euch hin.«

»Das ist nicht –«, setzte Anna an.

»Merci«, sagte August und verhinderte damit eine Widerrede. Hatte er sie vorab in den Plan eingeweiht?

»Packs ein, packs ein«, sagte Eva zu Caro und drückte ihr die verpackte Schokolade in die Hand, die Caro absichtlich liegen lassen wollte.

Im Flur löste ihre achtlos hingeworfene Yogamatte ein schlechtes Gewissen aus. Sie hatte seit Tagen nicht praktiziert. Die Matte symbolisierte ihr eigentliches Leben, das ihr mit jeder Stunde, die sie mit Anna und August verbrachte, zunehmend entglitt.

August entleerte den Inhalt seines Rucksacks und steckte zum roten High-Heel-Lack-Plateau-Stiefel, den Anna ihm gab, seine Acrylkugeln und das Walross ein.

»Was ist das?« Caro zeigte auf den Aufnäher.

»Ein Chaosstern«, sagte August.

»Aha.« Sie würde später danach googeln.

›Stelle nie eine Frage, deren Antwort du nicht wissen willst‹, hatte Retti zu sagen gepflegt, und es dauerte, bis Caro die Weisheit dieser Aussage erkannte und noch länger, bis sie sie beherzigte.

Zwei Jahre zuvor

31. August

Busy Arbeitstag. Mir kommt vor, der Petzmann wälzt alle mühsamen Arbeiten auf mir ab. Ich zerbrech mir den Schädel und er streift das Lob ein. Bald setze ich meine eigenen Projekte um. Nur mehr ein Semester. Arg, wie schnell das Jahr vergangen ist. Ich hab das Gefühl, erst richtig auf der Uni anzukommen und schon muss ich die Abschlussarbeit schreiben. Ich freu mich voll aufs letzte Semester. Ich brauch was Schönes. Den ganzen Tag war ich schlecht drauf, was auch an Rettis Geburtstag lag. Sie fehlt mir noch immer. Kurz hab ich überlegt, ihr zu schreiben. Aber sie würde meine Nachricht ignorieren und dann gehts mir noch schlechter. Und sie fehlt mir nicht, wie sie ist, sondern wie sie war. Mir fehlt unsere alte Freundschaft.

6. September

Es ist so herrlich, sonntags unverkatert aufzuwachen. Ich war bissl angeheitert. Früher hätte das gereicht, um Craving auszulösen. Zum Glück ist das vorbei. Dafür war ich angeheitert genug, um am Heimweg Rettis WhatsApp-Profilbild und Instagram zu checken. Warum? Ich sollte sie endlich auf allen Kanälen blockieren und ihre Nummer löschen. Als endgültigen Schlussstrich. Scheidung tät dazugehören. Ich will ihr nicht ohne Vorwarnung die Krankenversicherung entziehen. Kann ich wo nachschauen, ob sie grad bei mir mitgemeldet ist? Scheidung ist reine Formalie, das kann ich irgendwann erledigen. Was zählt, ist der emotionale Abschluss. Ich will nicht mehr plärren, wenn ich an sie denke. Es gibt so viele Songs, Filme und Bücher über Trennungen, aber wie kommt man über eine Freundschaft hinweg? Darüber sollte Lana Del Rey mal ein Album machen.

Negative Eigenschaften von Retti, die mir nicht fehlen:

- Emotionale Härte. Mir hat getaugt, dass sie so tough ist, aber manchmal wars zu viel.
- Judginess.
- Ihre Dominanz. Sie hat ohne zu fragen so viele Entscheidungen für mich mitgetroffen.
- Shoppingwahn. Es ist komplett unnötig, für jeden Gig ein neues Bühnenoutfit zu kaufen.
- Ignoranz gegenüber Umweltschutz.
- Verdorbene Lebensmittel im Kühlschrank.
- Gestörtes Essverhalten und Abnehmobsession.
- Ihre Make-up-Flecken in meiner Bettwäsche.
- Dass sie meine Sachen benutzt hat, wenn ihre leer waren.
- Drogen. Das ist keine Eigenschaft von ihr, aber ich verbinde Drogen mit ihr.

29. Oktober

Ich hab mich den ganzen Tag so gefühlt, als hätte mich ein Auto überfahren. Ich fühl mich grausig, fett und ungeliebt. Es gibt keinen konkreten Grund dafür. Im Job und auf der Uni rennts eh, aber wer sagt einem, ob man wirklich richtig steht, wenn im echten Leben kein Licht angeht? Ich hatte wieder so einen Fressflash und hab mich vollgestopft. Ich hab geglaubt, dass ich das hinter mir gelassen hab. Manchmal frag ich mich, ob meine Gehirnchemie außer Balance ist, wegen dem vielen Partymachen von damals. Hab ich alle Glückshormone ausgeschüttet, die zur Verfügung stehen, sodass mein Gehirn unter einem chronischen Defizit leidet? Ich hab beim Googeln eine Studie gefunden, laut der ehemalige Ecstasy-KonsumentInnen genauso von Depressionen und Schlafstörungen betroffen sind wie gegenwärtige KonsumentInnen, selbst wenn sie seit vier bis neun Jahren abstinent sind. Wie würde es mir gehen, wenn ich das Zeug nie angerührt hätte?

20

Mit der Jubilee Line fuhren sie zur Bond Street, stiegen in die Central Line um und fuhren weitere zwei Stationen bis zur Tottenham Court Road. Die Wolken hatten das Gießen eingestellt und zogen unschuldig über den blauen Himmel. Die Gebäude entsprachen dem Bild einer Großstadt. Auf der Straße sausten rote Doppelstockbusse und schwarze Taxis vorbei.

Eva gab den Weg vor und plauderte angeregt mit August. Die Touristenmasse verdichtete sich und die Schaufenster der Shops füllten sich mit billigem Souvenir-Ramsch. Links stand ein klassizistischer Bau in griechischem Stil, der aufgrund seines Säuleneingangs wie der große Bruder des österreichischen Parlaments aussah. Er gehörte zu einem pompösen Gebäudekomplex, den ein drei Meter hoher schwarzer Zaun mit goldenen Spitzen umschloss.

»Ist das der Buckingham Palace?«, fragte Caro und grätschte damit ins Gespräch von August und Eva.

»Nein, das British Museum«, sagte Eva und wandte sich direkt wieder August zu. »Wie gesagt, beim letzten Tempeltreffen …«

Die beiden steuerten den Eingang des Prunkbaus an.

Fragend sah Caro zu Anna, die ihre Unwissenheit ausdrückte, indem sie ihre Handflächen nach oben drehte.

August und Eva stellten sich in die Besucherschlange, die in ein weißes Zelt führte.

Caro zog Anna zur Seite. »Was machen wir hier? Das ist nicht Abbey Road.«

»Woher soll ich das wissen?«

»Frag mal nach.«

»Frag selbst, so. See it. Say it. Sorted«, zitierte Anna den Sicherheitshinweis, der in der Metro hing und über den sie sich auf der Herfahrt amüsiert hatten.

Sie wollten zu August und Eva aufschließen, wurden aber forsch ans Schlangenende verwiesen. »No queue jumping!«, keifte eine Frau mit fauligen Zähnen in einem Ton, als hätten sie versucht, einen Blinden im Rollstuhl die Treppe runterzustoßen.

Reumütig gingen sie einige Meter zurück, wo sich die Reihe schneller formte, als sie sich vorne auflöste.

»Oh oh«, sagte Anna. »Sie durchsuchen die Taschen.«

»Mist! Wir müssen August warnen! Er hat den Stiefel.«

»Wenn du so rumschreist und wir weglaufen, werden sie erst recht misstrauisch.«

»Wir tun so, als hätten wir uns geirrt und wollten gar nicht reingehen. Wollen wir ja auch nicht, oder?«

Zu spät. Eva öffnete ihre Handtasche für die Sicherheitsbeamtin, die kurz hineinspähte und Eva anschließend grob abtastete. August zeigte einem Security den Inhalt seines Rucksacks, der beim Anblick des roten High-Heel-Lack-Plateau-Stiefels grinste und August durchwinkte. Augusts Bauchtasche ignorierte er. Kurz darauf passierten Anna und Caro die Sicherheitskontrolle, die so oberflächlich war, dass die Security maximal Maschinengewehre und Macheten aus dem Verkehr gezogen hätten. Caro wollte wissen, was um alles in der Welt sie hier taten, aber August und Eva waren zu weit vorne, um sie zur Rede zu stellen. Die beiden betraten das Gebäude und warteten auf dem imposanten Platz.

Der Boden aus Balzac-Kalkstein passte farblich zu den elfenbeinbeigen Wänden und Säulen. Das Zentrum bildete ein hoher, kreisförmiger Raum zu dessen Eingang breite Stufen hinaufführten. Caro war vollkommen überwältigt.

»Das runde Ding war früher der Lesesaal«, sagte Eva. »Er ist dem römischen Pantheon nachempfunden. Deswegen die Kuppelform. Leider kann man ihn zurzeit nicht besichtigen.«

»Und das Dach?«, fragte Caro, zu beeindruckt, um eine präzisere Frage zu formulieren.

»Gibt es seit dem Jahr 2000, vorher war oben offen. Es besteht aus über dreitausend einzelnen Scheiben, die eine Stahlkonstruktion zusammenhält. Stammt übrigens von einer österreichischen Firma. Ist der größte überdachte Platz Europas.«

»Wo ist das Prachtstück?«, fragte August.

»Gleich da vorne. Kommt mit, kommt mit!« Eva führte sie in einen dunkelgetäfelten Raum und steuerte direkt auf einen frei stehenden Glasschrank zu. »Da ist er.«

»Religion and Ritual. Case 20. Magic, Mystery and Rites«, las Anna das schwarze Täfelchen.

»Magnifique.« August ging so nah wie möglich ans Glas heran, ohne es zu berühren.

»Was soll das sein?«, fragte Anna.

»Der Stein von John Dee«, sagte Eva.

»*Der* Stein«, wiederholte August.

»Dr. John Dee war ein Magier im 16. Jahrhundert, der für König Elisabeth I. als Mathematiker, Alchemist und Astrologe arbeitete. In magischen Kreisen ist er vor allem für seine Arbeit mit den henochischen Engeln bekannt, mit denen er und Edward Kelley kommuniziert haben. Und dafür haben sie diesen Stein genutzt.«

»Schaut aus wie ein Tischtennisschläger.«

»Silentium.« August fixierte den Stein, als handelte es sich um eine heilige Erscheinung, die gleich verschwinden würde.

So wichtig kann das Ding nicht sein, wenn sich außer August keiner dafür interessiert, dachte Caro.

»Hast du jemals damit gezaubert?«, fragte August.

»Mit henochischer Magie? Teilweise. John hat Rituale mit den Schlüsseln gemacht, bis es ihm zu heftig wurde. Ich verwende die Sprache gerne für Anrufungen.«

Wovon redeten die zwei da? Was für eine Sprache?

»Verborgt ihn das Museum für einige Stündchen? Von Sonnenuntergang bis Sonnenaufgang?«

»Das wäre schön.«

»Ist dir wer bekannt, der im British Museum einer Tätigkeit nachgeht und Zugang hätte?«

»Leider nein.«

»Können wir weiter?«, fragte Anna.

»Zwei Momente«, sagte August.

»Was steht als Nächstes auf dem Programm?«, fragte Eva.

»Abbey Road. Wir wollen ein Foto auf dem Zebrastreifen machen.«

»Unsere Caro ist riesiger *Beatles*-Fan«, sagte Anna. »Sie hat sogar mal in einer *Beatles*-Coverband gespielt.«

Widerwillig löste sich August von der Vitrine.

»Hast du was gesehen?«, fragte Eva.

»Schemen.«

»Es gibt etliche sehenswerte Stücke. Rosettas Stone ist da hinten. Die berühmte Inanna Stele ist im ersten Stock. Wo sie auf dem Löwen steht, mit den Eulen daneben?«

»Die müssen wir –«

»Nein! Wir haben was zu erledigen, so. Deinen Museumsbesuch kannst du ein andermal fortsetzen.«

August trottete hinter den Frauen her zum Ausgang. Draußen tröpfelte es leicht.

»Mist«, sagte Caro. »Wie sollen wir denn bei Regen –«

»Das hört gleich wieder auf.« Anna schaute blinzelnd in den Himmel.

Wie ferngesteuert wanderten sie zur Tottenham Court Road, während der Regen sich verstärkte und die Menschen ihre Schirme aufspannten. Caro hielt ihren Stoffrucksack über den Kopf, doch die Arme wurden schwer.

»Wir müssen uns unterstellen.« Sie wollte zu ihren Ohr-Problemen keine Erkältung riskieren. Anlaufstelle wurde der nächstbeste Coffee Shop. Eine Idee, die Dutzende andere teilten, die sich im Eingangsbereich drängten und das Wasser von der Kleidung klopften.

»See it. Say it. Sorted«, sagte sie zu Anna.

»So funktioniert das nicht. ›Nützt ja nix‹ ist universeller.«

»Wieso? Ich hab bemerkt, dass es gießt, hab gesagt, dass wir uns unterstellen müssen und habs geregelt. Außerdem hab ich Hunger. Haben die was Deftiges?« Caro ging zum Kühlregal.

»Solange ihr Rast haltet, besorge ich Taler.«

»Bei dem Wetter?!«, fragte Anna.

»Ich treibe einen Unterstand auf. Fünfzehn Minuten.« Er küsste Anna auf die Wange, zog seine Fleecejacke über den Kopf und huschte wieder hinaus.

»Tee?«, fragte Eva.

Caro entschied sich für einen Plant Kitchen Nutty Salad mit Quinoa, Edamame, Sojabohnen, Erdnüssen, Mandeln, Pistazien, Bohnen-Tahin-Dipp und Soja-Ingwer-Dressing.

»Bestellst du mir einen Cappuccino mit? Ich such uns einen Platz«, sagte Anna und zwängte sich durch die Menge.

Sie tut nicht mal mehr so, als würde sie ihn selbst bezahlen, dachte Caro. Mit ihrem Salat in der Hand wartete sie neben Eva in der Schlange.

»Wird wohl etwas dauern …« Was sollte sie mit Eva reden?

»Richtig, richtig. Da hätten wir die Inanna Stele ansehen können.«

Caro wusste nicht, wer Inanna oder was eine Stele war. »Anna und ich haben geglaubt, dass wir direkt zu Abbey Road fahren. Wir hatten keine Ahnung von Augusts Museumsplan.«

»Ach so. Er hat mich gebeten, ihm den Stein zu zeigen. Für uns Magierinnen und Magier ist der was ganz Besonderes.«

Platsch. Eva sprang geradewegs in das Thema, das Caro umschiffen wollte. Warum eigentlich? Retti hätte ihr Gegenüber in so einer Situation ausgehorcht. Caro kratzte ihren Mut zusammen. »Darf ich dich was fragen?«

»Alles.«

»Glaubst du wirklich daran, dass ein Mann mithilfe dieses Steins mit Engeln gesprochen hat?«

»Es waren zwei Männer. Und ich glaube, dass sie es geglaubt haben. Und dass es möglicherweise keine absoluten Wahrheiten gibt. Ob das tatsächlich Engel waren, weiß ich nicht. Aber sie haben Wissen akkumuliert, das es vorher nicht gab und ihre Aufzeichnungen, auf denen die henochische Magie basiert, werden bis heute angewendet.«

»Und was ist mit schwarzer Magie?«

»Kommt drauf an, was du darunter verstehst.«

»Teufelsanbetungen? Katzen opfern? Jemandem Schaden zufügen?«

Eva lachte. »Ich könnte keinem Tier was zuleide tun und der Teufel will nicht angebetet werden, der will, dass man ihm auf Augenhöhe begegnet.«

Was sollte Caro darauf erwidern?

»Ich verstehe unter schwarzer Magie«, fuhr Eva fort, »dass man den wahren Willen einer Person ignoriert und ihr den eigenen aufzwingt. Insofern sind soziale Medien und Marketing sehr effektive Methoden schwarzer Magie.«

»Wie meinst du das?«

»Der Algorithmus von X, Facebook und Instagram pusht Content, der schlechte Laune verursacht. User werden bewusst wütend und traurig gemacht, damit sie auf der Plattform bleiben. Und auf TikTok werden mehr Katzen gequält als in irgendwelchen Ritualen. Es werden sogar Videos von echten Suiziden, Köpfungen und Erschießungen verbreitet und in den Kommentaren machen sich Menschen darüber lustig. Wenn das kein Paradebeispiel schwarzer Magie ist!?«

Caro wusste nicht, was auf TikTok rumgeschickt wurde. Sie war nicht auf TikTok. Ihrer Meinung nach hatte dort niemand über dreißig was verloren und sie wunderte sich, dass sich Eva damit auskannte.

»Woher kennst du August eigentlich?«

»Über die Magie. Oktarine. Chaosmagie.«

Chaos? Das sagte Caro was. »Der Stern auf Augusts Rucksack!«

»Genau.«

»Und was ist das?«

»Wir nehmen von unterschiedlichen magischen, energetischen und Glaubenssystemen, was für uns funktioniert, verwenden das und gehen zum nächsten über. Oder wir basteln uns aus all dem unser eigenes System.«

»Was meinst du mit ›Glaubenssystem‹? Die katholische Kirche?«

»Genau, alle Religionen. Genauso wie Thelema von Aleister Crowley, Sigillenmagie von Austin Osman Spare, Schamanismus, Voodoo, Wicca, Kabbalah und viele andere. Einige von uns nutzen Divinationstechniken wie Tarotkarten, Astrologie, Kristallomantie oder I-Ging. Und wir lassen uns von Popkultur inspirieren, Filme und Serien zum Beispiel.«

»Was für Filme und Serien?«

»Alle möglichen. Heutzutage steckt im Demogorgon von *Stranger Things* oder den Drachen von *Game Of Thrones* mehr Energie als in ägyptischen Gottheiten. Und die kann man nutzen.«

»Hm«, machte Caro, die das mehr verwirrte als erhellte.

Sie näherten sich der Verkaufstheke im Schneckentempo.

»Du spielst in einer Band?«, fragte Eva.

»Nicht mehr.«

»Du kannst dir Chaosmagie ein bisschen wie Punk vorstellen. Statt monatelang Fingerübungen zu machen und Tonleiter zu üben, klimpert man direkt drauflos und guckt, wie das klingt. Man spielt mal einen Akkord, dann einen zweiten und dann zertrümmert man die Gitarre und setzt sich ans Schlagzeug. Oder man spannt Gitarrensaiten auf eine Trommel und spielt so. Oder man bindet eins von diesen Blechdingern an den kaputten Gitarrenhals und guckt, welche Töne rauskommen. Und danach schnappt man sich einen Eimer mit pinker Glitzerfarbe, kippt die über die Instrumente und projiziert das Video einer fliegenden Schildkröte drauf.«

»So eine Punkband ist mir noch nie untergekommen.«

»Genau. Mir auch nicht. Leider.«

Sie erreichten die Theke und ein pickliger Ed-Sheeran-Verschnitt nahm ihre Bestellung auf. Caro zeigte ihm ihren Salat, orderte einen koffeinfreien Soja-Latte, Annas Cappuccino und Evas Tee. Sie zahlte mit Karte. Schweigend warteten sie auf die Getränke.

Sie fanden Anna im oberen Stockwerk in ihr Handy vertieft. »Ich klär kurz ein paar Dinge für Freitag, so«, sagte sie.

Caro kaute auf Edamame und Nüssen herum, Anna nippte am Tee.

Nach einer Weile kam August die Treppe hochgestürmt. Wasser tropfte von seinen Haaren auf den Tisch. Hastig nahm er einen Schluck von Annas Cappuccino. »Es ist unmöglich, bare Taler zu erwirtschaften. Alle wollen mit Karte entlöhnen.«

»Ich weiß, ich weiß«, sagte Eva. »Die meisten Läden akzeptieren gar kein Cash. Selbst Bettler und Straßenmusiker haben Kartenlesegeräte.«

»Unfasslich.«

»Regnet es noch?«, fragte Anna.

»Njet, wir können weiter.«

Ein Jahr zuvor

1. Juli

Ich war ewig nicht mehr so entspannt im Büro. Nach dem Wellness-Wochenende mit Mama fühl ich mich total ausgeruht. Das müssen wir auf jeden Fall wiederholen. Ich werde schauen, obs in Wien was Vergleichbares gibt. Am besten Day-Spa-Angebote, die ich regelmäßig in meinen Alltag integrieren kann. Oder wenigstens am Wochenende. Corinna und Jasmin will ich fragen, ob sie auch Lust darauf haben. Der neue Kollege hat seinen ersten Tag gehabt. Zum Glück kein fescher Typ. Ich hab immer Angst, dass mir mal wer taugen könnte in der Arbeit. Ich würde auf keinen Fall eine Beziehung mit einem Kollegen eingehen! Am Abend war ich mit Miri in einer kleinen Tapas-Bar, die sie mir vor Monaten empfohlen hat. Es war voll nett. Das zweite Glas Rotwein hab ich gescheit gespürt. Ich vertrag überhaupt nichts mehr.

13. Juli

Ich bin um 5 Uhr aufgestanden und hab zu Hause vorgearbeitet, bevor ich um 7 Uhr ins Büro gefahren bin. Das Projekt stresst mich voll und ich hab gewusst, dass wir am Abend alle zusammen Billard spielen gehen. Deswegen hab ich früh angefangen, damit ich am Wochenende frei hab. Es hat eh funktioniert, ich muss nur morgen eine Stunde E-Mails beantworten. Wir waren im *Frog Pub*. Das ist zum Spielen nett, aber wenn man zwischendurch Pause macht und was trinkt, ists bissl ungemütlich. Wir haben 2er-Teams ausgelost und ich war mit David, dem Neuen, in einem. Er hat sich echt gut angestellt. Und er riecht himmlisch! Sonst ist er halt gar nicht mein Typ: bissl zu großer Bauch und zu wenig Haare, aber gleichalt wie ich und voll lustig und nett. Wir haben den zweiten Platz gemacht und uns voll gefreut. Er hat gesagt, dass er lieber Dart und Basketball spielt und hat mir angeboten, mich mal mitzunehmen, wenn ich Lust hab.

27. August

Ich hab den Sommer paarmal was mit David zusammen unternommen. Hab geglaubt, dass das rein freundschaftlich ist. Seit dem Kuss letzte Woche sind die Grenzen verschwommen und der Sex mit ihm ist ein Wahnsinn. Normal ists am Anfang bissl awkward, aber in der Hinsicht harmonieren wir perfekt! Ich hab geglaubt, dass es bei Freundschaft mit Benefits bleibt. Mittlerweile glaub ich allerdings, dass ich mich verliebt hab. Ich denke ständig an ihn und grinse so deppert. So verknallt war ich ewig nicht. Im Büro haben mich zwei Leute gefragt, warum ich so viel grinse. Ausgerechnet dort. Was, wenn das mit uns nicht funktioniert? Will er überhaupt eine Beziehung? Will ich eine? Oh ja, ich will. Er hat so süße Grübchen, wenn er lächelt und die schönsten Augen überhaupt. Ich tät am liebsten die Welt umarmen.

21

In einem noblen Londoner Stadtteil – versteckt zwischen Appartementhäusern, Villen und Herrenhäusern – befanden sich die Abbey Road Studios in einem unscheinbaren weißen Haus mit großen Fenstern. Ein Dutzend dunkler Autos parkte davor und ein Mauerzaun hielt Neugierige davon ab, unbefugt näherzukommen und den regulären Betrieb zu stören.

»Wir hätten unsere Großmütter dafür verkauft, einmal in Abbey Road aufzunehmen«, sagte Caro.

»Kann man das nicht mieten, so?«

»Für zweitausendfünfhundert Pfund pro Tag. Dafür nehmen andere ein ganzes Album auf.«

»Was ist das Besondere an dem Studio?«, fragte Eva.

»Insgesamt sinds drei. Die ältesten und berühmtesten der Welt. Studio eins ist außerdem das größte Tonstudio der Welt. Da passt ein ganzes Orchester rein. Das verwenden sie für Filmmusik: *Star Wars, Herr der Ringe, Harry Potter, Avengers: Endgame*. Ansonsten haben alle Großen darin aufgenommen: *Beatles, Pink Floyd, Florence and the Machine, Radiohead, Kate Bush, Oasis, Blur, Lady Gaga, Elton John, Amy Winehouse, Spice Girls*, alle. Leider gibts keine Führungen.«

»Die Pforte ist geöffnet.« Leichtfüßig hopste August auf die Mauer und über den Zaun auf die andere Seite. Mit erhobenem Kinn und locker schwingenden Armen ging er auf den Eingang zu.

»Er kann doch nicht …«, sagte Caro.

Als August den Treppenaufgang erreichte, tauchte ein schrankbreiter Mann auf. Er verschränkte die Arme und schüttelte entschieden den Kopf. August diskutierte und gestikulierte. Der

Schrankmann starrte ihn nieder, sodass August keine andere Wahl blieb, als umzukehren.

»Nichts zu machen«, sagte er und sprang wieder auf den Gehsteig.

»See it. Say it …« Caro wandte sich an Anna. »Du hast recht, das ist kein Ersatz für ›Nützt ja nix.‹« Sie wandte sich an Eva: »Was würdest du sagen, ist das britische Pendant zu ›Nützt ja nix‹? Es muss ein universeller Satz sein, der zu jeder Situation passt.«

»Fancy a cuppa? Das geht eigentlich immer. Oder ›Keep calm and carry on.‹«

»I like that«, sagte August.

»Dann machen wir mal das Foto und … Ihr wisst schon«, sagte Anna. »Ich geh mal davon aus, dass das der Zebrastreifen ist.«

Auf dem Übergang posierte eine Frau und hielt den Verkehr auf. Durch ausladende Bewegungen versuchte sie, die drei fehlenden Personen zu ersetzen. Währenddessen schoss eine Freundin Fotos von ihr und schrie ihr Posen zu. Caro verglich die Umgebung mit dem *Beatles*-Cover auf ihrem Handy.

»Jo«, sagte sie. »Wer ist welcher Beatle? Retti mochte Paul am liebsten, wobei ihr John ähnlicher war.«

»Sie sollte Paul sein, so.«

»Ich bin George«, sagte Caro. »Der hat auch Yoga gemacht.« Sie verschwieg, dass George Harrison ein spiritueller Frauenheld war und deswegen zu August gepasst hätte.

»Du bist definitiv Ringo«, sagte sie zu August. »Der ist auch etwas …« Sie suchte nach der richtigen Bezeichnung. Verrückt? Durchgedreht? »Unkonventionell. Bleibt John für dich«, sagte sie zu Anna. »Das passt.«

»Warum?«

»Er war selbstbewusst und von seinen Werten und Ansichten überzeugt. So wie du.« Und er besaß ein überdimensioniertes Ego, dachte Caro.

Der Zebrastreifen wurde frei.

»Wärst du so nett?« Caro drückte Eva ihr Handy mit der geöffneten Kamera-App in die Hand.

August holte den roten High-Heel-Lack-Plateau-Stiefel aus seinem Rucksack und reichte ihn Caro.

»Du vorneweg«, sagte Caro zu Anna. »Dann du«, sagte sie zu August, »dann Retti, dann ich. Das linke Bein ist vorne, außer Paul, der hat das rechte vorne. Wie passend, dass es der rechte Schuh ist.«

»Ein Zeichen!«, sagte August.

Anna und August stellten sich hin. Caro versuchte den Stiefel zu positionieren, aber er hielt nicht und kippte immer wieder zur Seite. Der Schaft war zu hoch und Pfennigabsatz und Plateausohle fanden keinen Halt auf der unebenen Straße.

»Lass mich …« August griff nach dem Stiefel.

»Ich mach das!« Caro hielt ihn fest.

August probierte, ihr den Stiefel aus der Hand zu reißen. Sie zog zurück. Hin und her rangen sie miteinander. Dann zog August energischer und der rutschige Lack entglitt Caros Griff. August strauchelte und prallte mit dem Hintern auf dem Boden auf. Vor Schreck ließ er den Stiefel los, der neben dem Zebrastreifen aufschlug. Durch die Wucht fiel das Plastiksackerl heraus, zerplatzte und die Asche verteilte sich auf der Straße.

Anna und Caro kreischten.

Ein ankommendes Auto hupte.

»Nein, nein, nein!« Anna stürzte hin.

Die gesamte Asche, die von Hamburg übrig geblieben war, löste sich auf dem nassen Asphalt im Nichts auf.

»Spinnst du?«

»Pourquoi? Wir wollten sie ausschütten.«

»Nicht so!«

Der Autofahrer hielt die Hupe gedrückt und ließ den Motor aufheulen.

Caro zog Anna von der Fahrbahn. Wie ein Kind seinen Lieblingsteddy umklammerte sie den Stiefel. Als Caro dann Anna umarmte, weinten beide bitterlich.

»Jojo was a man who thought he was a loner, but he knew it couldn't last«, begann Caro zu singen. Sie wiegte Anna im Arm. »Jojo left his home in Tucson, Arizona. For some California grass.«

»Get back, get back«, schluchzte Anna. Sie schauten zu der Stelle, an der Autoreifen über Rettis Überreste rollten. »Get back to where you once belonged.«

»Sweet Loretta Martin thought she was a woman, but she was another man«, sang Caro durch den Tränenschleier. »All the girls around her say she's got it coming, but she gets it while she can. Oh, get back, get back. Get back to where you once belonged.«

Zwei Touristinnen setzten mit ein. »Oh, get back, get back. Get back to where you once belonged.«

»Go home, Loretta!«, schrie Caro am Ende des Songs und alle applaudierten sich selbst.

»Das hätte ihr gefallen, so.«

»Ja, das hätte es.«

»Was für ein schönes Ritual«, sagte Eva. »Bannung?«

»Mit Vergnügen.« August begann künstlich zu gackern, als lachte er über den schlechten Witz eines Onkels. Eva gluckste ebenso erzwungen. Langsam steigerten sie sich in richtiges Gelächter hinein.

Caro und Anna sahen einander bloß ratlos an.

»It is done!«, sagte August nach einer Weile und Eva klatschte einmal in die Hände.

»Machen wir das Foto?«, frage Anna.

Caro richtete ihre Haare und rieb sich die Haut unter ihren Augen. Ihre Wimperntusche musste ganz verlaufen sein.

»Wie wäre es mit unserem Kameraden?«, fragte August und nahm das Stofftier aus seinem Rucksack, »der bleibt aufrecht.«

»Du willst ein Walross an Rettis Stelle setzen?«, fragte Anna.

Retti hätte es als Beleidigung aufgefasst und gehasst, wusste Caro, jedoch hätte ihr ein bisschen Selbstironie nicht geschadet.

Anna zuckte mit den Schultern. »Von mir aus. Ich halte den Stiefel.«

Sie warteten ein paar vorbeifahrende Autos ab. August platzierte das Walross zwischen sich und Caro, und sie stellten sich in Formation auf.

»Gut, gut«, sagte Eva und drückte ab.

»Verewigen wir sie?«, fragte August, als sie fertig waren, und zückte einen Edding. *Rage in Paradise, Loretta Love* schrieb er auf jenes Mauerstück der Abbey Road Studios, das von Fans vollgekritzelt war.

Anna setzte Rettis Sterbedatum darunter.

»Wie fühlt ihr euch?«, fragte Eva.

»Ich brauch eine Zigarette«, sagte Anna.

»Bin k. o. Und mein rechtes Ohr ist beschlagen«, sagte Caro.

»Fancy a cuppa?«, fragte August.

»Always«, sagte Eva. »Wenn ihr wollt, können wir zu Fuß gehen. Man geht ungefähr eine halbe Stunde. – Es gibt in West Hampstead eine Geschichte zu den *Beatles*. Irgendwas mit der West End Lane, die wir gleich entlanggehen. Es soll in einem Lied um die gehen, weil die sich so lang hochschlängelt.«

»Meinst du *The Long And Winding Road?*«, fragte Caro.

»Genau!«

»Das ist eine Urban Myth. Eine Straße in Schottland hat den Song inspiriert, wo Paul eine Farm gekauft hat. Dort hat er ihn geschrieben.«

»Caro ist ein lebendes *Beatles*-Lexikon«, sagte Anna. »Ehrlichgesagt versteh ich den Hype nicht ganz. Ich fand sie immer überbewertet, so.«

»Hast du das zu Retti gesagt, bevor sie tot umgefallen ist?«, fragte Caro.

»Spinnst du? Dann wär ich die Tote! Aber ernsthaft: Fab Four, Pilzköpfe. Wie das klingt.«

»Das war die wichtigste und erfolgreichste Band ever! John hat das Wort ›flanging‹ erfunden! Sie haben Musikstile und Generationen von Bands geprägt. Die Musikwelt war nach ihnen nie wieder dieselbe. Insgesamt haben sie eine Milliarde Tonträger verkauft. Eine Milliarde!«

»Geh bitte, sonst hätts wer anders gemacht.«

»Blödsinn. Wer denn? Diese vier Bubis aus Liverpool haben unpackbar hart gearbeitet. Dreizehn Alben in zehn Jahren!«

»Passt schon, ich bin still.«

Als sie wieder in Evas Reihenhaussiedlung ankamen, waren die Schatten deutlich länger. John, ihr Mann, stand mit umgebundener Kochschürze vor dem Ofen. Der Duft von frischem Gebäck waberte durch die Räume und verströmte eine heimelige Atmosphäre.

»Hi Brother.« John begrüßte August mit einer herzlichen Umarmung, den zwei Frauen gab er höflich die Hand.

Caro fand, dass John seiner Frau extrem ähnlich sah. Seine Haare waren grau, seinem Alter entsprechend schütter und etwas kürzer. Die Gesichtszüge hätte man mit Evas austauschen können. In den Jahrzehnten ihrer Partnerschaft hatten sich dieselben Erlebnisse und Erfahrungen zwillingshaft in ihre Gesichter eingeschrieben. Außerdem trug er das gleiche Brillenmodell in schwarz wie seine Frau.

»Die Scones sind in ein paar Minuten fertig«, sagte er mit deutlich englischem Einschlag.

»Darf ich mich kurz hinlegen?« Vor der Bustortur wollte Caro ein paar Stunden Schlaf bekommen.

»Ich mach dir oben das Sofa«, sagte Eva, brachte Caro ins Arbeitszimmer und versorgte sie mit einem frischbezogenen Kissen und einer Wolldecke. »Wir heben dir Scones auf.«

Caro stellte sich den Wecker auf 18:45 Uhr und kuschelte sich ein. Sie hatte es geschafft. Sie hatte ihr Versprechen gehalten und Retti nach Hause gebracht. Zufrieden glitt sie in den Schlaf.

Nachdem sie noch vor dem Wecker aufgewacht war, hätte sie

sich gerne frische Unterwäsche und Socken angezogen, aber ihre gesamte Kleidung steckte benutzt im Wäschesack.

»Wir haben dir Proviant besorgt«, sagte Anna in der Küche und hob ein Plastiksackerl an den Henkeln nach oben wie einen erlegten Hasen an den Löffeln.

Caro schaute hinein: zwei Flaschen Mineralwasser, zwei Packungen Haferkekse, zwei Äpfel, etwas in Alufolie Gewickeltes, ein Sandwich mit Ei und Salat und eins mit Käse und Salat, eine kleine Packung Chips, eine Box mit Falafel und Hummus und eine Ausgabe des Guardians.

Das war so liebenswürdig, fast war sie traurig, Anna und August zurückzulassen und allein nach Wien zu reisen.

»Et voilà.« August hielt ihr das Walross hin. »Das fürchtet sich vor Aeroplans und hat den Willen, in deinem Koffer zu reisen.« Caro wollte danach greifen. »Aber«, fügte er bedeutungsschwer hinzu, »mit der Beaufsichtigung kommt Verantwortung. Denn es handelt sich um ein Wanderwalross, das in Bewegung bleibt und uns in der WG besuchen will.«

»Okay?«

»Freitag!«

»Du musst es zur Beerdigung mitbringen, so. Das ist die Bedingung.«

Darum ging es also. Bestechung, damit sie zur Trauerfeier kam. Warum war ihnen das dermaßen wichtig? Resignierend sagte sie: »Passt.«

»Schwörst du auf deine Yogamatte?«, fragte August.

»Hä?«

»Schwörst du?!«

»Okay, okay, ich schwöre.«

Caro verschlang zwei Scones und machte sich abreisefertig. Den Weg zur Busstation teilte sie sich ein Stück mit Anna und August, die zum *Bambi Kino*-Konzert fuhren. In der Metrostation Green Park verabschiedeten sie sich schließlich herzlich voneinander.

Caro dachte an Retti, die *Beatles* und den Hamburger Eisbären. Es wurde Zeit für sie, nach Hause zurückzukehren.

Zwei Tage zuvor

31. Mai

Seit 24 Stunden sitze ich im Bus. Meine Haut fühlt sich an, als tät sie aus dem gleichen grauen Stoff wie die Sitze bestehen. So grausig. Der Typ, der bis Brüssel neben mir gesessen ist, ist beim Schlafen auf meine Seite rüber gekippt. Er hat sich eh entschuldigt, aber dann ist er wieder halb auf mir gelegen. Schlafen konnte ich kaum. In Brüssel Nord hatte ich von 7:00 bis 9:45 Uhr Aufenthalt. Ich hab mich bissl frisch gemacht, Frühstück gegessen und lang mit David telefoniert. Ich hab ihm alles erzählt und er war ziemlich grantig. Ich hab ihm versprochen mit Frau Kallwass zu reden, ob sie mir eine spezielle Suchttherapie empfehlen würde. Notwendig ist das nicht, denke ich, aber wenns ihn happy macht, tät ich hingehen. Vielleicht geht er mal mit, damit sie ihm erklärt, dass ich nicht süchtig bin und er keine Angst haben muss. Es hat nicht so geklungen, als ob er mich verlässt. Von Brüssel bis Trier hab ich durchgeschlafen. Bald erreichen wir Augsburg und von dort sinds sieben Stunden.

Ein Tag zuvor

1. Juni

Ich packs nicht! Im Walross waren Drogen eingenäht! Sind Anna und August vollkommen deppert? Sie haben mich zur Drogenschmugglerin gemacht! Was, wenn ich erwischt worden wäre? Wir hatten unterwegs sogar eine Polizeikontrolle. Ich kann froh sein, dass sie nur die Pässe kontrolliert haben und nicht mit Drogenspürhunden durch den Bus gegangen sind. Wann haben Anna und August das überhaupt gemacht? Auf dem Schiff oder erst als ich mich in London hingelegt hab? Ich bin zufällig draufgekommen, weil ich beim Auspacken gemerkt hab, dass das Walross seltsam raschelt und sich komisch anfühlt. Als wären kleine Steinchen drin. Die eine Naht war ziemlich stümperhaft zusammengenäht und als ich sie vorsichtig aufgetrennt hab, kam mir ein halbes Drogenlabor entgegen! Ecstasy, LSD, MDMA, Speed, Koks. Das erklärt, woher August unterwegs Geld gekriegt hat. Von wegen jonglieren, damit verdient man keine 125 Euro in 30 Minuten. Deswegen will er unbedingt das Walross wiederhaben. Hat er mir erneut geschrieben. Der kann was erleben!

22

Vor dem eisernen Tor blieb Caro stehen. Sie versuchte tief durchzuatmen, aber der Taillengürtel ihres schwarzen knielangen A-Linien-Kleids saß dafür zu eng.

»Alles gut?«, fragte David.

»Mh mh.«

Caro strich seine Krawatte glatt und schaute ihn prüfend von oben bis unten an. Abgesehen von den Schweißtropfen auf der Stirn, war er richtig fesch. Der schwarze Anzug kaschierte sein kleines Bäuchlein und streckte ihn optisch in die Länge. Sie reichte ihm ein Taschentuch zum Gesicht abtupfen und fasste anschließend seine Hand. Sie war stolz, dass er an ihrer Seite war, und alle sollten es sehen.

Der Tag wirkte den Zeichnungen eines Kinderbuches entnommen – viel zu idyllisch für eine Beerdigung. Ungetrübt schien die Sonne, Vögel trällerten ihre Paarungsmelodien und zwei Eichhörnchen jagten einander zwischen Gräbern, ehe sie einen dicken Baumstamm hochstürmten und in der Baumkrone verschwanden.

Vor der Trauerhalle waren ungefähr siebzig Leute versammelt, von denen niemand klassische Trauerkleidung trug. Retti zu Ehren hatten sich die Anwesenden in ihre extravagantesten Outfits geschmissen. Die meisten zeigten mehr nackte Haut, als bei ihrer Körperform ästhetisch aussah, fand Caro. Anna sah in ihrer blauen Jeanshorts und dem lila Tanktop aus wie immer und flirrte wie eine Arbeitsbiene hin und her. Sie schüttelte Hände, instruierte über den weiteren Ablauf, nahm Beileidsbekundungen entgegen und verteilte sie. Als sie Caro bemerkte, kam sie sofort zu ihr.

»Tofu hält die Hauptrede und zwei, drei andere sagen auch ein paar Worte, so. Falls du auch –«

»Bitte nicht«, sagte Caro.

»Okay. Bevor ichs vergesse.« Sie holte einen Umschlag aus ihrer Hosentasche. »Für die Flugtickets, die U-Bahntickets und den Cappuccino. Danke fürs Auslegen.«

Caro freute sich. Sie hatte nicht erwartet, das Geld wiederzubekommen.

Anna huschte davon und begrüßte weitere Ankommende.

Viele Gesichter erkannte Caro von früher. Sie nickte ihnen gerade so weit zu, dass sie bestätigte, sich zu erinnern, aber nicht so viel, dass es als Einladung zum Small Talk aufgefasst werden konnte. Die drei Drag Queens, zwei Witwen und der alte Mann waren darunter, die Caro vor einigen Jahren auf Rettis Weihnachtsfest kennengelernt hatte. Sie sah Nikki und Maren, ein paar Hardcorefans von *The Heebie-Jeebies* und verflossene Liebschaften von Retti. Einige Personen hatte die Zeit vollkommen unberührt gelassen, andere wie Tim zum Beispiel waren in den letzten drei Jahren um zehn Jahre gealtert.

David begann, sich mit zwei Männern zu unterhalten. Einer trug pinke Hotpants und Hawaiihemd und der andere einen neongrünen Anzug ohne Hemd. Sie spekulierten über die Auswirkungen des trockenen Frühlings auf die diesjährige Weinlese. Caro bewunderte Davids Fähigkeit, mühelos mit Fremden ins Gespräch zu kommen. Jede Konversation konnte er binnen weniger Sätze auf ein Thema lenken, bei dem er sich halbwegs auskannte. Verkrampft lächelnd stand Caro daneben und sehnte sich nach einem Glas Sekt.

Finger tippten auf ihre Schulter und Caro wurde umschlungen. Feuchte Haut berührte ihre nackten Arme, und sie sog den herben Duft eines Mannes ein, der kein Deo verwendete.

»Ahoi Perle.« Um Augusts Hals hing ein olivgrünes Tuch, auf seinen Hüften ein zipfeliger brauner Wickelrock und darüber seine obligatorische Bauchtasche. Er hatte eine weibliche Version von sich im Schlepptau. In den blonden, verfilzten Haaren der Anfang Zwanzigjährigen steckte eine pinke Blume. Zwei winzige, an Schnüren aufgefädelte Dreiecke bedeckten ihre Brüste und drei Stofffetzen fungierten als Rock.

»Hi, ich bin Esther«, sagte sie mit glockenheller Stimme.

Caro löste David aus seiner Unterhaltung und stellte ihm die beiden vor. Wie Charaktere aus Akte X und Vikings standen sie sich gegenüber. August hustete, zog ein Taschentuch aus der Bauchtasche und schnaubte kräftig.

»Trägst du zufällig ein Stück von Evas Heilungsschokolade bei dir?«, fragte er.

»Die hab ich gegessen. Die Verpflegung hat nur bis Heilbronn gereicht und ich hatte Hunger. Sie hat aber nicht geholfen.«

»Mon dieu. Dein Lauscher ist anhaltend ruiniert?«

»Nein, das nicht.« Tatsächlich ging es ihren Ohren wieder gut. »Aber das lag nicht an der Schokolade!«

August grinste. »Safe. Befindet sich das Walross in deiner Begleitung?«

»Später«, sagte Caro und legte ihre Hand auf die Lasche ihrer Handtasche, als würde es sich darin befinden. »Ich glaube, es geht los.«

Wieder griff sie nach Davids Hand und führte ihn durch die nun vierfach so große Menschenmenge zum geschlossenen Eingang.

»Woher weißt du, dass es gleich anfängt?«

»Tu ich nicht. Ich möchte einen Sitzplatz bekommen.«

»Was ist mit dem Gespräch mit August?«

»Danach!«

Mit ernster Miene öffnete der Bestatter die Trauerhalle.

Der durchsonnte Saal war links und rechts von Stuhlreihen gesäumt, vorne brannte ein Dutzend faustdicke Regenbogenkerzen auf blumengeschmückten Ständern. Auf einem Holzpodest thronte Rettis schwarze, mit weißen Noten verzierte Urne. Rechts davon stand eine Staffelei mit einem Foto, das Retti in

Action auf der Bühne zeigte: halb nackt, verschwitzt, mit dem linken Fuß auf der Monitorbox, eine rote Jazzmaster spielend.

»Da bist auch du!«, sagte David.

Etwas abseits war ein zweites Bild aufgebaut: Anna, August, das Walross und Caro auf dem Abbey Road Zebrastreifen.

»Typisch Anna. Mich wundert, dass sie keinen Pfeil draufgemalt hat, wo wir die Asche verschüttet haben.«

Rasch füllten sich nun die Sitze. Caro und David setzten sich ganz rechts außen in eine der mittleren Reihen. Seitlich stellten sich Trauergäste dazu und die Tür blieb offen, da nicht alle hineinpassten.

Ein stämmiger Mann Mitte dreißig trat in einem weißen Häkelkleid, das kaum über seinen Po reichte, vor die Anwesenden. Sein stark geschminktes Gesicht umspielten kurze schwarze Locken. Caro fand, dass er aussah wie eine Mischung aus Olivia Jones und Timothée Chalamet in zehn Jahren nach dem dritten Alkoholentzug. Sie kannte den Mann nicht und fragte sich, in welcher Verbindung er zu Retti stand.

»Guten Tag allerseits. Mein Name ist Theodor Fuhrmann, die meisten kennen mich als Tofu. Ich habe die Ehre, die Trauerrede für Johanna Wigoschnig alias Loretta Love zu halten.« Jemand pfiff laut durch seine Finger, vereinzelnd applaudierten Menschen. »Loretta Love war eine außergewöhnliche Frau, deswegen haben wir uns entschieden, ihren Abschied außergewöhnlich zu gestalten. Die drei Buchstaben R, I und P stehen bekanntermaßen für Rest In Peace. August hat vorgeschlagen, sie für Rage In Paradise umzuwandeln. Und wie wir alle wissen, wird in Rettis Paradies vierundzwanzig Stunden am Tag gefeiert.« Gelächter, Pfiffe, Klatschen. »Als Einstimmung auf diese Paradiesfeier hören wir uns zuerst einen Song von ihr an.« Tofu trat ein paar Schritte zur Seite. Aus den Boxen ertönte *Kiss Life* vom ersten *The Heebie-Jeebies*-Album.

»Das sind wir«, flüsterte Caro David zu, dem sie am Vorabend zum ersten Mal *Heebie-Jeebies*-Songs vorgespielt hatte.

»Klingt gut«, sagte David.

Mit Ende des Songs trat Tofu wieder ans Mikrofon. Ein Tumult unter den eng zusammengepferchten Menschen beim Eingang hinderte ihn am Sprechen.

»Lassen's mi!«, schrie eine ältere Frau. »I muss zu meim Bua.« Energisch kämpfte sie sich durch und stapfte den Mittelgang entlang nach vorne. In den Händen hielt sie das Foto eines etwa zehn oder elf Jahre alten Jungen.

»Josef!« Sie fiel vor dem Podest mit der Urne auf die Knie und streichelte zärtlich über die Urnenoberfläche.

Tofu blickte sich hilfesuchend um.

Nachdem sie von der Urne abgelassen hatte, versuchte sie das mitgebrachte Foto vor das große Bild von Retti auf die Staffelei zu stellen. Es fiel runter. Auch ein zweiter Versuch scheiterte. Einige kicherten.

»Habts ihr kan Genierer? Schämts euch!«

»Frau Wigoschnig.« Anna berührte sie vorsichtig an den Oberarmen. Sofort schlug die Mutter um sich. Weitere Gäste eilten Anna zur Hilfe, Unruhe brach aus.

»Das ist Rettis Mutter«, sagte Caro. »Die beiden hatten ein schwieriges Verhältnis. Sie konnte Retti nie akzeptieren, wie sie war. Ihre Mutter hat sie bis zum Schluss mit Josef angesprochen.«

Langsam entspannte sich die Situation und ein Mitarbeiter des Bestattungsunternehmens führte Frau Wigoschnig über einen der Notausgänge nach draußen. Tofu räusperte sich ins Mikrofon als Zeichen, dass die Zeremonie fortgesetzt wurde.

In der folgenden Rede erwähnte er die wichtigsten Meilensteine von Rettis Leben, auch ihre Ehe mit Caro. Er pries Retti als kreativ, zielstrebig und energiegeladen, erwähnte aber auch ihre Sturheit, Essensmarotten und die hohen Ansprüche, die sie an sich und ihr gesamtes Umfeld stellte. Im Anschluss lud er Anna ein, eine Anekdote zum Besten zu geben.

Anna erzählte, wie ihr Rettis Beatlemania manchmal auf die

Nerven gegangen war, vor allem, wenn sie ein Lied mitten in der Nacht auf Repeat gestellt und damit die gesamte Wohnung beschallt hatte.

Dann ging Maren nach vorne und berichtete über ihr Vorspielen für *The Heebie-Jeebies*. Retti habe sie gebeten, dieselbe Stelle zu wiederholen und ihr währenddessen Anweisungen gegeben: »Spiel, als hättest du erfahren, dass du im Lotto gewonnen hast. Und jetzt wird dir bewusst, dass du den Gewinnschein weggeschmissen hast. Und jetzt, als hätte dich letzte Woche die Liebe deines Lebens verlassen. Und jetzt, als würde sie dich anrufen und zurückwollen, aber du sie nicht. Spiel jetzt, als würdest du es deinem besten Freund vorspielen, der im Koma liegt, und du weißt nicht, ob er dich hören kann.«

Caro lachte. Während der Audition waren sie und Retti auf Speed gewesen.

Nach Maren begann ein Angesoffener seiner Geschichte mit: »Einmal war ich mit Retti auf einer Sexpositiv-Party in der *Grellen Forelle* und –«

Tofu entriss ihm das Mikro. »Danke, das reicht fürs Erste. Die schmutzigen Storys gibts auf der anschließenden Party, wenn wir alle etwas intus haben. Na dann beerdigen wir sie mal.«

Der Bestatter trat lautlos ans Podest und ergriff die Urne. *Get Back* erklang und Paul McCartneys Stimme erfüllte die Halle. Es war ein Wunder, dass der Bestatter nicht im Boden einsank, so bedeutungsschwer wirkten seine Schritte. Die Menschen, die den Eingangsbereich verstopften, strömten hinaus und bildeten hinter ihm den Trauerzug. Caro und David erhoben sich wie alle anderen Sitzenden.

»Ich glaube, das reicht mir«, sagte Caro.

»Was ist mit dem Gespräch mit August?«

»Keine Sorge, dazu wirds automatisch kommen.«

August hatte sie die gesamte Trauerfeier über nicht aus den Augen gelassen und Caro war sich sicher, dass es ihm sofort auffiel, wenn sie gingen.

Statt rechts zum Grab bogen sie links zum Friedhofsausgang ab.

»Wollen wir beim Italiener was essen gehen?«, fragte David.

»Caro!«, rief August. Der Kies knirschte unter seinem Laufschritt. »Verlässt du uns?«

»Ja.«

»Und das Walross?«

»Keine Sorge, das ist in guten Händen.«

»Ich bin überzeugt, dass es ihm bei dir tadellos geht.«

»Das meine ich nicht. Ich habs nicht mehr.« Caro grinste über Augusts verdutzten Gesichtsausdruck hinweg. »Im Bus war ein kleines französisches Mädchen mit seiner Mutter. Supersüß. Ungefähr drei oder vier Jahre mit zwei braunen Zöpfen und blauer Schleife und –«

»Du hast das Walross entäußert?«

»Verschenkt! Es ist ein Wanderwalross, schon vergessen? Es will die Welt sehen.«

»Aber... aber ...« Er bemühte sich sichtlich um Fassung. »Njet! Ich benötige es!«

»Wozu?«, fragte Caro so unschuldig wie möglich.

»Um ... zu ... Du hast auf deine Yogamatte geschworen!«

»Du hättest sehen sollen, wie sie sich gefreut hat. Die Mutter war mir total dankbar. Der ganze Bus war mir dankbar, weil die Kleine endlich aufgehört hat zu quengeln.«

»Auf deiner Yogamatte lastet ein Verletzungsfluch!« August drehte sich auf seinen Hacken um und stiefelte wütend davon.

»Er schaut aus wie Rumpelstilzchen, oder?«, sagte sie zu David.

»Warum sagst du ihm nicht, dass du seine Drogen gefunden hast und weißt, dass er dealt?«

»Weils mich nichts angeht.«

»Du solltest das der Polizei melden.«

»Ich kläre das lieber auf meine Art. Hast du gesehen, wie er sich geärgert hat? Und er durfte es nicht mal zeigen. Er glaubt, sein wertvoll gefülltes Walross sitzt in einem Kinderbett irgendwo in Frankreich. Das ist die größte Strafe für ihn.«

In Wahrheit lag das ausgeräumte Walross auf Caros Couch. Sie war unschlüssig, was sie damit anstellen würde. Das Koks und LSD hatte sie im Klo runtergespült. Speed, MDMA und die restlichen zwei Erdbeer-Ecstasys hatte sie in ein Stoffbeutelchen gesteckt und vor David in ihrer Schmuckschatulle versteckt.

Möglicherweise würde sie der Vergangenheit in Zukunft noch mal einen Besuch abstatten.

Für die, die geblieben sind.

Klimaneutral gedruckt auf FSC-zertifiziertem Frischfaserpapier

ISBN 978-3-8974-488-4

Covergestaltung unter Verwendung einer Illustration
von © Nikoloz/ AdobeStock
Druck und Bindung: CPI GmbH, Germany

Ulrike Helmer Verlag
Klosterhofstr. 3, 65843 Sulzbach
info@ulrike-helmer-verlag.de

www.ulrike-helmer-verlag.de